KB118291

모
래
도
시

허수경
장편소설

모
래
도
시

문학동네

차례

自序

또 허술한 집을 지었다. 나는 단단하고 따뜻한 집을 짓고 싶었으나 뜻대로 되지 않았다. 언제나 뜻대로 되지 않았다. 그러나 단단한 집이 필요한가 하면 허술한 집도 누군가에게는 필요할 것이다. 필요한 사람들이 잠시 깃들어 초라한 마음을 이 허술한 집에서 쉬어갔으면 한다. 허술하므로 단단한 집보다 더 위로가 되는 집이었으면 하지만…… 그건 내 욕심일 것이다.

1996년 늦은 봄
허수경

슈테판의 회상

오월 어느 날 할머니는 이곳에 묻혔다. 나는 오늘도 꽃을 그녀의 무덤 앞에 놓는다. 그리고 그녀의 묘비명 위로 뺨을 대어본다. 차갑다.

······나는 혼자 남았다······ 이제 나는 곧 이곳을 떠날 것이다.

할머니는 그녀의 유언대로 바다가 보이는 곳에 묻혔다. 나는 이곳에 할머니가 묻히는 것을 원하지 않았다.

바닷빛, 바닷빛 때문이다. 무덤은 죽은 자의 것이기도 하지만 산 자의 것이기도 하다. 할머닌 이렇게 바다를 누리게 된 것을 좋아하실지도 모르겠다. 그러나 나는 아니다. 그리고 나는 이 무덤을 찾아올 할머니의 유일한 혈육이다. 나에게도 할머니만큼 할머니가 묻히는 곳을 고를 권리가 있다. 무덤은 죽은 자의 집이기도 하지만 더러는 산 자의 빛이기도 하므로.

나는 내가 태어나고 자란 이곳의 바닷빛을 싫어한다.

내가 태어나고 자란 이곳의 바다는 나에게 한 번이라도 지중해나

대서양이나 남태평양의 일기 고른 바닷빛을 보여준 적이 없었다. 물론 오월이나 유월쯤에 바다가 맑았다는 기억은 있다. 그때도 회빛은 쉽게 바다를 떠나지 못하고 바다 근처를 해풍과 함께 떠돌다가 다시 일기가 나빠지는 구월쯤에는 작년보다 더 지친 빛이 되어 바다로 돌아오곤 했다. 나는 그 빛이 싫었다.

바닷빛은 바다에서만 머물지 않았다. 바다와 숲 하나를 사이에 두고 내가 사는 마을은 있다. 칠십 가구쯤이 모여 사는 마을의 집들은 대부분 단층이고 지붕에는 다락방이 있다. 해풍이 불어와 바닷빛이 탁해지는 일기 나쁜 날이면 마을은 회청으로 어두워져서 바다와 똑같이 탁한 물빛에 잠긴 듯했고 다락방의 창에서는 아무런 불빛이 새어나오지 않아 내일 날이 밝으면 마을은 다시 잠에서 깨어나지 못할 것처럼 굳어져갔다.

언젠가 나는 할머니에게 남부로 이사를 가자고 조른 적이 있다. 할머니는 햇빛 때문이라면 가자고 했다. 그때 할머니는 청어를 소금에 절이고 있어서 비린내는 할머니의 치마 끝에까지 배어 있었고 할머니가 말을 하면 청어 비린내가 말 속에 묻어나오곤 했다.

그래, 가자꾸나. 남부로.

청어를 손등으로 꾹꾹 누르며 그녀는 말했다. 그러나 나는 우리가 남부로 이사를 가지 않을 거라는 것을 알고 있었다. 청어를 소금에 절이는 일을 해마다 계속 해야만 하는 그녀는 이곳을 떠나지 않을 것이다. 청어를 소금에 재우는 일은 할머니가 아주 어릴 때부터 해온 일이다. 소금에 청어를 재우고 그 위에 식초를 뿌려 큰 유리병에 담아 공기가 들어가지 않게 보관하는 일은, 그러니까 평생 할머니가 규칙적으로 해온 일 중에 하나인 것이다. 아침에 일어나기, 양치질, 세수, 산책, 음식 만들기, 레이스 짜기, 성당 가기, 성경을 읽다가 잠들기, 좋거나 사나운 꿈 꾸기와 같은.

언젠가 남부에서 온 손님이 있었는데 그 손님은 할머니가 유리병에서 꺼내준 청어를 먹지 못했다. 그리고 참지 못하고 식사중에 화장실을 가는 무례를 범하고는 그 다음날로 우리를 떠났다. 그뒤부터 할머니는 서북부 아니면 청어를 먹지 못하는 인간이 사는 곳이라고 생각을 했다. 그녀는 태어나서 단 한 번도 이 바닷가를 떠나지 않았던 것이다. 할머니는 햇빛 때문이라면 가자고 했지만 그 말은 참고 있으라는 말이나 다름없다는 것을 나는 알고 있다. 독일인 중에 햇빛을 그리워하지 않는 사람은 아마도 없을 테니까. 그래서 그때 나는 참았다. 별수없으니까. 어머니가 우리를 버린 이후로 우리에겐 언제나 별수없는 일들뿐이었으니까.

사실, 나도 청어를 싫어한다. 나는 어릴 때부터 절임청어를 먹어왔지만 단 한 번도 내가 원해서 먹지는 않았다. 아무리 레몬즙을 짜서 그 위에 뿌려도 비린내는 가시지 않았다. 난 여태껏 한 번에 반 토막 이상은 그 생선을 먹어본 적이 없다. 할머니가 없으니 지금부터는 먹지도 않을 거지만.

할머니는 청어를 정말 좋아했다. 좋아해서 먹는 것이다. 레몬을 뿌려서 날양파와 함께 그녀는 시고 비린 청어를 잘게 썰어서 입에 넣고는 오래오래 씹었다. 할머니에게선 그래서 청어를 먹지 않은 날에도 양파와 비린내가 섞여 나곤 했다. 아침에 영국해나 북해로 나간 배가 청어를 싣고 해안으로 들어오면 할머니는 나를 데리고 배를 찾아갔다. 홍정할 것도 없이 청어는 바구니 가득히 가져올 수 있었다. 청어는 살아 있을 때부터 비린내가 난다. 바구니를 빠져나온 청어가 모래밭에서 펄쩍거릴 때부터. 할머니는 손수 청어 배를 따고 내장을 들어내었다. 어떤 부인네도 그 일만은 어부에게나 생선 파는 이에게 맡기고 하지 않았지만 할머니는 그 일을 손수 했다. 이미 내장이 말끔하게 제거된 청어는 비쌌기 때문이다. 할머니가 청어를 만지고 나면 집안에서는 며칠이고 청어 비린내가 머물러 있었다.

나는 청어가 식탁에 오르는 것이 너무나 싫었다. 할머니와 아침에 나가 청어를 사온 날이면 나는 일찌감치 자전거를 타고 되도록이면 바다에서 멀어지는 쪽으로 나왔다. 바다가 보이지 않는 곳에 와서야 자전거를 멈추었다. 절임청어는 이차대전 음식이라는데, 원래는 민속음식이었지만 이차대전중에 그 어마어마한 어획량과 오래 저장할 수 있는 이점 때문에 전쟁을 견디는 음식이 되었다는데, 이차대전이 끝나고도 이십 년이 훨씬 지나서야 태어난 나도 그 음식을 먹어야 하는가. 나는 청어 비린내를 피하여, 청어 비린내를 우리 식탁으로 데리고 오는 바다를 피하여 자전거를 타고 하루종일 바다 먼 쪽에서 어슬렁거렸다.

할머니는 가난한 과부로 나와 함께 살았다. 나는 열 살이 넘은 뒤부터 나를 위해 지불되어야 하는 돈은 내가 벌었다. 마을에 유일하게 하나 있는 제본소가 나의 어린 날, 직장이었다. 나는 책 묶는 일을 했다. 어린이 취업을 독일연방법에서는 금지하고 있었지만 우리 마을 사람 치고 연방법에 그렇게 경의를 표하고 사는 사람은 없었다. 누구도 나를 혹사시키지 않았고 또 나는 가난한 과부의 손자였으므로 그 정도

일하는 것은 우리 마을 사람들 입장에서 보면 당연한 거였다.

나는 가난하다는 것의 이점을 어릴 때부터 알고 있었다. 가난은 평화로운 나의 벗이었고 할머니와 함께 누리는 가난은 따뜻하기까지 했다. 할머니와 나는 이런 불편을 참기에 참 적당한 성격을 가지고 있는데 우선 할머니는 남과 자신을 비교할 줄 몰랐고 나는 가난한 아이들이 부잣집 아이들보다 유년을 누리는 데 훨씬 더 큰 자유를 누릴 수 있다는 것을 일찍이 알고 있을 만큼 영악했으며 그 자유를 누릴 줄 알았다. 내가 싫어한 것은 바닷빛과 비린내였을 뿐이다.

왜 비린내를 싫어하는지 나는 그 이유를 잘 설명할 수가 없다. 왜 내가 내 마을의 바닷빛을 싫어하는지 나는 그것 역시 잘 설명할 수가 없다. 지금 내가 말할 수 있는 것은 그 빛과 그 냄새가 언젠가는 밧줄이 되어 나를 옭아매어 늙고 초라하게 만들 것이라는 느낌뿐이다.

나와 어린 시절을 같이 보낸 친구들 가운데 나처럼 바다를 싫어하는 아이는 없었다. 아이들은 대부분 바다를 좋아했다. 우리 마을의 바다는 앞에 섬들이 있어 손바닥만해 보이는데도 큰 대양을 앞두고 사는 아이들처럼 바다를 보고 설레했다. 우리 마을 사람들 중 어부는 아무도 없었다. 바다는 그러니까 우리의 삶의 터전이 아니었다.

우리 마을 사람들은 마을에서 가게를 하는 사람들을 제외하고는 이곳에서 일을 하는 사람은 없었다. 몇 명이 농부라서 숲 뒤의 초지에 목장을 운영하고 있기는 했다. 그러나 대부분의 마을 사람들은 기차를 타고 한 시간쯤이면 갈 수 있는 도회지에서 일을 했다. 그들은 대부분 은행원이거나 공무원이었고 더러는 도회지에서 장사를 하기도 했다. 대부분 우리 마을에서 평생을 산 사람들이기도 했다. 그래서 낮이 되면 마을은 고요하고 인적이 드물었다. 일요일 오전이 되어야만 성당에서 산책길에서 서로 만났다. 도시에서 무슨 일이 있건 마을로 그것을 가지고 오는 사람은 없었다. 도시에서 일어나는 일은 그곳에서 해결했고 자치장 선거와 같은 어쩔 수 없는 일이 있을 때만 마을 사람들은 공동의 문제 같은 걸 의논했다. 평소때는 공동의 문제란 없었던 것이다. 그런대로 붙박이들이라 서로에 대하여 소상히 알고 있었고 나 같은 과부의 손자에게 일거리를 내주는 선량함을 가지고 있었는데 그 선량함은 무관심과 더불어 있는 거라서 대체로 편안하고 깔끔했다.

할머니의 무덤에 오늘 내가 가져다놓은 꽃은 프리지어다. 봄이 넘어가고 여름이 오고 있어서 프리지어는 어느 꽃가게에나 있었다. 겨울이나 가을에 할머니를 묻지 않게 된 것은 너무나 다행한 일이지만 햇빛 나는 계절을 한번 더 누리지 못하고 떠난 할머니가 가여워서 나는 매일 할머니에게로 온다. 할머니가 떠난 지 삼 주일째다.

빵가게에 들러서 빵을 사고 슈퍼에 들러서 치즈를 샀다. 먹을 물도 사야 하는데 들고 오기 귀찮아서 오늘 저녁은 차나 마실 생각을 하며 나는 슈퍼 바깥에 세워둔 자전거를 천천히 끌고 걸어왔다. 슈퍼에서 집까지는 걸어서 이십 분 될까, 이제는 주차장으로 바뀐 우물터를 지나 손바닥만한 가게들이 몇 개 있는 거리를 지나 약초를 취급하는 약국 뒤에 있는 집까지 오는 데 걸리는 시간은.

나는 언제부터인가 고기를 먹지 않게 되었다. 말하자면 채식주의자인 셈인데 주의자는 아니고 그냥 고기가 싫어졌다. 지난 크리스마스 이후 학교로 돌아가지 않고 집에 머무르고 난 뒤부터이다. 고기를 먹자 내 몸에서는 이상한 반응이 나타났다. 빨간 반점에 열꽃이 피고 구역질이 나고 잠이 오지 않는 것이다. 의사는 나에게 신경성 알레르기 진단을 내렸으며 채식만 하고도 건강은 충분히 유지되니 이 기회에 채식 습관으로 바꾸는 것이 어떻겠느냐고 권했다. 나는 두말없이 그렇게 했다.

고기를 먹으면 피가 탁해져갈 거라는 생각을 전에도 가끔 하곤 했다. 고기가 소화되면서 내 위 속에서 산과 가스를 만들어내어 피로 보내는 것과 같은 느낌. 그럴 때면 나는 고기를 먹는 내가 말할 수 없이 혐오스러워지곤 했다. 식사 때마다 나에게 먹히는 생명들에게 죄책감을 가진다면 사람들은 모두 굶어죽어야 하리라. 그러나,

내가 알고 지내던, 그러니까, 내가 그녀를 생각할 때마다 그녀를 뭐라고 불러야 할지 항상 당혹스러웠던 그녀는, 언젠가 나에게 솔잎과 생쌀로 수양을 하곤 한다는 불교 승려 이야기를 해주었다. 그때, 그녀는 한국에서 온 달력을 가지고 있었는데 달력 사진들은 어느 절을 배경으로 찍은 것들이었다. 절은 내가 여태껏 보아온 중국이나 일본의 절하고 비슷하게도 보였는데 그녀는 다르다고 우겨댔다. 그리고 내 눈이 그것을 알아보지 못한다고 한탄했다. 그러나 그건 내 탓이 아니다. 불교에 대해서는 헤세가 쓴 소설에 나오는 독일 소설가의 머릿속에 그려진 인도 승려의 모습이 내가 알고 있는 전부이고 더구나 동양 건축이라면 나는 전혀 아는 바가 없는데 그것을 나에게 구별하라니. 그러나 그 사진에 나오는 승려들의 모습은 맑은 날처럼 좋아 보였다. 그들은 밭에서 일을 하기도 했고 절에 보관되어 있는 돌판에 새겨진

경들을 들여다보기도 했고 혼자 폭포를 맞대면하고 앉아 깊은 명상에 빠져 있기도 했고 우산을 받쳐들고 계단을 올라가기도 했다. 사진가에 의해서 연출된 모습이기는 하지만 그들의 모습은 충분히 아름다웠다. 그때 내가 본 아름다움은 고요와 식물성의 깨끗함이었다. 그들 대부분은 야위었고 얼굴은 조용해 보였는데 그 얼굴은, 그녀가 기숙사 부엌에서 씻곤 하던 말간 쌀알을 연상시켰다. 나도 가끔 쌀로 식사를 하곤 하지만 그녀가 먹는 쌀은 독일인들이 흔히 먹는 쌀이 아닌 우유쌀이었다(독일인들은 그 쌀을 둥근 알의 우유쌀이라고 한다). 쌀을 씻은 물이 말개질 때까지 그녀는 물을 틀어놓고 쌀을 씻고 또 씻고 했다. 그녀가 전기밥통을 가지러 방으로 가고 나면 나는 그녀가 씻어놓은 쌀을 들여다보았다. 쌀알들은 말간 물 속에 고요하게 가라앉아 있었다. 얼마나 씻었는지 쌀알 가장자리는 투명하기까지 했다. 그녀는 그들이 공부를 하기 위해 숨어살 때는 토굴로 들어가서 단식을 하기도 하고 솔잎과 생쌀로 연명히며 몸을 정갈하게 지닌다고 했다. 그 말은 내 귓가에 묘한 여운을 남겼다. 마음을 연마하는 사람들은 몸을 정갈하게 지닌다? 어느 날, 내가, 나 자신을 견뎌내기가 힘들었을 때 고기를 먹지 못하게 만든 것은 그녀의 그 말 때문이 아니었나 하는 생각을 한 적이 있었다. 덧붙인다면 그녀는 식물 같았다. 그녀와 같은 고요한 식물성을 가진 여자를 나는 내 동족 중에 알지 못한다. 할머니가 돌아가시기 전에 잠깐 할머니에게서 식물성을 느꼈는데 그 식물성은 내가 그녀에게서 느꼈던 환한 식물성은 아니었다. 그건 마르고 거친 가뭄 같은 식물성이었다.

우편함에 오늘은 그 흔한 광고지 하나도 꽂혀 있지 않다. 문을 열고 집으로 들어온다. 아무도 없으니 집은 고요하다. 약간 어둡다는 생각을 했지만 나는 불을 켜지 않는다. 대신 거실의 커튼을 거두어내고 부엌 식탁 위에 사온 빵과 치즈를 풀어놓는다.

할머니는 단정한 사람이었다. 집안이 어지러운 것을 견디지 못했다. 나는 할머니가 오십 년을 넘게 지켜온 이 집을 그녀가 떠나고 난 뒤에도 깨끗하게 해야 한다고 생각했고 내가 할 수 있는 한 깨끗하게 해놓았다. 매일 청소기로 밀고 식탁보도 자주 갈았고 작은 마른 걸레로 먼지도 구석구석 털어내었다. 특히 사진틀을 다룰 때는 조심했다. 할머니와 아버지 사진, 할아버지와 증조부의 사진 위의 먼지를 걷어내는 일을 하면서 나는 할머니가 아직 여기에 있었으면 좋겠다고 생각했다. 일어나지 않아도 좋으니 거실에 놓인 안락의자에라도 앉아 끄덕거리고 있었으면 좋겠다고 생각했다. 나에게는 아무도 없다. 가족이라는 이름으로 내가 이 나라를 떠나는 것을 말릴…… 그런 생각이 들 때면 나는 사진틀을 들고 한참을 서 있곤 했다. 그들은 정말 모두 떠났나…… 내가 그들을 떠나왔나.

차를 끓이고 치즈를 먹을 만큼만 잘라두고 빵을 먹고 차를 마시는 일을 느릿느릿 한다. 서둘 이유가 나에겐 없다. 그리고 식사를 하고 텔레비전을 켜고 나는 그 앞에 앉아 텔레비전을 본다.

텔레비전을 보는 것도 할머니에게 오고 난 뒤에 생긴 버릇이다. 할머니에게 오트밀을 가져다주고 할머니가 그걸 다 먹고 나면 우리는 침실로 텔레비전을 끌어두고 함께 보았다. 내가 영화를 보고 있으면 할머니는 나를 보았다. 할머니가 코미디를 보고 있으면 나는 할머니를 보았다. 그러다 눈이 마주치면 서로 희미하게 웃었다. 나는 곧잘

그러다가도 울었다. 할머니는 울지 않았고 우는 나를 보며 희미하게, 정말 희미하게 웃었다.

할머니는 내가 은행원이나 변호사 같은 게 되기를 원했다. 그건 할머니로서는 당연한 바람이었다. 그녀는 칠십이 넘었으며 전쟁 때 남편을 잃었으며 내 아버지인 유복자를 낳아 길렀으며 아들은 서른이 채 되지도 않아 사고로 죽었으며 아들의 아내는 스위스에 사는 어떤 남자에게 가버렸다. 손자도 데리고 가려고 했다. 할머니에겐 그럴 권리가 있다. 손자가 보다 안정된 생활을 하면서 할머니에게 자주 찾아와 같이 식사도 하고 차도 마시고 하는 나날들을 가질. 그러나 나는 할머니가 원하는 대로 하지 못했다. 나도 어쩔 수가 없었다. 마음이…… 아프다.

열두 살 때 나의 꿈은 천체망원경을 하나 가지는 거였고 어느 날 현자를 만나는 일이었다. 그리고 운명의 비밀을 알게 되고 다시 길을 떠나는 현자를 배웅하는 거였다.

내게 바닷가에서 자란 사람의 흔적이 있다면 그건 내가 별을 관찰하기를 좋아한다는 것이다. 나는 별을 좋아한다. 아니 정확하게 말하면 별을 천체망원경으로 관찰하는 것을 좋아한다. 내가 회빛의 어두운 바닷빛을 싫어했던 것은 아마도 그것이 별을 관찰하는 데 방해를 하기 때문이었는지도 모르겠다. 회빛은 몽롱한 빛이고 별이 나에게 선명하게 다가오는 것을 언제나 방해했기 때문에……

내가 좋아한 천문학자는 티코 브라헤라는 덴마크 학자이다. 그는 헬리즈바크 수도원 부지에서 '새로운 별'을 발견했다. 그는 산책중이었다. 처음엔 티코 자신조차 자신의 눈을 의심했다. 당시는 16세기였고 그때는 별이란 하늘에 고정된 영구불변하는 것으로 생각되고 있을 때였다. 아무도 그때에는 신성, 그러니까 폭발하는 별에 대하여 모르고 있었다. 티코가 본 것은 카시오페이아자리의 신성이었다고 한다. 그 신성은 더구나 낮에도 그냥 보이는 초신성이었다는 것이다. 티코는 신성이 사라진 다음해에 자신의 관측 결과를 『신성에 관하여』라는 책으로 펴내었고 그 관측표로 그는 촉망받는 천문학자가 되었다고 한다. 티코는 열네 살 때 이미 일식을 관찰했고 그뒤부터 그의 꿈은 천문학자였다. 그는 좋은 환경에서 태어났으므로 비싼 천문기기들을 마음껏 구입할 수 있었고 그것으로 관측을 할 수가 있었다.

그가 만일 정확한 관측자이기만 했다면 그는 나에게서 쉽게 잊혀졌을 것이다. 열네 살 때 일식을 관측하면서부터 그는 인간이 그렇게 정확히 별의 움직임을 알 수 있다는 데 사로잡혀버렸다. 그는 천체위치 환산력과 프톨레마이오스 전집을 사서 꼼꼼히 읽었고 보다 더 정확한 관찰을 하고 싶은 열망을 가지게 되었다. 그러나 그는 16세기 사람이었고 점성술을 믿고 있었다. 당연히 별의 정확한 관찰을 통하여 운명을 관찰하고 싶어했을 것이다. 그의 관측은 그에게는 운명을 점치는 일에 바쳐졌고, 그러니까 보다 정교하게 점성을 할 수 있는 수치를 찾는 일에 바쳐졌다. 하지만 그의 수치는 역설적으로 제자였던 케플러를 통해서 행성 운동의 법칙을 정확하게 밝히는 데 사용되었다. 천문학의 역사에서 티코가 어떠한 위치를 차지하는지 나는 더이상 알 수 없고 관심도 없다. 나를 움직인 것은 그가 운명을 관찰해보고 싶어했던 많은 사람 중의 하나라는 것이다. 내가 별 관찰을 좋아한 것은 나

역시 운명을 관찰하고 싶은 열망 때문이었다. 그것은 가슴 설레는 일이었다. 정확한 관측기로 운명을 관찰한다, 그리고 모르는 시간을 미리 앞당겨 알 수 있다니. 나는 그때 열두 살쯤 되었는데 왜 그토록이나 앞날을 알고 싶어했는지 모르겠다. 앞날을 알아 미리 어떻게 해보겠다거나 다른 사람에게 알리고 싶다거나 그런 욕심은 없었다. 나 혼자 알고 간직하면서 은밀한 비밀처럼 꺼내보고 싶었을 뿐이다. 어쩌면 그때 나에게는 별을 관찰하는 일보다는 은밀한 비밀을 하나 갖는 것이 더 중요한 일이었는지도 모르겠다.

그러나…… 나에게는 천체망원경이 없었다. 나는 내 창문에 천체망원경을 세워두고 별자리의 움직임을 지켜보고 기록하고 싶었다. 학교에 하나 세워져 있는 실험용 천체망원경으로 만족하는 수밖에는 없었다. 소설이나 영화에 나오는 대로라면 이런 열망을 가진 열두 살의 소년에겐 천체망원경을 가진 현자를 만나는 행운이 언제나 있지만 나에게는 그런 현자를 만날 행운도 없었다. 일테면 사람들은 그를 이상한 사람이라고 하지만 소년만은 기이한 인연으로 그가 현자라는 것을 알게 되고 그와 은밀한 우정을 나눈다는 식의. 그의 집은 마을과 떨어져 있으며 그는 그곳에서 모두가 잠든 밤에 혼자 깨어 별을 관찰하며 별 운행표에다 새로운 관측 결과를 적어넣으며 가끔 마을로 내려오지만 마을에서 그가 하는 일은 일용품을 사는 일 정도이며 도리어 그가 마을로 내려올 때마다 이상한 일이 일어나 사람들은 그를 꺼리게 되고 위험이 오고 하는 식의.

우리 마을에 천체망원경을 가지고 있었던 사람은 단 한 명이었는데 그는 혼자 사는 늙은 공무원이었고 불친절하기로 유명했다. 그가 현자일 리는 없었다. 하지만 나는 그에게 현자의 기미가 보이지는 않을까 해서 두고두고 그를 지켜보았다. 그러나 그는 끝내 공무원일 뿐이었다. 나는 가끔, 아니 아주 자주 그의 집 근처를 어정거리며 그가 집에서 뭘 하는지를 알고 싶어했으나 그는 단 한 번도 커튼을 걷어 집내부가 다른 사람의 눈에 띄게 하지를 않았다. 한번은 하도 그의 집근처에서 자주 어정거리는 바람에 그의 눈에 띄었던 적도 있었다. 매몰스러운 그는 나를 할머니에게로 데려갔고 다시는 그 근처에서 얼씬도 안 하겠다는 다짐을 받고서야 할머니가 미안스레 내놓은 차를 마시고 돌아갔다.

지금 생각해보면 그는 현자가 아니었나 싶기도 하다.

내가 그를 욕하는 낙서를 스프레이를 들고 다니며 마을의 후미진 골목길에 해놓곤 했을 때였다. 나로서는 비장감이 감도는 복수극이었다. 할머니에게 데려갈 필요까지는 없지 않은가. 불쌍한 과부에게 손자의 잘못을 묻는다는 건 너무하다. 나는 광고지를 돌리는 일을 하고 급료로 받은 돈으로 스프레이를 샀다. 그리고 스프레이를 뿌려대기 시작했다. 돼지같이 늙은 슈미트, 지옥 가라.

낙서를 하는 일은 오래가지 못했다. 얼마 하지 못해서 그에게 붙들렸던 것이다. 그는 나를 보더니 참혹한 표정이 되었다. 스프레이를 들고 '슈미'까지 쓰고 있을 때 나를 붙잡았으므로 나는 현장범이었다. 나는 될 대로 되라 싶어 도망가지도 않고 그대로 그에게 붙들려 있었다. 그는 나에게 묻기 시작했다.

넌 왜 나를 못살게 구니?

늙고 마른 목소리였다.

나는 아무 말을 할 수가 없었다. 대신 나에게는 말할 수 없는 설움이 북받쳐왔고 나는 그 자리에 그에게 붙들린 채로 울음을 터뜨려버렸다.

내가 울음을 터뜨리자 그는 당황했는지 나를 붙들고 있던 손을 놓아 자기 얼굴에 갖다대고 그 자리에 쪼그리고 앉았다.

넌 왜 나를, 늙은 나를 못살게 구니? 네가 뭘 알아서, 뭘 네가 알고 있어서.

그리고 그는 어깨를 들먹거렸다.

……

이상한 일이었다. 나는 노인이 우는 것을 처음 보았던 것이다. 가슴께가 서늘해왔다. 나는 그에게서 풀려났지만 선뜻 몸을 돌려 그를 볼 수가 없었다. 그에게 정말 너무 큰 잘못을 저지른 것 같았다.

그도 나도 한참을 그러고 있었다.

그날 그는 나를 데리고 자신의 집으로 갔다. 그의 집안 풍경을 떠올리는 지금 나는 마음이 아프다.

거실 곳곳에는 보다가 던져둔 신문과 맥주 깡통과 주스병이 널려 있었고 소파라고 앉아보니 스프링이 다 나가 엉덩이를 대자 밑으로 가라앉아버렸다. 소파 탁자에는 먼지 앉은 누런 조화가 화병에서 나와 뒹굴고 있었고 커피를 쏟은 자국이며 잼을 흘린 자국들이 꺼멓게 말라붙어 있었다. 벽에 걸린 그림은 한쪽 귀퉁이가 떨어져 있고 가족사진 속의 사람들은 겹겹의 먼지 아래 웃고 있었다. 다만 거실 창문 근처에 천체망원경이 서 있었는데 그곳만은 얼마간 정리가 되어 있었다. 그 모습은 단 하나도 정리되어 있는 것이 없는 거실 안에서 기묘한 부조화를 이루고 있었다. 그가 커튼을 열지 않은 까닭은 바로 이런 모습을 누구에게라도 들키고 싶지 않았기 때문은 아니었는지. 그는 공무원이 었고 시청에서만은 깨끗한 복장으로 사무를 처리해야 하므로.

그는 오렌지주스를 들고 와 내 앞에 앉았다.

눈가가 붉어져 있어 그는 나를 바로 보지 못했다.

천체망원경을 보고 싶다고?

그는 천천히 입을 열었다.

나는 고개를 끄덕였다.

별을 보고 싶니?

나는 고개를 숙였고 또 고개를 끄덕였다.

그가 내 머리를 보고 있는지 나는 자꾸 머리가 간질거린다는 느낌을 받았다. 그러나 고개를 들 수가 없었다. 내 눈앞에는 오렌지주스가 찰랑거렸다.

나는 별을 보지, 아주 가끔. 별을 보면 잊혀지는 일들이 많단다. 잊혀지는 일들…… 넌, 모르겠지만 살다보면 잊고 싶은 일들이 많다.

나는 그를 바라보았다. 그는 소파에 가라앉아 일렁이고 있었다.

나는 별로 도망가는 거란다. 도망가다보면 아침이 온다. 나는 출근하고 또 밤에 잊고 싶은 일이 생각나면 별로 도망가고. 넌 아직 내 말을 잘 모를 거지만, 모르니까, 난 말하기가 편하지만, 너한테 미안하다만……

너에게, 미안하다, 뭐가, 미안하지? 그러나 나는 가만히 듣고만 있었다. 뭘 잊고 싶은지 물어보고 싶었지만 묻지 않았다. 나는 그처럼 소파에 기대고 가라앉아 일렁거리고 싶어 어깨를 폈지만 제대로 되지 않고 대신에 엉덩이만 잔뜩 오므라들었다.

일을 하러 나가는 게 아니라 저녁때가 오면 도망을 갈 수가 있으니까, 그래서 나가는 거라는 생각을 하면서 난 일을 한다. 난 사람들한테는 아무 관심이 없어. 충분히 겪었다. 희망을 거는 것도, ……슬픔을 갖는 것도 잃어버리는 것도, 얻는 것도…… 사람들 속으로는 도망가기가 힘들어. 그들은 너무 붙어살아서 사이사이에 길을 내는 것을 잃어버렸다. 길이 없어. 나는 별을 관측하는 사람이 아니다. 난 별로 도망가고 별은 나와 멀리 떨어져 있어서 거기로 가면 편하다, 도망가는 것이 편하다……

나는 그때 이 세상에는 이해라는 방식을 통하지 않고도 그냥 전해져오는 사람들 사이의 느낌이 있다는 것을 어렴풋이 느끼고 있었다. 나는 그를 잘 모르고 그를 이해한다는 것은 더더욱 아니었지만 이상하게 마음은 자꾸 슬픔으로 잠겨들어갔던 것 같다. 커튼이 내어놓은 아주 작은 틈으로 들어온 햇빛이 이야기하고 있는 그의 얼굴 위로 잠시 잠시 스쳐지나갔다. 그때마다 그의 주름 사이로 햇빛은 마른 건초를 말리는 가을빛처럼 스며들었다. 그 빛은 그를 조금씩 조금씩 말리고 저러다 그는 다 말라 가루가 될 것 같다는 생각이 들었는데, 이상한 일은 그는 마르지만 내 마음은 우윳빛 은하수가 가득 차오르는 것 같았다는 것이다. 나는 오므렸던 엉덩이를 폈고 소파에 기대었다. 그리고 설풋한 졸음 속으로 빠져들어갔다. 별 관찰로 운명을 알고 싶다는 열망도 사그라들었다. 그는 소파에 앉아 오렌지주스에 마른 입술을 자꾸 축여가며 뭐라고 말을 더 한 듯도 하지만 나는 그의 말을 더이상 기억할 수가 없다. 내가 기억할 수 있는 건 몇 가지뿐인데, 그는 서른 넘긴 나이에 군인으로 이차대전에 참전했다는 것, 전쟁 후에 공무원이 되었고 자신의 가족들은 모두 자신을 버리고 갔다는 것, 정도이다. 버렸다는 그 말의 뜻이 정말 버리고 갔다는 거였는지 죽었다는 거였는지 나는 지금도 정확하게 알지 못한다. 다만 그는 오랫동안 말동무가 없는 채로 살아왔다는 것, 그날 나는 우연한 그의 말동무였다는 것, 그 정도가 지금 나에게 남아 있는 기억의 전부이다. 그는 말했고 나는 졸다가 잠으로 빠져들어갔는데 얼핏얼핏 잠 물결 속으로 떠올랐다 사라지는 건 먼지 속에서 웃고 있었던 사진 속의 가족이었다.

우연한 말동무였던 나는 그날, 어쩌면 그날, 이해하지 않고도 그대로 전해지는 느낌이 있어 그 느낌은 한순간에 타인의 생애를 알아차리게 만든다는 것을 알았다. 자꾸 서럽고 북받치는 느낌, 별을 바라보았던 많은 사람들은 정확한 관측으로 운명이든 기술이든 그 무엇이든 얻으려고 했겠지만 결국 얻은 것은 이 느낌 아니겠는가 하는 내 식대로의 별 관찰자 심리학을 하면서. 그는 나를 문밖까지 배웅했다. 낮이라서 같이 별을 보지 못해 유감이라는 말을 하면서 그는 나에게 악수를 청했고 나는 그가 내미는 손을 잡지 않고 그에게 안겨들었다. 그는 나를 안아주며 다시는 오지 말라고 했다. 너무 일찍 많은 걸 알게 되면 삶이 쓸쓸해진다는 말을 하면서.

나는 이 이야기를 그녀에게 한 적이 있다. 그녀는 한숨을 쉬며 자신도 그와 비슷한 한 사람을 안다고 했다. 그는 시간 속에서 영원히 실종되어버린 사람이라고 했다. 나는 그때도 이 이야기를 하면서 설움이 북받쳤다. 나는 그녀가 나를 안아주었으면, 하는 생각을 했지만 그녀는 벌써 창가로 눈을 돌리며 먼 곳을 바라보고 있었다. 그녀는 언제나 먼 곳을 바라보았다. 그곳은 내가 가보지 못한 곳이다. 나는 그곳에 가고 싶었다.

할머니가 돌아가시기 전에 우리는 서로 많은 이야기를 나누었다. 할머니는 누워 있었고 나는 할머니 곁에 있었다. 슈퍼를 다녀오거나 부엌에서 무언가를 먹거나 할머니를 위해 뭔가를 만들 때를 제외하고는 나는 거의 할머니 곁에서 지냈다. 그녀에게서 한두 번 전화가 왔고 그녀는 파렐이 ㅁ시를 떠났다고 전해주었다. 어디로 갔느냐고 물었더니 아직은 잘 모른다고 아마 독일 어딘가에 있기는 있을 거라고만 했다. 전화기를 놓고도 한참을 나는 그대로 서 있었다. 클라우디아가 떠올랐다. 그녀의 무덤엔 봄이 왔을까. 할머니가 죽는 날도 그날처럼 그렇게 불현듯 오리라. 아무리 준비를 해도 그날은 불현듯 오지 않겠는가. 할머니는 어린아이처럼 살고 있었다.

약도 주사도 의사의 방문도 할머니는 거절했다. 이미 지난겨울에 장의사에게 가서 자신의 관까지도 다 주문했으니 모든 준비를 다한 셈이었다.

할머니에게 오트밀을 가져다주는 시간은 언제나 저녁 여덟시쯤이었고 나는 할머니가 그 죽을 다 먹을 때까지 옆에 붙어 있었다. 할머니는 천천히 죽을 다 비웠다. 한 숟갈 한 숟갈을 정성스럽게 떠서 입으로 조심스럽게 가져가는 할머니는 얼마 남지 않은 지상에서의 식사를 즐기는 것 같았다. 나는 언제나 죽그릇 옆에 작은 꽃 한 송이를 유리병에 꽂아 그녀에게 가져다주었다. 꽃은 작은 마가렛이나 카밀러 같은 국화과에 속한 소박하고 은은한 것으로 골랐다. 나는 그녀에게 그런 꽃들이 안정감을 줄 거라고 믿었는데 그게 아니었다. 어느 날은 희미하게 웃으며 그녀가 말했다.

색깔 있는 꽃은 없더냐, 장미나 빨간 튤립 같은 거.

나는 다음날로 당장 꽃을 바꾸었다.

교회나 결혼식이나 산책길에서 노인들은 가장 옷을 잘 차려 입는 사람들이었다. 빨간 외투에 빨간 모자를 쓰는 사람들은 젊은 아가씨들이 아니었다. 아가씨들은 대개 그런 원색의 옷보다는 몇 가지 원색을 섞어 만들어낸 여유 있는 중간색 옷을 즐겨 입는 것 같았다. 가장 정교하게 떠놓은 레이스나 황금색이 도는 털실로 짠 스웨터나 흰 바지 같은 걸 입는 사람들은 노인들이었다. 특히 여성인 노인들이 즐겨 입는 녹색과 붉은 옷의 조화는 그녀들의 외피인 노년에 비해 너무나 화사해서 견딜 수 없이 슬픈 부조화 같은 걸 만들기도 했다. 옷장에서 가장 고운 옷을 꺼내며 살 수 있는 나날을 헤아린다는 느낌을 언제나 나는 그들에게서 받았던 것이다.

나는 언제나 할머니가 검은색 과부 옷을 입고 살았다는 것이 새삼스럽게 생각났다. 할머니는 오십이 넘자 그 과부 옷을 입었다. 검은색의 과부 모자도 꺼내 썼다. 그녀는 키가 일 미터 오십이 조금 넘었는데 그녀의 앙상한 몸이 과부 옷에 싸였을 때 나는 그림동화에 나오는 빨간 모자 소녀가 여인이 되지 않고 노년으로 바로 들어가 색깔만 바뀐 옷과 모자를 걸치고 나타난 것 같다는 느낌을 받았다. 동화 속이라면 그녀는 아픈 할머니에게 포도주와 케이크를 가져다주기 위해 숲을 지나가다가 늑대를 만나게 되는데 동화가 아닌 할머니의 삶에서 늑

대는 숲 그것 자체가 아닌가 싶기도 하다. 숲을 나와보니 소녀의 옷과
모자는 검은색으로 바뀌어져 있었던 것이다. 할머니는 진작 입고 싶
었노라고 했다.

숲은 길었는지 모르지만 숲은 단조로운 공간 하나이다. 길었는
지…… 모르지만 할머니는 한 번도 이곳을 떠난 적이 없다. 누구를
방문하기 위하여 길을 나서지도 않았다. 할머니가 카우프만이라는 성
을 얻기 전에도 할머니는 여기 사람이었다. 어쩌면 할아버지가 그렇
게 일찍 죽지만 않았더라도 할머니는 기차를 타고 이곳을 떠나볼 수
있는 기회를 가졌을지도 모르겠다. 그러나 전쟁이 났다.

할머니는 누구도, 그 무엇도 방문해본 적이 없다. 학교를 다닌 기억
이 할머니에게도 있었지만 할머니에게 그 잘난 교육이라는 것은 히틀
러 시절에 전 국민에게 강요되던 교양 교육의 후유증으로 일찌감치
할머니의 기억에서 사라져버렸다. 그녀의 가슴속에 있는 교육은 시집
오기 진 가족 교육을 통해서 받았다는 프랑스어 조금과 레이스 뜨기
와 음식 만들기나 명절을 위해 집안을 꾸미는 정도였고 그것으로 충
분했다. 할머니는 프랑스어로 된 시를 읽을 줄 알았으며 프랑스 시를
외우면서 산책하는 시간을 좋아했다. 그녀는 또 슈펙과 양파를 위에
얹은 케이크를 잘 구웠고 온갖 약초를 알았고 감기약을 그 약초로 처
방할 줄 알았고 귤껍질과 체리를 저며 잘 말린 다음 홍차와 함께 섞어
마시는 과일차를 만들 줄 알았다. 우리집에는 아직도 장작불로 덥혀
빵을 구워내는 돌 오븐이 있었고 할머니가 굽는 빵들은 그 오븐에서
장작불로 구워졌다. 그녀는 그런 것들 속에서 충분히 행복했다.

방문객들은 그녀에겐 일종의 재앙 같은 거였다. 신부나 친지의 방

28

문만으로 족한 그녀에게 그런 테두리를 벗어난 방문객들이 그녀에게 안겨준 것은 일테면 남편을 빼앗아간다거나 아들을 화학 공장에서 사고로 죽게 만든다거나 하는 거였다. 히틀러는 그녀에게서 남편을 빼앗아갔고 히틀러 이후의 국가 재건은 그녀에게서 아들을 빼앗아갔다.

그녀는 선거에 가지 않는다. 나도 가지 않는다. 통일이 되었을 때도 그녀는 아무 반응을 보이지 않았다. 다만 먼 곳에서 일어나는 소식처럼 그 이야기를 뉴스에서 들었고 그녀가 나에게 물은 것은 전쟁……없이, 끝나서 이상하지 않느냐, 하는 거였다.

닫힌 세계에 사는 사람들을 나는 이상하리만치 신뢰를 하는데 그것은 할머니의 영향 때문일 것이다. 아주 조금 받아들이며 조금 받아들인 것을 일생을 통하여 씹고 되씹고 하는 사람들의 모습은 언제나 묘한 감동을 준다. 그들은 받아들인 아주 조그마한 것들을 마음속에서 삭이고 삭여 황홀한 것들을 만들어낸다. 할머니가 구운 케이크 위에 있던 것들, 일테면 버터와 밀가루를 섞어 불에 얼마만큼 올려두었다가 몽게몽게한 작은 덩이를 만들어 빵반죽에 올려놓고 구우면 황금색으로 향기를 내는 것들. 닫혔다는 것은 내부로의 집중과 몰입이라는 말에 다름아닐 것이다. 방문객들은 그러니까 그 집중과 몰입을 방해하는 것들이다. 할머니가 잠시 집중을 하지 않았을 때 시큼하게 끓어오르는 요구르트나 만들게 하는 것들.

그날 밤에 할머니는 사진을 들고 있었다.

처녀 때 사진이었다.

나는 그날 하루 오후 반나절을 성당에서 보냈다. 나는 가끔 성당에서 파이프오르간을 연주해주곤 했는데 그날은 작은 성당공동체의 모임을 위해 연주를 해주었다. 연주를 해주고 나오면서 나는 안토니오 성자 앞에 서서 잠시 묵상을 했다. 커서는 성당을 나가지 않았지만 안 토니오 성자는 여전히 나의 벗이었다. 그는 물건을 잃어버린 아이들 의 물건을 찾아준다는 성자이다. 나는 이미 잃어버린 것을 위해서 묵 상하지 않았다. 앞으로 잃어버리게 될 것을 위해서 묵상을 했다. 나의 할머니를 위해 나는 길게 묵상했다.

한숨처럼 할머니는 말했다.

아버지 얼굴이 잘 기억이 안 나. 그에게는 다른 여자가 있었지.

……

어머니가 죽고 새어머니가 오자마자 나는 결혼을 했고 그다음부터 는 그를 만나지 않았으니까.

사진 속의 여자는 모자를 쓰고 긴 치마에 레이스가 끌리는 페티코 트를 입고 있었다.

그가 사줬어, 이 옷. 내가 가진 유일한 결혼하기 전 사진이다. 그가 재혼을 할 때 찍었지. 그는 같이 사진을 찍자고 했지만 난 혼자 사진 을 찍겠다고 했고 그가 그러라고 했어. 그는 탄광에서 일했는데, 루르 에 있었고, 결혼만 하고 늘 내 어머니와는 떨어져 있었지. 내 어머니 가 죽은 그 다음해에 그는 재혼했어.

그가 어떻게 생겼는지, 기억이 안 나서 이 사진을 꺼내 보는데도 잘 생각이 안 나. 난 그에게 사랑도 없었고 미움도 없고 그냥 아버지였는 데, 난, 내 어머니가 낳은 유일한 자식이었고, 그는 새 결혼 후에 자식 을 또 낳았다고 했는데 난, 한 번도 본 적이 없어. 폴란드로 갔거든.

보고 싶으세요?

아니, 그냥 어떻게 생겼는지 알아야 할 것 같아서. 곧 봐야 하니까. 죽었을 거야, 그도. 한번 그와 이야기를 오래했어. 내 어머니가 죽었을 땐데 그가 왔어. 그는 장례식이 끝나고 왔지. 그날이었어. 난 차를 내갔고 그와 마주보고 있었지. 봄이었다. 오월이었고. 나는 그에게 말했지. 어머니가 죽었다고. 장례는 잘했고 사촌들이 나를 기다리고 있어서 나는 그곳으로 가야 한다고. 이 집은 팔릴 거라고, 어머니가 팔았다고. 그 돈은 은행에 있는데, 가지고 싶으면 가지고 가도 된다고. 난 관청에서 나온 사람들과 일을 하듯 그렇게 건조하게 말했던 것 같다. 그는 아무 말을 안 하고 있었지.

할머니는 옛날이야기를 내 머리맡에서 하듯 그렇게 편안하게 말했다. 옛날이야기임에는 틀림없었다. 그 일은 오십 년도 더 지난 일이었으니까. 그러나, 그건 정말 오래되어 가슴에 묻어두어도 덧나지 않는 이야기였을까.

그때였다. 할머니가 일어났다. 할머니는 삼 개월 동안 누워 있었는데 그날 일어났고 천천히 걸어 부엌까지 갔다.

부엌 찬장에서 할머니는 찻잔을 꺼냈고 수납장에서 차를 담아둔 병을 꺼내고 물을 불 위에다 올렸다. 건강한 사람이 그 일을 하듯 그녀는 재빨리 그 일들을 해치웠다. 그리고 물이 끓기 시작하자 할머니는 차를 마실 때 밝혀놓곤 하는 작은 초를 꺼내어 불을 붙였다.

찻잔은 할머니 것을 포함해서 네 개였다. 할머니는 그러니까 네 사람분의 차를 준비하고 있는 모양이었다. 나는 멍하니 그냥 보고만 있었다. 말릴 수가 없다는 생각이 들었다.

그녀의 암세포는 폐에만 머물지 않았다. 그 무렵 할머니에게는 암세포가 온몸으로 다 퍼져 있었고 평생을 다니던 성당에도 나가지 못했다. 나는 그때, 저것이 할머니의 마지막 모습이라는 생각을 하고 있었는데 그 생각은 옳았다. 나는 그날 밤 할머니에게서 외증조모의 모습을 보았다.

그녀는 프랑스인이었고 예언가였다. 그녀는 점성이나 구슬이나 카드점 같은 걸 치는 사람이 아니었다. 그녀는 그녀가 옥스퍼드지에 십자로 실을 겹쳐놓곤 하던 수로 가끔 예언을 했다고 했다. 외증조모의 그런 능력은 그녀의 일생을 통하여 집안에서 일어나는 자질구레한 일들이 대부분이었으나 한번은 제법 큰 예언이 있었는데 그것은 다리가 다섯 개 달린 암소가 마을에서 태어날 거라는 거였다. 그때 그녀의 수틀 위에는 마차 바퀴들이 마차를 빠져나와 달리고 있는 모습이 십자수로 놓여져 있었다고 한다.

작은 바닷가 마을에서 그녀와 같이 특이한 사람은 금방 눈에 띄는 법이다. 더구나 그녀는 결혼을 하고도 남편과 같이 살고 있지 않았고 작고 깡마르고 프랑스에서 왔으므로 입천장으로 울려내곤 하는 '르' 발음은 맑아 페퍼민트 향이 날 정도였다. 그러니까 그녀는 사람들의 입방아에 오르내리기 충분한 조건을 다 가지고 있었던 것이다.

그 예언이 있고 난 뒤에 그녀는 신실한 가톨릭이었지만 신부로부터 예언을 하는 따위의 일을 중단하지 않으면 교회에서 쫓아내겠다는 엄중한 경고를 들었다. 그러나 그녀는 신부를 향해 그 페퍼민트 향이 나는 '르' 발음을 섞어 신부가 관여할 수 없는 하느님의 일도 있는 법이라는 신자로서는 상상도 할 수 없는 말을 했고, 종교혁명의 와중에서도 견습사제를 받아들이는 것을 멈추지 않았던 교단 소속의 보수적인 그 신부는 당장 외증조모를 교회에서 쫓아냈고 그녀는 교회 연단에 꽂기 위해 가꾸던 화원의 꽃들을 공동묘지를 장식하는 데 몽땅 써버리는 것으로 그 신부의 처분에 맞섰다. 마을 전체는 당장 기형 암소가 태어난 것 외에도 그녀의 예언과 신부와의 싸움에 휘말려들었다. 마녀 출현을 조심스럽게 점치는 축도 있을 정도였다. 그러나 마녀 분쟁도 시끄러운 곳에서의 이야기이며 조용한 바닷가 마을에서 때늦은 마녀사냥이란 우스운 일이었다. 중앙 교단이 교리 싸움으로 시끄러운 것도 아니고 추기경과 황제가 싸우고 있는 중도 아니고 외적이 침입하지도 않았다. 더구나 그런 큰일들이 있다고 하더라도 이곳 바닷가 마을은 그런 은밀한 예언을 더 신뢰하지 따분한 신부의 설교에 귀를 기울이며 신부와 함께 그녀를 이 마을에서 쫓아낼 생각을 하는 얼간이를 기르지는 않는 법이다. 마을 사람들은 되레 이런 일을 재미나게 지켜보는 편을 간단하게 택했으므로 신부가 연단에 서서 그녀를 빗대어 위험한 영이 오고 있는데도 경계하지 않는 자라고 해도 그냥 건성으로 고개를 끄덕일 뿐이었다.

다섯 개의 다리를 가진 암소는 기형으로 태어났는데도 마을에서만도 육 개월을 살았다. 암소 주인이었던 농부는 탄생을 예언했던 외증조모의 충고에 따라 새 외양간을 지어 그곳에 가두어놓았다. 그녀는 다섯 개의 다리를 가진 암소 덕에 좋은 일이 있을 거라고 그에게 충고한 것이다. 그 농부도 처음엔 재앙의 전조로 생각해서 두려움에 떨었다. 그러나 그 암소가 태어난 육 개월 사이에 농부가 가지고 있던 닭과 오리, 말과 소 들이 번갈아가면서 새끼를 낳아대자 농부는 외증조모를 믿게 되었고 암소가 하나 더 달고 나온 다리를 풍요의 상징쯤으로 여기게 되었다. 그리고 그는 다시 그녀의 충고에 따라 육종학을 연구한다는 떠돌이 수의사에게 그 암소를 넘겨주었다. 그는 암소를 귀하게 여겨 잘 내놓으려고 하지 않았지만 외증조모는 암소는 곧 죽을 것이라고 말했고 농부에게도 죽은 다섯 다리를 매장할 자신이 없었다. 아무리 행운을 안겨주었다고 해도 이상한 것은 이상한 것이기에 그의 포기는 빨랐는데 암소는 다섯 개의 다리로 마을 해안을 한 번 천천히 걷고 마을을 향해서 한 번 긴 소리로 울고는 수의사를 따라 마을을 떠나갔다고 한다.

그녀는 바다 냄새가 변하는 것을 느끼고 날씨를 점칠 줄 알았고 아이들의 전염병을 누구보다도 빨리 알아차렸고 늙은이들의 사망 시간을 의사보다 빨리 알았고…… 약초와 버섯이 있는 곳을 누구보다도 많이 알았고 사과와 딸기, 밀 수확을 새해에 예언하기도 했지만, 심지어 자신이 죽는 날까지 끊임없이 뭔가를 예언하려 들었지만, 그녀 자신과 하나뿐인 자식인 나에 대해서는 한마디도 하지 않았단다. 입을 다물고 싸웠단다, 그녀에게 앞으로 닥칠 시간들을. 그녀에게 예언을 하는 일은 사람들에게 선물을 주는 일과 같았고…… 나머지는…… 사랑하는 우리들의 신, 그분 거였지. 신부님이 그녀를 책망하는 건 그녀에겐 그러니까 그녀가 정성스레 장만한 선물에 대해서 간섭을 하는 것이었지. 사는 일이라는 건 아마도 선물 같은 건 아니었나보다. 그녀가 그렇게도 자신의 앞날에 대해서는 입을 다물었던 걸 보면.

할머니는 내가 지금보다 더 어려 할머니와 이야기하는 시간이 더 많았던 어느 날 외증조모에 대하여 그렇게 설명했다. 나는 할머니에게서 외증조모의 능력 같은 걸 발견할 수 있을까 싶어 무던히도 애를 썼지만 할머닌 그냥 할머니였다. 대신 할머니는 다른 능력이 있었는데 그것은 요리 솜씨라고는 전혀 없었다는 외증조모에 비해 그녀는 타고난 요리사였다는 점이다. 요리를 하는 일은 일종의 마술 같은 게 아닐까, 하고 지금도 나는 생각하는데 아무래도 예언 능력 대신에 그녀에게 주어진 것 같았기 때문이다. 요리할 때 할머니는 천의 얼굴을 가진 사람처럼 굴곤 했다. 빵 반죽을 위해 돼지기름을 저장할 때 그녀는 큰 항아리 뚜껑을 진공으로 밀봉하고서야 입을 열었다. 마치 예식을 마친 사제가 제물을 시식하는 것을 허락할 때까지 아무런 말을 하지 않을 때와 그것은 흡사했다. 돼지기름에게 주어진 이 세계에 존재하는 물질로서의 시간을 봉인하는 것처럼. 사과과자를 구울 때 그녀의 뺨은 빨갛게 달아올랐고 그 뺨을 하고는 오븐 근처를 서성이거나 오븐 앞에 잘 익은 사과 같은 열기로 달아오른 오븐 속을 쪼그리고 앉아 바라보기도 했으며 쇠꼬리 수프를 끓일 때는 큰 나무주걱을 들고 성난 얼굴로 끓어오르는 국물을 휘젓기도 했다. 그럴 때 그녀의 얼굴은 끓어오른 김을 잔뜩 쏘여 잔뜩 부풀어올랐는데 물기에 젖은 앞머리칼은 엉겨 그녀의 이마에 찰싹 붙어 있어 마치 작은 아기가 떼를 쓰면서 목욕을 마치고 나온 것 같았다. 그리고 그녀가 만들어낸 음식들은 절임청어를 제외하고는 내 어린 날을 가장 행복하게 해주곤 했다. 그러나, 그날은 아니었다. 외증조모에게서 물려받은 주술이 일생 동안 그녀 가장 깊은 곳에서 길을 잃고 있다가 마침내 길을 찾고 그 밤에 나온 것 같았다. 어쩌면 누워 있느라 오래 요리를 할 수 없었고 요리를 못한 그것이 그녀 내부에 잠복해 있던 주술을 불러낸 건지도 모르겠다.

애야……

할머니는 나를 불렀다.

나는 그녀에게 다가가지도 못하고 멍하니 있기만 했다. 다시 한번 그녀가 나를 불렀을 때 나는 그녀에게 다가갔다. 내가 그녀에게 다가간 것을 알았는지 그녀는 나를 안았다.

너도 왔구나.

……

인사해라, 할아버지다, 그리고 여기……

그녀는 내 눈에는 비어 있는 의자를 가리켰다. 그녀는 웃으며 빈 의자를 향해 말했다.

너는 네 아들이 너만하게 자란 줄도 모르고 어디론가 돌아다니기만 하더니.

그러고는 나를 돌아다보며 한숨을 쉬었다.

나만 늙었구나. 니만.

그러고는 또다른 빈 의자를 향해 말을 걸었다.

난 언제나 아이를 재워두고 노래를 부르고 싶었지만 노래를 부르면 모든 게 너무나 뚜렷하게 살아와 마음이 저려 그럴 수가 없었지요. 때때로는 당신을 따라 어디론가 멀리 갈 것만 같아 못 불렀지요.

그녀는 끓고 있는 물을 내리고 찻주전자에 물을 쏟아부었다. 그리고 차 뚜껑을 닫아놓았고 설탕 그릇과 크림 그릇의 뚜껑은 열어두었다. 그리고 얼마 뒤에 각설탕을 하나씩 찻잔에 떨어뜨렸다. 나는 그녀가 노래가 부르고 싶다고 말할 때부터 이미 노래를 부르고 있다는 것을 알았다.

나에게 말해다오 꽃들이 어디에 있는지, 어디에 머물고 있는지…… 나에게 말해다오 소녀들은 또 어디에 있는지, 어디에서 머무르는지…… 말해주렴, 병사들은, 우리집 남자들은 어디에 머무르고 있는지…… 촛불에 그녀의 얼굴이 일렁거렸다. 일렁거리는 빛으로 그녀의 얼굴은 거뭇거뭇 숨어들어갔다. 그러나 그녀의 입술께에 어리는 빛은 유일하게 그녀를 빛 가운데에 머물게 했고 그 빛으로 그녀는 이 밤을 견디는 것 같아 보였다. 차츰 그녀의 노래는 빛 속에 잦아들어갔고 더이상은 들려오지 않았다.

나는 그녀가 그러라고 하지는 않았지만 그녀가 말을 건네지 않은 의자에 앉았다.

이윽고 우러난 차를 그녀는 내 잔에 따랐다. 나는 크림을 얼마간 커피잔에 넣고 스푼으로 저어 차를 마셨다. 그녀도 내 맞은편 의자에 앉았다. 그녀도 차를 마셨다. 소리를 내지 않고 조용히 마셨다. 찻잔을 제자리에 놓는데 그녀의 손은 떨리고 있었다. 그리고 빈 의자들을 향해 말했다.

자, 이제 늙은 나를 위해 떠돌아다니다 온 세상 이야기나 좀 해주시구려들. 난 한 번도 여기를 떠나본 적이 없으니 알 수 있는 일이라는 게 있어야지.

……

빈 의자들은 말이 없었다. 빈 의자들 앞에 있는 찻잔에 차를 따라놓아도 빈 의자들은 차를 마시지 않았다. 차를 마시지 않는 빈 의자들의 손잡이로, 다리로 빛이 지나가고 그럴 때마다 싸늘하고 완고한 나뭇결들이 드러났다. 그곳에 할머니가 말을 건네고 있는 그 사람들이 있으리라고 나는 믿을 수도 없었지만 그러나 믿지 않을 수도 없었다. 할머니를 위해서는 믿어야 할 것 같아 나는 기를 쓰고 믿는 흉내를 내고 싶었다. 내 마음은 차츰 참혹해왔다.

애는 청어를 싫어했고 나는 청어를 먹고 또 먹었지요. 청어를 좋아한 건 당신이었지요. 청어는 바다에서 왔고 나는 가보지 않은 곳을 향하는 마음으로 청어를 먹었지요. 가보지 않은 곳에서는 언제나 못마땅한 일만 일어나 가보고 싶지 않기도 했지만 말이에요. 어디서 그런 것들은 오나요? 나는 원하지도 않았는데 왜 그것들은 와서 나에게서 많은 걸 가져가버리죠? 난 그런 것들이 살다보면 풀릴 줄 알았지요. 그래서 청어를 먹고 또 먹었지요. 내가 해온 요리 재료 중에 청어만은 유일하게 내가 가보지 않은 곳에서 온 것들이었기에. 비린가요, 그렇게, 시고 비리고 짜고, 내가 가보지 못한 곳은 그런지, 오늘은 알아야겠기에.

나는 그녀가 말을 하는 게 아니라 시를 읽고 있다는 것을 알았다. 그 시는 그녀가 자주 읽었던 프랑스 시 중의 하나였다. 그곳은 짜고 비리고 신가. 청어의 맛은 그러니까 그녀가 상상해낸 그녀가 가보지 못한 곳의 맛이었나.

난, 한 사람 정도는 이 밤에 더 만나야겠는데 그 사람은 결국 오지를 않을 거야, ……애야, 혈친 중에 하나 정도는 모르는 것도 그럭저럭 괜찮긴 하단다. 네 피 속에 있을 그의 피를 영원히 네 피 속에 이름 없이 무심하게 여행하는 여행객으로 두어도 괜찮은 거지.

그녀는 빈 의자들을 향해 다시 말을 건넸다.

그렇지요, 그렇지 않니? 그렇지 않으면 어떻게 살지, 말하지 않고 묻어두는 것들을 어디에서 도로 찾아오지? 말 좀 해봐요, 그렇게 먼 길을 다녔으면 할말이 있어야 할 것 아녜요. 제발, 나를 봐서라도, 말 한마디 안 하고 산 나를 봐서라도. 너무 어이없이 그런 일들은 일어났고, 난 말 한마디도 못하고 그 일을 보고만 있었지. 당신이 죽었다는 지방신문을 보고도, 저애가 그 불구덩이에 있었다는 것을 공장 주임에게 듣고도, 난 암말도 안 했는데. 안 하고 그냥 청어만 먹었는데. 그냥 그랬는데.

......

......

......

애야, 남는 건 그리움뿐이란다. 그립다, 그립기만 하고 아련하고, 그립기만 하고,

그녀는 머리를 팔걸이로 떨구었다. 그리고 미동도 하지 않았다. 촛불이 이제는 거의 다 빠져버린 그녀의 머리칼 오라기 속을 헤집고 지나갔다. 나는 그대로 가만 있었다. 나는 그대로, 가만, 그대로 그냥 있었다.

그것이 할머니와 나의 마지막이었다.

할머니는 그날 밤에 의식을 잃었고 그 사흘 뒤에 떠났다.

나는 그녀가 시집올 때 가져왔다는 나무 침대 곁에 서서 그녀의 눈을 감겨주었고 그녀가 덮고 있던 시트를 머리끝까지 올려주었다. 그 곁에서 나는 길을 떠나기로 마음먹었다. 그곳이 어디인지 알 수 없지만, 나는 가야 할 것 같았다. 나는 청어를 먹지 않을 것이고 나는 이 바닷가와 반대쪽을 향해서 떠날 것이다.

나는 떠나기 전에 우리들이 있던 기숙사로 전화를 걸었다. 그녀를 바꾸어달라고 했지만 그녀는 없다고 했다. 그녀는 아마도 도서관을 갔는지. 나는 내가 떠나는 것에 대하여 그녀에게 말을 하려고 전화를 걸었던 건 아니었다. 다만 그녀의 목소리를 한번 듣고 싶었을 뿐인데, 내가 길 위에서 그녀를 위해 회상을 하게 될 때 그 목소리를 기억하고 싶어서, 내가 그녀에게 왜 더 다가갈 수 없었고 그녀가 바라보던 먼 곳이 어디인지 알 것 같다는 생각을 한 어느 날 내가 얼마나 슬펐는지를 떠올릴 때마다 그 목소리와 가까이 있고 싶어서. 내가 만났던 현자가 늙은 공무원이었던 것처럼 그 목소리를 내 곁에 둘 행운이 나에게는 없었고 내 할머니가 예언자가 아니었던 것처럼 나는 목소리를 지니지 못한 채 길을 떠나게 되었다. 나는 또 어느 길에선가 회상을 하게 될 것이고 그때, 내가 지니지 못한 그 목소리가 우연처럼 나를 부르기를……

그리고 그 무덤.

어느 날 다시 이곳을 들르는 나에게 빛이 되기를……

나는 지금 떠난다.

나의 회상

악사가 왔다.

우산을 사기 위해 ㅁ시의 작은 도심으로 가다가 시청 앞 광장에서 그를 보았다. 이미 몇 개의 대륙을 걸어왔는지 그는 몹시 피곤해 보였다.

그가 동방의 목관악기를 입으로 가져갔을 때 깊은 울대를 타고 피어오른 음악은 차가운 모래사막을 시청 한가운데로 불러들였다.

나는 안개로 젖은 도심의 골목길을 지나 우체부의 동상이 있는 오르막길을 지나 상점이 몰려 있는 보리수길의 잡화품 가게에서 평범한 녹색 체크의 우산을 하나 사들고 다시 시청 쪽으로 걸어왔다.

그는 아직도 거기에 서 있었다.

거리는 크리스마스 분위기가 한껏 무르익고 있었다. 매년 크리스마스 때면 서는 시장에서는 촛불에 데워 향기를 내는 계피나 재스민 액, 밀랍으로 만든 크리스마스 초와 갖가지 촛대들, 진흙을 빚어 만든 인

형이나 호두 속을 들어내고 남은 빈껍데기에 잠이 든 작은 인형을 채워넣은 장식품들, 와인 몇 가지를 섞어 계피와 레몬으로 향기를 돋우고 다시 밀감알과 사과 조각을 썰어넣고 끓이는 크리스마스 술을 팔고 있었고, 큰 철판에 흰 소시지를 구워내는 상점에서는 크리스마스 준비를 하느라 시장에 나온 사람들을 끌어들이는 녹진한 고기 냄새를 흘렸으며 푸른 나무 위에 매달린 빨간 크리스마스 종이 빗속에서 흔들릴 때마다 잘 익은 돼지고기의 속살처럼 말간 분홍색 피부를 가진 게르만들은 나쁜 날씨를 불평하지도 않고 몰려다니며 크리스마스 술과 구운 흰 소시지를 먹어댔다. 외국인들에게는 그지없이 쓸쓸한 계절이 돌아온 것이다.

악사는 그 계절에 ㅁ시로 왔다. 나는 그 악사를 어딘가에서, 그리고 먼발치로 만났던 사람을 만난 것처럼 한참을 보고 있다가 돌아섰다.

기숙사로 돌아온 것은 네시 무렵이었지만 벌써 해는 시고 컴컴하다. 문을 따고 방으로 들어가려다가 부엌에서 들려오는 음악 소리에 멈칫한다.

악사가 시청 광장에서 불던 목관악기 소리가 부엌에서 들려오고 있다. 환하게 불이 켜진 부엌 쪽으로 가본다. 부엌문을 열고 들어가려다가 나는 가만히 서 있다.

파델이다.

그는 잔뜩 웅크린 채 뭔가 끓이고 있다. 그리고 그의 옆에는 작은 녹음기 하나가 놓여 있다. 음악은 아마도 닭 수프라고 짐작되는 국냄새에 섞여 부엌문을 아련히 감싸고 있다. 그는 웅크린 채 냄비를 향하여 고개를 박고 조금씩 흔들거리고 있다. 아마도 그 음악이 그를 그렇게 흔들거리게 하는지, 그의 흔들거림은 닭 수프에서 퍼져나오는 김처럼 나른하다. 나는 몸을 돌려 방으로 돌아온다. 크리스마스 방학이 시작된 기숙사는 모두 다 떠나고 조용하다.

가끔, 이렇게, 불쑥 찾아오는 낯선 곳에서 살고 있다는 무거운 느낌. 이겨낼 수 없는 그리움.

와인 한 병을 사기 위해 주유소를 다녀오다가 기숙사 건물을 올려다본다. 모두 집으로 갔는지 저녁 여덟시쯤 되었을까, 기숙사에는 한두 개의 방에 불이 켜져 있을 뿐이다. 저 불이 켜져 있는 방, 저 방의 주인은 나와 같은 외국인일 것이다.

열쇠를 문에 꽂는다. 어두움으로부터 밀려나오는 철거덕거리는 첫 소리.

여행을 하는 사람에게 여행의 이유를 묻는 것은 어리석다. 나는 그 어리석은 물음을 이곳에서 보낸 세 번의 겨울 동안 내내 했다. 나는 이렇게도 어리석다.

왜 나는 내가 살아온 거리를 떠나 아무 작정 없이 이곳에 머물고 있나, 혹은 또 어딘가를 향해 항상 떠날 준비를 하고 있는가.

어리석은 나는 지금 아무런 설명을 할 수 없다.

다만 지금 나에게 떠오르는 단 하나의 이유가 있다면, 나는 시인이었다. 그때 나는 이십대에 요절하지 않은 시인이었고 삼십대가 암울

하게 나를 기다리고 있었고 별일이 없다면 내가 살아온 그 거리에서 계속 밥을 벌고 세 들어 살고 있는 집, 창가에 서서 오래 창밖을 내다보고 있어야 했다. 몇 끼니의 밥을 먹으며, 몇 날을 창밖에 서 있으면서 나는 그 거리에서 늙어가야 했다. 그리하여 내가 꾸었던 꿈은 나처럼 늙어가고 나는 그 꿈을 항상 신생하는 것으로 매만질 힘을 잃어버리고 마침내는 내 꿈으로부터 버림받게 될 것이었다.

그 꿈…… 내가 꾸었던 그 꿈이 뭐였는지…… 나는 설명할 수는 없다.

아마도 내가 태어난 방에서부터 내가 다닌 모든 거리와 학교와 분식집과 카페와 더러는 해지는 도서관과 골방과 돈을 벌 수 있는 나이가 되었을 때 몇 푼의 지전을 봉투에 넣고 다녔던 결혼식장과 장례식장과 집들이와 개관식과 폐관식 사이에서 자라고 살고, 더러 깨끗하기도 하고 더러는 때가 묻기도 하고 더러는 더러는 무참해지기도 했던 내 꿈. 선배 세대들처럼 정치혁명에 의탁할 수도, 방만하게 펼쳐진 자연에 기댈 수도, 한끼의 밥을 벌면서도 쩔쩔매는 나에게 의탁할 수는 더더욱 없었던 나의 꿈.

여기 ㅁ시까지 가지고 온 나의 수첩에는 그때의 내가 이렇게 적혀 있다.

……나는 그 무엇에도 동의할 수가 없다. 그러려고 그랬던 건 아니다. 그냥 이렇게 되어버렸다. 그 무엇에도 동의할 수가 없을 때 사람은 떠나야 하는 건 아닐까. 어디로? 사람은 정말, 어디론가 떠날 수 있는가. 떠난다는 건 무엇인가. 이 거리에서 살던 사람이 저 거리에서 살게 되거나 길거리에서 잠을 자게 되거나 하는 그런 것? 만일 내가

떠난다면, 나는 그 어딘가, 길거리에서 낯선 방에서 새로운 문장을 찾게 될까.

시간표. 메소포타미아 지방의 궁전 시설 강의, 수메르어, 구바빌론어, 메소포타미아 지방의 지배자 그림에 대한 강의.

벽에는 ㅁ시 지도, 잘 외워지지 않는 수메르어 격을 외우기 위해 벽에 붙여놓은 격 변화. 구 바빌론어 동사변화표.

언제나 ㅁ시의 내 방을 눈으로 쭉 훑어내리면 마치 타인의 방에 잠시 짐을 푼 것 같은 느낌, 혹은 한 계절만 손님을 받는 바닷가의 여관에 다 늦은 겨울 손님으로 들어가 우두커니 앉아 있는 느낌.

제물을 어깨에 메고 사원을 향하여 걸어가는 남자를 새겨놓은 벽화가 담긴 그림엽서, 출토지 소아시아의 사말, 현무암, 높이 1.07미터, B.C. 8세기, 소장지 베를린 국립박물관.

나는 그 엽서를 오래전에 벽에 붙여두고 바라보곤 했다.

사내는 염소를 양어깨에 걸치고 두 손으로는 염소의 발목을 잡고 어디론가를 향해 가고 있다. 세월이 현무암의 살갗을 어루어 그는 맨발이다.

처음부터 맨발로 저 사내를 돌 속에 가두어놓은, 혹은 돌 속에 새겨놓은 고대의 조각가는 아마도 어느 쓸쓸한 저녁 시간에 어딘가로 떠나는 꿈을 자주 꾸었는지, 그리고 그 꿈은 그를 쓸쓸하게 했는지, 사내에게 신발은 주지 않았다. 아니라면 차마 가여워 신발을 주었는데도 세월이 신발을 가져가버렸는지도.

와인 코르크를 병에서 힘겹게 빼어낸다. 가벼운 진공을 깨는 소리, 와인 냄새.

유리잔을 찾아 와인을 따라놓고 촛불을 꺼낸다. 오늘은 술을 좀 마실 것이다.

비가 오고 있다. 가만히 가만히 온다. 어디 멀리 있는 새집에서는 잠든 새의 깃털이 다 젖겠다. 눈을 감고 가만히 나는 창 쪽으로 놓인 책상 앞에 앉았다.

나는 여권을 주민등록으로 삼 년 동안 사용해왔다. 여권은 여행자의 신분보장을 위한 증명서지만 나는 그것을 지금 주민등록으로 사용중이다. 나의 주민등록은 내 본적지 동사무소 서류철에 꽂힌 채 삼 년동안 아무런 기록을 남기지 않고 있다. 어느 밤에 전화를 한 어머니는 내 의료보험이 취소되었다고 알려왔고.

네가…… 돌아오믄 금방, 된다더라……

의료보험을 열기 위해…… 결국 나는 그곳으로 돌아가지 않을까…… 인간의 마음속에 고향이란 사실, 의료를 보장받는 곳이 아닌가. 내가 돌아가면 지친 나를 받아 안아줄 의료처가 내 고향엔 아직 남아 있을까. 그러나 나는 아직 고향에 대하여 말할 수 있을 만큼 나이가 많지 않다.

누군가 방문을 두드린다. 나는 파멜라는 것을 알면서도 그냥 가만히 책상 앞에 앉아 있다. 오늘 그를 보면 더 술을 마실 것 같다. 나와 비슷하게 돌아갈 집을 멀리 두고 있는 그를 오늘, 나는 만나고 싶지 않다.

한참을 두드리다가 포기를 했는지 더이상 소리가 들리지 않는다.

대신 방문의 작은 틈으로 어딘가에서 음악 소리가 들려온다. 낮에 거리에서 듣고 이른 저녁 무렵엔 기숙사 부엌에서 들었던 그 음악이다. 모래바람 속에서 흩어진 알갱이들이 스스거리며 모래사막을 기어가듯 흩어지지 않으면서도 흩어질 것 같은 음악, 아랍의 음악.

내가 떠나온 그 거리가 모래알 같은 음악 사이로 떠오른다. 생각하면, 그 거리에 세워진 모든 것들이 모래 같다. 차들도 씽씽 달리는 모래라 달리며 흩어진다. 사람들도 모래라 걸으면서 잠을 자면서 일을 하면서 흩어진다. 아파트의 불빛, 백화점의 네온, 고가 다리, 고궁들, 그 거리를 둘러싸고 있는 산들도 도심을 가로지르는 강도, 모래처럼 스스거리며 내 몸 어느 한구석에 잔알갱이 모래를 박아놓으며 흩어진다.

내가 그 도시에 들어간 것은 언제였는지 혹 봄이나 여름이나 겨울이었는지 나의 기억 속에는 어느 날 내가 그 도시에 모래 시민으로 주민등록을 옮겼다는 기억만 있다. 그러나 내가 왜 그 도시로 들어갔는지, 그것만은 뚜렷하다.

나는 얼마간의 돈을 벌어야만 했다.

추웠다는 기억, 언제나 유행이 지난 옷을 입고 다녔다는 기억, 온종일 걸어다녔다는 기억, 감기와 두통과 썰렁한 방과 전기담요, 그리고 한 번도 적금을 부어보지 못한 기억. 하긴 그 모래도시에서 따뜻한 기억만이 있는 사람이 어디 있겠는가, 골목길, 오르막길, 시멘트 덩어리의 낡은 아파트 지하, 구멍가게의 먼지 덮인 라면, 두부와 간고등어, 두껍게 낀 성에 속에서 꺼낸 이미 유효 날짜가 지나버린 아이스

바…… 늦은 일을 마치고 한강을 건너올 때, 저 건너 작은 섬에서 밤 나들이를 나온 새떼들, 나는 이 지상에서의 나의 생이 쓸쓸히 끝나기를, 그리고 새처럼, 이 지상을 저렇게 가볍게 떠다니기를 기도하듯 중얼거렸다. 무서웠다. 무엇이 나로 하여금 이렇게 쓸쓸하게 하는가.

내가 그 도시를 떠나기로 마음먹은 것은 언제였는지, 그것만은 비교적 기억에 뚜렷하다. 여름이었다.

그 모래도시에서 나의 유일한 혈육인 언니와 함께 나는 그 무렵 우리가 세 들어 살던 거리의 은행 안에 있었다. 언니는 곧 아기 엄마가될 터였다. 새파랗게 질린 채 어디, 몰아치는 바람 한가운데에 서 있는 것처럼, 어디, 뻘밭 한가운데에서 더이상 빠지지 않으려고 헛헤엄을 치듯, 은행 안에 있었다. 언니의 적금을 해약하는 데 너무나 오래 걸렸다. 적금을 해약해서 돈을 찾은 다음 그 옆 은행에 가서 내가 가진 약간의 저금을 찾아 우리는 고향에 그 돈을 보내야 했다. 그 돈은…… 아버지의 수술비였다.

왜 이렇게 오래 걸려.

해약하는 거니까.

아기를 가진 지 육 개월이 넘은 언니의 얼굴은 까맣게 타들어가고 있었다. 턱선에는 산부의 것이라기엔 너무나 깊은 그늘이 있어 아무래도 첫아이를 조산할 것 같은 불안스러움이 어른거렸다. 언니의 가는 손목이 은행 의자 팔걸이에서 자꾸만 떨어져 나는 가끔 언니의 손목을 지그시 눌러주어야 했다.

너무 늦지 않니? 엄마가 몇시까지라고 하셨니?

벌써 열 번은 넘게 물어보는 거라 나는 은행 벽에 걸린 시계를 그냥 쳐다보는 것으로 대답을 대신했다.

언니는 손수건을 꺼내 이마에 갖다대고 한참을 떼지 않았다. 이마에 있던 손수건이 눈가까지 내려오더니 한참을 머물러 있었다.

수국…… 나는 어릴 때부터 언니를 보면 시골 종갓집 마당에 가득 핀 수국을 연상하곤 했다. 종가의 큰할아버지는 이른 가을 무렵까지 사랑에 드리워놓은 발을 치우지 않으셨다. 사랑 마당에 핀 수국을 발 사이로 바라보기 위해서였다. 함초롬해서…… 너무나 고와서 당신의 사위어가는 눈에는 마땅한 꽃이 아니라고 하셨지만 발 사이로 어른대는 넘보라살빛을 그렇게, 그렇게도 고여하셨다. 언니는 언제나 꽃 가까이 가는 법이 없었다. 꽃 멀찌감치서 어른거리기만 했다. 나는 꽃 가까이서 멀찌감치 앉아 있는 언니를 보면서 정작 수국은 저기에 있노라, 생각했었다. 남빛이 돌 만큼 흰 얼굴에 조금 수그리고 앞을 보는 것도 땅을 짚는 것도 아닌 눈빛을 언니는 갖고 있었다. 그런 눈빛은 언니를 언제나 슬퍼 보이게 했다. 웃을 때도 늘 수심이 찬 것 같은 얼굴, 일테면 보라 수국이 환하게 필 때 어린 나를 까닭없는 아림에 짚혀 꽃그늘에 앉아 있게 만드는 그런 얼굴.

은행원이 언니 이름을 부르자 그녀는 손수건을 떼지 않은 채 창구로 달려갔다. 얼마간 불러온 배와 믿을 수 없을 만큼 부어오른 다리로 왼손잡이인 언니는 왼쪽으로 기울어진 채 뒤뚱거리며 갔다.

은행을 나오니 잘 끓어오른 탕 같은 여름 거리가 아둔한 아이의 책가방처럼 늘어져 있었다. 언니는 돈봉투를 넣은 가방을 가슴에 끌어

안고 있어 팔꿈치에 접힌 부분에는 땀이 거짓말처럼 흘러내리고 있었다. 땀이…… 긴장과 불안의 땀이, 더위에 지친 몸의 땀, 흘러내리면, 이 모래도시에, 사해, 소금기 언덕을 가진 강변이.

흰 언덕이었다. 소금 파도가 밀려와 언덕을 핥고 있었다. 소금기는 열풍에 곧 말라 언덕을 흰 소금기로 덮고 있었다. 또 소금 파도가 밀려왔고 열풍은 소금기를 말리고…… 그래서 흰 언덕…… 나는 그 흰 언덕을 하염없이 가고 있었다. 또 가고, 또 가고,

나, 갈 거야. 나, 언젠가는 여기를 떠날 거야.

나도 모르게 중얼거린 말을 그녀는 들었는지 멈칫했다. 가방을 끌어안고 잰걸음으로 뒤뚱거리던 언니가 멈추어서더니 나를 바라보았다. 울었을 텐데도 눈가는 붉지 않고 푸르스름했다. 고개를 떨구더니,

넌, 어디론가로 갈 수 있구나, 언젠가는, 그러니까…… 언젠가처럼.

나는 입을 다물었다. 피곤한 눈으로 바라본 은행 거리는 덜 곤 엿처럼 흰 거품을 내며 끓어넘치고 있다가 곧 뜨거운 엿물을 내 머리칼로 부어버릴 듯이 사납게 더웠다.

나중에, 나중에…… 가라, 응, 지금은 아니다, 그렇지, 지금은 아닌 거지.

다독거리듯 그녀는 말했지만 정작 고개는 그대로 떨구고 있는 채였다. 무심코 내뱉은 내 말에 깃든 우연한 단호함에 언니는 겁을 집어먹고 있었다. 마치 내가 지금이라도 어디론가 떠나버릴 것처럼. 떨어진 목덜미가 가늘게 떨리는 것 같았다. 언니의 떨구어진 목덜미 뒤로 여름 거리는 모래사막의 신기루처럼 떠올랐다가 금방 사라질 것처럼 어른거렸다. 그리고, 지금의 내 기억 속에서는 강냉이 튀기는 기계에

서 금방이라도 뜨거운 압력을 못 이긴 강냉이가 기계 속을 뛰쳐나와 사방팔방으로 흩어질 것처럼 불안했다. 그래, 나는 언젠가는 이 거리를 떠날 거야, 이 모래도시에는 나의 불우를 가리키는 저 실체도 없는 모래들이, 마치 나의 불우를 내가 이 지상에서 실체를 확인할 수 없는 것처럼, 그렇게 확인할 도리 없이 떠다닌다.

그 도시를 휩쓸고 다니던 모래들의 정체는 무엇이었는지, 그것은 지금 내가 느끼는 대로, 마멸해가고 번성해가고 또 마멸해가는 속도가 시계의 초침에만 걸려 있었던 그 빠르기의 입자 같은 거였는지.
새벽 무렵, 일을 하기 위해 방을 나설 때 섣부르게 밝아오던 아침의 모래도시에는 쓰레기를 가득 싣고 난초향 섬으로 향해 가던 쓰레기차들이 만장과 같은 덮개를 펄럭거리며 강변도로를 질주하고 있었다. 간신히 떠오른 해가 쓰레기차의 비닐 덮개 위에 주르륵거리는 햇살을 안쓰럽게 부려놓고 위태롭게 공중에 매달려 있을 때, 저 쓰레기차에서 빠져나와 강변도로에 나뒹굴어지는 쓰레기는, 세끼의 밥과 주택부금을 납부하기 위해, 더러는 어떤 희망과 더러는 어떤 권태를 싣고 도시 중심으로 밀려드는 자동차에 의해 형체도 없이 밟혔다.
일터에서 사람을 만나는 일은 지독히 쓸쓸한 거였다. 당연히 나를 만나는 상대편도 나만큼이거나 나보다 더 깊은 쓸쓸을 구멍난 포켓 같은 가슴속에 가지고 있겠지만 그것은 확인 불가능했다. 꽁치나 대합을 구워주는 포장마차에서 불어 멍멍해진 국수로 저녁을 먹는 날에 나는 포장마차 주인이 함부로 헹구어내는 휑한 설거지통을 한없이 바라보곤 했다. 그녀의, 일을 많이 해 굵어져서 심줄이 비어져나온 손목도. 국숫가락이 떠다니는 더러운 헹굼물은 나보다 더 지독히 쓸쓸한 것 같았다. 일을 하면 그런대로 세끼 밥을 먹여주는 그 눈물나도록 고마운 도시를 못 견뎌한 배은망덕한 나 같은 사람에게 도시는 쓸쓸한 저녁으로 보복했고 나는 그 보복을 달게 받으며 돌아가봐야 어둠뿐일 내 방을 피하여 거리를 어슬렁거렸다.

멍하니 강변에 앉아 있었던 적도 있었다. 그 강의 모래는 이미 모래 도시에서 하루가 멀다 하고 지어대는 육식동물 같은 건물들의 피부 속으로 스며들어가고 없었고 시멘트로 이겨놓은 강변둑이 사다리꼴로 도로와 강을 구획했다. 건너편을 바라보면 아직 거죽을 입히지 않은 철골 위로 네온의 십자가 샤먼이 달각달각거렸다. 이렇게도 안식없는 지상에서 아마도 사람들은 교회나 술집을 찾기 마련이었는지, 네온 십자가 너머에서는 돼지갈비 냄새가 강바람이 불 때마다 강변으로 넘어왔다. 가끔 다리 위로 밤늦은 전철이 지나가면 전철 창문에서 흘러나오는 형광의 빛을 향하여 나는 아무런 느낌도 없이 손을 흔들곤 했다. 아무런 느낌도 없이 그리고 또 아무런 느낌 없이 눈에 눈물을 가득 달곤 했다.

나보다 두서너 발자국을 앞서가던 언니 앞으로 오토바이 하나가 질주해오는가 했더니 언니가 쓰러졌다. 정수리가 서늘해졌다.

잡어, 소매치기 잡어.

보도에 쓰러진 채 그녀는 나를 향하여 절망적으로 외쳤다. 손목에는 가방끈만이 흔들거렸다.

오토바이는 길모퉁이를 돌아가고 있었다. 순간에 일어난 일이라 멍해 있던 나는 그제야 뛰기 시작했다. 소매치기, 소매치기, 누가 저 오토바이 좀 붙들어줘요, 저 돈 잃어버리면 안 돼요, 저 돈만은 잃어버리면 안 돼요. 보도를 오가는 사람들을 헤치며 나는 정신없이 뛰었다. 사람들은 길을 잘 비켜주지 않았다. 한 사람을 헤치고 지나가면 두 사람, 세 사람이 앞을 막았다. 목께에 통증이 오더니 눈물이 흘렀다. 저 돈, 지금의 저 돈은 안 된다, 나중에 열 배라도 그냥 달라고 하면 줄 테니까, 오늘만은, 오늘만은 돈을.

내가 길모퉁이를 돌아섰을 때 오토바이는 사라지고 없었다. 오토바이가 사라진 것을 확인하고 나는 그 자리에서 쓰러졌다. 나는 소리를 질렀다.

이 나쁜 놈들아, 나중에 내가 다 죽여버릴 거야.

거친 말이나 방정스런 소리를 지껄일 때 어김없이 매를 드는 아버지는 수술을 기다리며 병실 창 너머를 한없이 바라보고 있을 것이다. 아, 아버지, 통증을 숨기며 값싼 화학 진통제에 고통을 어루던 아버지.

재수술 받지 않고 그냥 돌아가시려고 했던 것 같아요.

옛날 아버지에게 경제학원론을 들었다는 의사가 언니와 나에게 한 말이었다.

울고 있던 내 주위를 사람들이 에워쌌다. 언니가 왔다. 그녀도 뛰었는지 한쪽 다리를 끌면서 내 앞에 가쁜 숨을 무참하게 뱉으며.

가버렸니?……이제 우리 어떡하니……

내 곁에 털썩 앉으며 내 목을 끌어안으며.

이제 우리 어떡하니……

나쁜 놈들, 다, 죽여버릴 거야, 언젠가는, 언젠가는……

언니의 이제 막 불어오르기 시작한 가슴에 얼굴을 묻고 나는 울면서 중얼거렸다.

막막하다……는 것. 그것에 대하여 나는 정도가 심할 정도의 공포를 갖고 있는데 막막한 것은 정말 막막하기 때문이다. 언니와 나를 둘러싼 사람들은 혀를 끌끌 차기도 하며 딱하다는 표정으로 우리 자매를 쳐다보고 있었고 그 많은 사람들은 나를 더 막막하게 했다. 이 사람들을 뚫고, 어떤 절벽에 서 있는 것을 이 사람들에게 고스란히 들켜버린 우리 자매는 어디론가를 가봐야 했다. 경찰에 신고를 하든지 고향으로 전화를 하든지. 병원 원무과에다 이렇게 말할 수는 없었으므로, 저…… 소매치기를 당했는데…… 일단, 수술만이래두. 돈을 다시 구해야 했다. 형부와 언니는 이미 신혼을 아버지를 위해 고스란히 내주고 있었고, 나는 스물일곱이었다. 그때 나의 막막함은 그것이었다.

우리 앞에 한 남자가 끌려오고 있었다. 두 사람의 방범이 한 남자를 끌고 씩씩거리며 사람들을 뚫고 우리 앞으로 왔다.

꿇어앉아, 인마.

아마, 나는 늘 그런저런 나의 현실 조건을 괴로워하고 있었긴 하지만 정작 그 모래도시를 떠날 거라는 구체적인 생각을 하지는 않았던 것 같다. 가끔 나에게 찾아왔던 그 모래도시에서 살아가는 기쁨, 아침 창으로 한껏 몰려오던 햇살이나, 저녁 거리에서 내가 맡던 익숙하게 드나들던 찻집의 커피 냄새, 가녀린 옷이 걸려 있던 지하상가의 쇼윈도나 낡은 창고 극장에 나붙던 새로 시작되는 연극 포스터들, 가끔 모래도시를 빠져나가 가까운 교외에서 먹던 산채비빔밥이나 살갑게 끓어오르던 붉은 생선국들, 분명 모래도시에서 어슬렁거리던 나의 일상 한쪽에는 따뜻한 색과 냄새와 맛이 언제나 있었고 가끔 나에게 전화를 거는 '너'도 있었다. 매일 나가서 일을 하고 일정한 사무실에 근무하는 일을 하고 있던 게 아니라서 급한 연락을 위하여 나에게는 조그마한 자동 응답 전화기가 있었는데 늦은 밤, 일을 마치고 집으로 돌아와 단추를 누르면 거짓말처럼 거기에 '너'는 있었다.

접니다…… 출근했어요…… 어제 좀 마셨습니다……

목소리 사이사이에 문이 열렸다 닫히는 소리, 두드리는 자판 소리, 누군가 '너'를 부르는 소리.

『삼국유사』를 읽고 있어요…… 꿈이요, 꿈을 꾸고 싶은데 게을러서 꿈도 없는지…… 참, 어제 광화문에 있는 어떤 한식집을 갔는데 산미나리를 데쳐 초고추장에 무쳐주더군요.

그날 오후부터는 강한 바람을 동반한 비가 세차게 왔다. 태풍이라 했다. 경찰서에서 나와서 언니와 헤어진 후 나는 서삼릉에 앉아 있었다. 더러 무참할 때 찾아가던 곳이었다. 무참했다.

와인을 한 잔 더 따라놓고 약간 춥다 싶어 카디건을 꺼내 입는데 다시 문 두드리는 소리. 나는 가만히 서 있다. 빨리 소리가 그치기를 기다리며.

한참을 두들겨대던 파넬이 문밖에서 나지막이 아랍어로 뭐라고 중얼거렸다. 그리고 점점 멀어지는 실내화 소리.

물받이 길에 황톳물이 넘쳐나는 것도 기다란 적송이 푸른 수염을 사납게 흔드는 것도 나는 가만히 바라보고 있었다.

죽은 자의 무덤에서는 아무 소리도 들리지 않았다. 도리어 무덤을 덮은 여름 잔디에서는 바람과 비를 가득 머금고 뿜어내는 독기와 같은 아직 살아 있는 것들의 냄새가 미친 듯 이곳 능터를 수선대며 쏘다니고 있었다. '너'가 언젠가 나에게 해준 이야기, 자동응답기를 타고 나에게 해준 이야기, 왜 그 출근 시간에 '너'는 나에게 그런 얘기를 했는지…… 모래도시의 삶에 부대껴 신발을 벗어 두 손가락으로 신발 홈까지 파고들어가 모래를 집어내는 저녁이 사뭇, 쓰라렸는지.

그곳…… 능에는 사산했거나 낙태한 제왕의 씨를 위한 무덤도 있다더군요…… 탯줄도…… 함께…… 흙속에. 영원에 대한 집착들…… 전화 끊겠습니다. 출근하자마자 나가봐야 해요.

나는 이 능터에서 다시 모래도시로 돌아가고 싶지 않았다.

청년, 그 청년, 어느 틈에 그럴 새가 있었는지 돈을 가슴에 빽빽하게 감고 있었던 소매치기 청년, 잡히면서 맞았는지 입가로 피가 흘러 흰색 티에 꺼멓게 뭉친 피, 그리고 그 청년이 발길에 차여 둘러싼 사람들이 다 지켜보는 가운데 앞으로 고꾸라졌을 때 가슴을 빠져나온 지폐들은 내 눈앞에서 흩어졌다.

멍청한 놈들, 여기 지리도 모르면서 소매치기를 해. 글루 가면 주택간데, 글루 들어가.

앞으로 고꾸라진 채 청년은 눈을 허옇게 뜨고 언니와 나를 노려보았다. 그는 맨발이었다. 그의 눈앞에는 나와 언니말고도 만원권 지폐가 시퍼렇게 건들거렸다.

여기, 닭 수프 두고 간다. 먹어. 문 열 때 조심해, 바로 문 앞에 두고 가니까.

파넬이 또 다녀가는 모양이다. 나에게 한 그릇 닭 수프를 주려고 오늘 그는 그렇게 자주 나를 방문한 모양이다. 슬몃 미안해져 그를 불러 세우려다가 가만히 있는다. 문틈으로 파넬이 놓고 간 닭 수프 냄새가 스며들어온다. 따뜻한 냄새. 나는 문을 살며시 열었다. 쟁반에 닭 수프와 아랍식 빵이 놓여 있다. 가지고 들어와 책상 위에 올린다. 빵을 뜯어 파넬이 먹는 대로 닭 수프에 적신다. 입안에 넣고 가만히 씹지 않는다. 따뜻하다. 파슬리를 넣고 끓인 아랍식 닭 수프에서는 한약탕기를 덮어 씌우는 문종이 냄새가 난다. 아마도 그는 그의 어머니가 고향에서 보낸 향신료와 통후추를 파슬리와 닭과 함께 끓인 모양이다. 나는 숟가락을 들고 국물을 뜬다. 국물에 대한 나의 갈급은 아마도 내가 가진, 나도 정확히 실체를 알 수 없는 결핍 때문이리라.

태풍 속에서 그 남자는 나에게로 왔다. 맨발인 채로 그는 바람 속에서 있었고 나에게 뭔가를 내밀었다. 팩소주와 김밥이었다.

누구세요?

따뜻한 게 없어요. 배고프지 않으면 술이라도 한 모금 해요.

그는 사나운 비와 바람 속에서 웃고 있었다. 헐렁한 티셔츠와 헐렁한 청바지를 입고 있는 그는 언뜻 보기에도 초로를 넘긴 것 같았다. 웬일인지 그는 사무치는 얼굴을 하고 있었다. 초로의 얼굴에 떠오른 사무치는 표정은 태풍 속에서 편안히 마음을 놓아버린 연처럼 위태롭고 자유로워 보였다.

그는 그렇게 나에게 왔다. 마치 내 속을 통과해서 나온 것처럼 그렇게 나에게로 왔다.

나, 여기 능지기예요.

저쪽에서 우지끈하며 큰 가지 하나가 부러지는 소리가 났다. 나는 움찔 어깨를 올렸다. 그는 소리나는 쪽으로 고개를 돌렸다. 그리고 다시 나를 바라보았다.

오늘밤엔 나무들이 좀 다칠 거예요. 토끼굴 무너진 걸 손보러 나왔다가 앉아 있길래. 손 다 보고 들어가려는데 아직도 앉아 있길래. 오늘 같은 날, 누가 오랴 싶어 저녁에 순찰을 안 돌았지요. 하긴, 순찰이라니, 이집트 왕 무덤처럼 부장품도 없는 여기에서 누가 이 태풍에 사람 눈을 꺼리며 여기 들어앉아 있겠어요.

남자는 책 읽듯 또박또박 말했다. 책 읽듯, 또박또박…… 무심히 또박또박…… 날아갈 듯 내민 그의 손에는 아직도 김밥과 팩소주가 들려 있었다. 그의 봉두난발이 펄럭였다. 잡으면 어디론가 훅, 달아날 것 같은 비현실적인 봉두난발이었다.

여기 있지 말고 내가 있는 사무실에 갈래요? 라면, 먹을 수 있을 텐데……

아뇨, 됐어요.

어디론가 가자는 말에 갑자기 경계심이 생긴 나는 자리에서 벌떡 일어섰다.

그는 싱긋 웃으며 김밥과 팩소주가 들려 있던 손을 슬그머니 뒤로 감추었다.

사무실에 들렀다 가야 해요. 택시를 불러야죠. 이 밤에 걸어가려구요?

그러더니 그는 앞서서 성큼성큼 걷기 시작했다. 어둠 속이라 그의 맨발은 시리고 차가워 보였다. 콸콸 흐르는 황톳물 속으로 그의 맨발은 이 지상을 떠났다가 어디 긴 여행을 떠난 것처럼 사라졌다가 여행을 마치고 돌아온 것처럼 불쑥 나타났다가 다시 사라졌다. 그의 뒷짐진 손에서는 팩소주와 김밥 주머니가 달랑거리고 있었다. 바람이 불어올 때마다 불어오는 쪽으로 몸을 기우뚱거리며 다시 그는 걸어갔다. 얼마간 앞서가는가 했던 그가 갑자기 눈앞에서 사라졌다. 그를 뒤따라가지 않고 황망한 눈으로 뒤쫓고 있던 나는 깜짝 놀라 그를 불렀다. 그는 나타나지 않았다. 나는 허깨비에게 홀린 것처럼 걷기 시작했다. 갑자기 바람이 그치기 시작했고 서서히 사나운 물결 같았던 나뭇잎 부대끼는 소리며 여기저기서 사납게 땅을 훑고 지나가던 불어난 물들이 조용해지기 시작했다. 비도 그치는지 땅을 두들겨대는 소리나 잎사귀를 내려치는 사나운 물줄기도 끊기기 시작했다. 갑자기 정적.

길을 잃었다는 생각이 들었다. 내가 앉아 있던 곳에서 능 입구의 사무실로 가는 길은 여기가 아니다. 콧속으로 비 그치고 난 뒤의 새파란 냄새가 스며들었다. 여기는 사무실로 가는 길도 아니며 그 어디로 가는 길도 아니라는 생각.

남자가 사라진 곳에는 사뭇 자라는 시절이 스산했을 성싶은 포플러한 그루가 길을 막고 서 있었다. 길이라 생각하고 눈으로 그의 뒤를 쫓았던 곳에서 나무 한 그루를 발견하자 나는 몹시 당황했다. 그는 나무 속으로 들어갔을까. 내가 그를 본 것은 이삼 분 정도의 시간에 불과했겠지만 그가 사라진 뒤의 시간은 오랜 세월이 흘렀다는 느낌. 새가 한 마리 푸드덕 날아가 거짓말처럼 맑게 갠 하늘에 검고 날카로운 포물선을 그어올렸다.

그러고도 얼마간을 더 걸었다.

갑자기 눈앞에 능 하나가 나타났다. 족히 언덕은 하나 될 성싶은 무덤이었다. 태풍이 지나가고 청청한 하늘에 별이 돋아나고 있었다. 별 속에 옥빛의 애살스러운 달도, 그렇게, 은은하고 독하게…… 갑자기 하늘은 비산을 탄 우물처럼 시퍼렇게 나에게로 쏟아져왔다. 아, 아, 그 청년, 그 소매치기 청년은 남해 이동면 출신, 남해종합고등학교 중퇴, 김갑보씨의 차자, 전과 3범의 벙어리였다. 벙어리였어요, 벙어리였다구요. 방범이 몽둥이로 가슴을 치자 우르르 앞으로 쏟아진 청년은 경찰서 시멘트 바닥에서 상처앓이를 하는 밤짐승처럼 끙끙거렸다. 이놈, 벙어리 흉내내는 줄 알았더니 진짜 벙어리예요. 그의 인적 사항이 뽑혀나온 종이를 들고 경관 하나가 서장에게 말을 건넸다. 아니, 목각 기술까지 있는 놈이 왜 도둑질은 해, 청년이 시멘트 바닥에서 몸을 비틀었다. 손목에는 수갑이 채워져 있었으므로 그가 퍼덕일 때마다 야윈 몸에서는 나무 꺾어지는 소리가 났다. 경찰서 벤치에서 멍하니 넋을 잃고 앉아 있던 언니가 외마디 비명을 질렀다. 뒤따라 퍼덕거리던 청년의 입에서도 욕설과도 같은 신음이 터져나왔다. 우우, 우우, 이놈의 자식이, 방범이 그를 일으켜세웠다. 피, 피, 언니는 벽 쪽으로 얼굴을 묻었다. 그녀의 비명은 피 때문이었다. 청년의 윗도리는 피에 젖어 몸에 달라붙어 있었고 그 위로 선명한 피가 울컥거리며 밀려나오고 있었다. 청년의 얼굴은 납지처럼 하얘졌다. 몸수색도 안 하고 수갑 채우면 어떡해, 청년의 왼쪽 가슴 위로 비스듬히 꽂힌 단도가 내 시야에 들어왔다. 나는 순간, 눈을 감았다. 청년은 계속 신음을 피처럼 선명하게, 그러나 소리는 피에 묻히고 그의 잇사이에서만 떠돌다 아마도 시커먼 어둠뿐일 그의 목구멍 속으로 잦아들어갔다.

내가 그 사람을 다시 발견한 것은 애기능 앞이었다.

그는 음복하듯 술을 마시고 있었다. 안개 속의 음복, '너'의 말대로라면 태아이거나 사산아에게 하는 음복.

어머니는 가끔 내 고향에 있던 강을 건너갈 때면 선연한 얼굴이 되곤 했다. 커서 들은 이야기지만 유달리 약한 아기집을 가지고 있던 어머니는 소싯적에 습관성 유산에 시달렸고 간신히 열 달을 채운 아기도 살아서 어머니에게 안기지 못했다고 했다. 그러니까 나에게는 태아이거나 사산아인 형제가 더 있었던 셈인데, 아기들은 애장을 했지만 그들의 탯줄만은 강물에 띄웠다고 했다. 세상을 살아보지 못한 형제들을 향하여 세상을 건너고 있는 내가 할 수 있는 말이 어디 있으랴. 모래도시에서 빠져나와 고향으로 가는 명절이면 나는 이상하게도 아기 형제들의 환영에 시달리곤 했다. 그들도 탯줄을 따라 어디론가 강물에 떠밀려갔다가 명절이면 나와 함께 귀향한다는 생각을 하는 고속버스 안에서 나는 가끔 오싹한 기분이 들기도 했다. 그런 생각이 고향에까지 와서도 떨쳐지지 않는 명절이면 성묘길에 나 혼자 몰래 그들을 위한 음복을 한번 더 하기도 했는데, 그리고 이 지상을 살아보지 못한 아기 형제들에게 기묘한 경외감이 들어 나도 선연한 얼굴로 고향의 강물을 바라보기도 했는데, 애기능 앞에 앉아 있는 그를 보자마자…… 혹시, 오늘, 하루종일을, 내 곁에 아기 형제가 있었던 건 아닐까, 혹시……

그럴지, 어떨지…… 시간…… 은, 여러 종류니까.

내 마음을 읽은 듯 그는 우물거렸다. 안개가 바람을 따라 도는지 내 얼굴에 닿았다가 시퍼런 느낌을 남기고 물러섰다.

아마 그 사람이 말을 할 줄 알았더라면 그 말은 이런 거였을 거예요. 이, 나쁜…… 놈들…… 아…… 언젠가…… 언젠가는…… 다 죽여버릴 거야.

태아인지, 사산아인지 모르는 왕자능, 살았더라면 태정태세문단세 중 하나이거나 뒤주거나 친족에 의해 살해되었거나 난묵향에 취해 붉은 술 따라주는 눈썹 고운 이에게 설매화 한 폭은 그려주었을……

남자는 내 이야기를 가만히 듣고만 있었다. 나는 정신없이 무슨 말인가를 계속하고 있었다. 아버지가 쓰러진 날부터 지금까지, 그러니까, 모래도시에서 살았던 나날들에 대하여. 이상한 일이었다. 태풍이 그치고 난 뒤의 맑은 하늘에다 얼마 후 시계를 한 발자국 앞도 허락하지 않은 안개까지, 그리고 내가 애기능을 더듬어 간 것하며 애기능 앞에서 무료히 술을 마시던 그 사람. 무료한 술. 안개가 두텁게 남자와 나를 에워싸고 있었지만 이 밤, 낯선 남자와 능에 같이 있다는 것도 전혀 무섭지 않았다. 내가 그를 다시 발견한 것도, 마치 올 줄 알고 있었던 것처럼 나를 기다렸던 그 무료한 술.

아버지는 도서관에 있었어요. 검은 목재로 지어진 일제식 건물. 농대만이 전부인 대학 도서관이었어요. 경제학을 전공한 아버지에게는 그 대학에서 강의를 할 자리가 없었지요. 아버지는 그 도서관 사서였어요. 도서관 옆에는 농대 실험 과수원이 있었지요. 매년 여름이면 수박 자두가 익어 그 근처에만 가도 냄새가 코를 찔렀어요. 아버지는 책을 정리하거나 책을 읽고 있었어요. 손목에는 토시를 끼고. 꼭 펜으로 글을 썼지요, 혹은 먹을 갈아 세필로. 난, 아버지 옆에서 동화책을 가지고 놀았어요. 조금 더 컸을 땐 읽었지요. 어떤 책은 읽고 여러 번 또 읽었지만 한 번 읽고는 읽지 못하는 책도 있었어요. 그러니까, 인어공주나 플랜더스의 개…… 거품이 되어 사라지는 공주, 추위 속에서 얼어죽는 네로…… 나는 또 읽을 수가 없었어요, 마음이 아파서…… 지금까지도…… 소공자, 소공녀는 읽고 또 읽었지요. 불행이 행복으로 역전되고 나쁜 사람들이 꼭 벌을 받고.

그는 토끼를 어르고 있었다. 간간이 부어주는 술에 나는 얼마간 안개 속에서 취하고 있었다.

아버지는 강아지를 가끔 데리고 왔어요. 강아지는 예쁘고, 애처로웠어요. 우리 식구들은 아버지가 강아지거나 십자매거나 하다못해 떫은 감 같은 걸 한 보자기 가져올 때마다 불안해했지요. 그뒤에 꼭 사고가 났거든요. 빚보증……이요. 그러니까 그런 것들은 빚보증에 대한 선물이었던 셈이지요. 한쪽 팔이 없는 상이군인인 대학 정문 수위 아저씨의 아들, 칠백원하는 학교 앞 정식집 주방 아줌마, 학교 뒤에 있었던 수원지 관리인……

내 몸 어딘가에 있는 거대한 기억 창고에서 말들이 쏟아져나왔다. 나의 말들은 안개의 입자로 미세하게 흩어졌다 다시 나를 뚫고 들어왔고 술은 더 미세하게 나를 어디론가로 안아올렸다.

　어느 날…… 강아지가 왔어요. 아버지는 진돗개와 잡종은 된다고 했지만…… 이름도 돌쇠였지만 몸을 제대로 가누지도 못하고 옆으로 쓰러지는 아주 약한 놈이었어요. 안아보니 가죽밖에는 없었죠. 눈이요…… 그 눈이요. 눈곱이 잔뜩 낀 눈은 젖어 있었어요. 목이 자꾸 옆으로 젖혀져 내가 이렇게, 바로 세워주는데도 자꾸 옆으로…… 어느 날, 나는 강아지를 데리고 뒷산엘 갔어요. 작은 바구니 하나랑 연필을 깎는 칼도 하나 넣고. 이른봄이었나, 나물 같은 걸 캐러 갔나봐요. 산, 언덕만한 산…… 중턱에 작은 옛 향교가 있는. 향교 근처로 갔지요. 유난히 양지라 그 근처를 가면 이른 애기쑥이 많이도 있었거든요. 갔는데…… 강아지가 갑자기 찔금거리며 피똥을 누더니 쓰러져 깽깽거렸어요. 그러더니…… 입에 잔거품을 내더니, 죽어버렸어요. 겁에 질린 나는 강아지를 만질 수도 없었어요. 눈만 꽉 감고 있었죠. 해가 넘어가고, 향교 지붕에서 까마귀들이 날아올라, 어디 멀리멀리 해지는 쪽으로…… 나는 강아지를 묻어주지도 못하고 겁에 질려 눈을 반쯤만 뜨고 근처에서 있는 대로 마른 솔잎을 끌어모아 던지듯 강아지 위에 덮고는 뛰듯이 산을 내려왔어요. 그런데…… 아마, 강아지를 묻어주지 않아 벌을 받았을 거야. 집으로 돌아오니 집이 없어졌어요. 아니, 집은 있었죠. 붉은 비닐줄로 대문 앞을 막아놓아 들어갈 수가 없었을 뿐이었죠. 엄마, 엄마를 불러도 집안에서는 아무도 나오지 않았어요. 나는 대문 앞에 쭈그리고 앉아 울었어요, 어쩔 줄을 모르구요. 어둡고 식구들은 아무도 없고 집에는 들어갈 수 없고. 나중엔 목까지 쉬어버렸어요…… 엄마가 왔어요. 아버지두. 우린 그날 여관에서 잤

어요. 집, 그리고 앞으로 이 년 동안의 아버지 월급…… 다 남의 것이
되어버렸다는 건 그뒤에 차차 알게 되었지만…… 아무래도 강아지를
묻어주지 않아서……

그랬다. 그날 우리 식구들은 여관에서 잤고 그후 며칠을 여관에서
보냈다. 새우처럼 꼬부리고 잔 여관 잠, 여관에 난 철창을 단 창문으
로는 아무것도 보이지 않았다. 나는 집에 남기고 온 내 것들을 가끔
생각하기도 했으나 색연필이나 도화지, 연희에게서 받은 소라 껍데기
며 곤충 상자…… 그런 것들은 아깝지도 않았고 이상하게도 아까운
것, 하나. 그것은 내 베개였다. 쌀겨를 넣어 딱딱하기는 했지만 돌아
누울 때마다 차르륵거리는 느낌과 머리를 솨솨 스쳐대는 쌀겨들이 부
딪치는 소리. 먼 잠이 들 때 바닷가 외갓집에서 듣던 파도 소리 같은
것이 들려오곤 했던 그 베개. 나는 언제나 베개를 그 집에 두고 와 지
금까지도 편안한 잠을 자지 못한다고 생각하곤 한다.

잠이 오지 않았다. 우리 식구들 모두 잠을 자지 못했다. 버리고 오
다시피 한 강아지 생각도 나는 그 여관에서는 하지 않았다. 이틀쯤 지
난 날, 아버지는 늦게야 여관으로 돌아오셨다. 통닭을 한 마리 들고.
우리들은 기름을 빼내 쫄깃쫄깃했을 진주영양센터의 통닭을 무슨 질
긴 구두 뒤축을 씹듯 우물거렸다. 벽에 기대앉아 우리를 쳐다보기만
하고 닭고기 근처에는 오지도 않으신 아버지가 불쑥 옛날이야기를 하
나 하셨다.

어떤 남자가 있었단다. 나무꾼이었고. 어느 날 아침, 다른 날하고
마찬가지로 나무를 하기 위해 숲으로 나갔지. 숲으로 갔더니 숲속에

서 신선 둘이 바둑을 두고 있었던 게 그 나무꾼의 운명을 바꾸어놓았
지……

다 아는 얘기잖아요.

설탕 식초에 절인 무우 하나를 집으며 나는 볼멘소리를 했고 언니
는 닭날개를 입으로 가져가려다 나를 책망하듯 바라보았고 일찌감치
닭고기 앞에서 물러난 어머닌 양말을 아랫목 쪽으로 널었다.

다, 아는 이야기다. 그런데 그 불행한 남자는 어디로 갔을까.

남자는 안개 속에서 잠자코 술을 마시고 있었다. 나무들이 이제야
숨을 쉬는지 흐린 술기 속에서도 안개는 제법 청청했다. 길 떠나기 딱
좋은 안개였다. 그가 입을 연 건 발밑에서 놀던 토끼들을 입술 휘파람
으로 안개 속으로 보내고 난 뒤였다. 그의 휘파람은 안개를 깊숙이 찔
러, 이상하지, 그의 휘파람이 지나가는 곳으로 안개들은 조그맣게 뭉
쳤다가 다시 산란한 입지로 되돌아왔다.

나는…… 말이다.

어느새 그는 다정한 낮춤말을 쓰고 있었다.

어느 날…… 집을 나갔다. 일을 하기 위해, 그날은 보통, 아주 권태
로운 평일이었다. ……집으로 돌아갔더니 집이 없어졌어. 내가 이은
초가이엉이 사라지고 검은 회빛 기와가…… 덩그러니. 그리고 보니
마을 입구부터 이상했다. 달라져 있었다.

그는 풀을 한 주먹 뜯어내어 그중 몇 줄기를 입안에 넣고 우물거렸
다. 화하니 풀냄새가 났다.

난, 나무꾼이었어. 나는 그냥 아주 평범한 나무꾼이었다. 나의 권

태, 나의 외로움, 나의 기쁨, 나의 아픔은 다른 평범한 사람들의 것처럼 평범했다. 이 세계에 이런 평범한 느낌은 인간들 사이에서 너무 흔하다. 흔한 것은 은밀하게 커진다. 커진 것은 무엇이라도 불러내기 마련이지, 어떤 귀신이라도. 그날 나의 평범이 불러낸 것은 시간…… 그러니까, 평범한 인간들이 자신의 시간을 못 견뎌 불러낸 아주 작은 꿈에 불과했다. 그리고 그들은, 평범한 나를 자기들 속에서 추방해서 영원히 이어지는 시간 속을 걷게 했다.

안개는 짙어져 바로 곁에 앉아 있는 그를 내가 알아보려면 더 가까이 바짝 다가앉아야 했다. 그에게 다가앉자 나는 금방 알 수 있었다. 울고 있었다.

아내는 산부였는데 내가 그날 집으로 돌아가자 아흔이라 했다. 아가는 육순이라 했다. 육십 년, 이라 했다. 그동안 지난 세월은. 그러나…… 그러나…… 말이다. 내가 그날 한 일은 나무를 베다가 그들이 두는 바둑을 세 판 본 일뿐이었다. 세 판 다. 난마에다 외통수가 들끓는 싸움판이었지. 집 모양에는 관심도 없고 잡아먹기만 계속하는 쌈바둑이었지. 집을 지으려고 하면 옆구리의 군마들이 비열하게 뚫고 들어왔다. 포석은커녕 단수도 잡히는 대로 먹어치우는 비천한 혈전이었다. 가끔 말이다. 너 같은 아이들이 못 견뎌 울면…… 난, 그 바둑이 생각난다…… 어느 오동잎 뚝뚝 듣는 날…… 그러니까, 새 꿈에 나오는 대로…… 향초를 넣은 차를 따르면서 두는 한가한 바둑판은 없을까…… 하는 것도. 작약, 수유, 흰 매화 같은 꽃바둑……

그날, 그 여관에서 아버지는 왜 그런 이야기를 했는지 나는 모래도시에서 밥을 벌면서 알 것 같다는 생각을 한 적이 있다. 일터에서 터무니없는 이유로 일을 잃을 때, 집세를 내야 하는데도 시간 안에 돈을 맞출 수가 없을 때, 급한 돈을 꾸러 친척에게 갔는데 돈은 꾸어주지 않고 아버지의 무능에 대하여 책망만 하는 입속의 어둠 속에서, 나는 아버지를 이해할 수 있다고 생각을 했다. 아버지는 이 지상에서 가족을 돌보는 가장으로는 아닌 게 아니라 너무나 고운 사람이었다······ 그 고움의 다른 표현은 무능이었다.

추워졌다. 그리고 나른하게 감기기가 나를 에워들었다. 얼마간 열이 느껴지면서 나는 노래를 하고 싶다는 생각을 했다. 내 어깨에 쏟아지는 햇살은 나를 행복하게 하지만 내 눈에 쏟아지는 햇살은 나를 눈물나게 해······ 이유는 없었다. 그냥, 노래를. 나를 기다리는 사람, 내가 기다리는 사람도 다, 다 모래처럼 아득하게 분해될 것 같은 밤이었다.

나는 그 여인을 아내라고 생각할 수는 없었다. 나는 그 육순을 내 아가라고 할 수는 없었다. 나는 그곳으로 돌아갈 수는 없었다. 그날 해는 아직 넘어가고 있지 않았다. 그건 더 나를 견딜 수 없게 했다. 나는 노망이 들어 파무침만 먹어치운다는 늙은 아내 곁에서 착한 아들처럼 하룻밤은 머물렀다. 아내, 늙은 아내에게서는 파냄새가 지독하게 났다. 아내는 아침까지만 해도 파꽃처럼 하얀, 가녀린 여자였다. 아내는 아무것도 모르는 채 옆에 누운 나를 짓무른 눈으로 바라보았다. 그녀의 눈은 세월에 허물어져 흐릿하고 나태했다. 나는 아내를 안아줄 수는 없었다. 육순 아들의 설명으로는 아내는 육십 년 동안 혼자 늙었다고 했지만······ 그녀를 안을 수는 없었다. 울고 싶었다. 믿어지지도 않았고 믿을 수도 없었다. 다만 이를 악물고 있었다. 입을 벌리면 신음이 우두둑 떨어질 것이다. 이건, 너무한다. 내가 내 평범한 시간을 권태로워한 것치고는 너무 혹독하다. 오, 오, 그리고 나는 더이상 평범하지도 않다. 아내는 꼬부린 몸을 더 꼬부렸다. 끈끈한 파 썩는 냄새가 났다. 나는 입을 다물고 소리내지 않고 울었다. 얼마나 지났을까. 나는 정말 아내가 그렇게 늙었는지 확인하고 싶어졌다. 일어나 아내를 바라보았다. 그 사람의 얼굴에는 거북 등껍질 같은 무거운 주름이 깔려 있었다. 입술은 뭉개지고 코는, 세월이 지나면 사람의 뼈도 가라앉는지, 내려앉아 있었다. 내가 난마가 달리는 피뻘 같은 바둑판을 세 판…… 보고 있는…… 동안…… 그러니까, 동안, 이라는 말은 무엇인지. 아내의 것인 동안은…… 아내를 이렇게 한 세월의 끝으로 끌고 갔다. 순한 사람이었으니…… 끌려갔을 것이다.

나는 아버지의 동안을 생각했다. 지금…… 아버지의 동안은…… 무엇일까.

그리고 지금 내 '동안'은 무엇인가. 창밖으로 내리는 저 비…… 크리스마스. 아직 이틀은 남은 크리스마스. 나는 ㅁ시를 여행중인가, 강의실과 도서관, 학교 식당과 고대어와 박물관과 고대 집터와 건축을 여행하고 있는 동안인가. 나 없는 사이, '너'의 동안은.

삼 년 전, 나는 비행기라는 것을 처음 탔다. 떠나오기 직전의 불면으로 내 얼굴은 한없이 상해 있었고 불안으로 의자에 엉덩이를 반쯤만 걸치고 앉아 있었다. 영락없이 짐을 많이 실은 나귀 같았다. 독일 비행기를 탔기 때문에 승무원들에게 쉽게 말을 걸 수가 없어 주는 대

로 와인만 석 잔 마셔서 목이 쓰라려왔다. 이등석은 단 하나의 좌석도
남지 않은 만원 상태였다.

한 사람이 자신이 살던 곳을 떠나는 일은 이런 것들이었다. 직장일
을 정리하고 같이 일하던 동료로부터 걱정 어린 충고를 듣고, 일테면
떠나는 것을 한번 더 생각해보라, 는. 방을 내놓고 퇴거신고를 하고
전화를 반납하고 몇 번의 송별회를 갖고 이삿짐센터에 전화를 하고
당연히 짐을 꾸리고. 대사관에서 비자를 받고 동사무소에서 퇴거신고
서 사본을 건네받고 내 방으로 돌아오는 날, 나는 방에 들어가지 않고
한참을 바깥에 서 있었다. 며칠 후면 떠난다.

그리고 떠나왔다. 아, 그리고,

'너'.

'너'가 자동응답기에 남겨놓은 마지막 메시지는 이런 거였다.

그래요…… 모래도시지요. 이 도시에서 일상을 세운다는 건……
저 모래 속에 쓸리어……가는 일이겠지……요. 전…… 그러나……
여기에서…… 어눌하게 일상을…… 세울 겁니다. ……그곳도……
제 생각엔…… 모래도시…… 좀, 달라도…… 모래도시, 사람들이
세우는 모든 도시는 모래도시……지요…… 서류 잃어버리지 말고,
돈 잃어버리지 말고, 여권 번호는 적어다니고.

나는 이곳에 와서야 '너'의 말이 어쩌면 사실일지도 모른다는 생각
을 했다. 인간이 세운 가장 오래된 도시 중의 하나인 메소포타미아 고
대 도시의 폐허를 찍은 고고학 발굴팀의 사진을 볼 때였다. 고대 도시
는 발굴팀에 의하여 이곳저곳 파헤쳐져 B.C. 4000년경에 사람들이

세운 사원이나 집터의 윤곽을 대강 확인할 수는 있었지만 도시의 대부분은 아득한 모래 구릉 속에 잠겨 있었다. 모래 구릉은 완만한 곡선을 이루며 잘생긴 여인의 흰 젖무덤처럼 애잔했으나…… 폐허는 폐허 이상도 이하도 아니었다.

여전히 수화기 너머는 소란스러웠고 나는 마지막 메시지를 위해 좀 조용한 곳을 찾지 못한 그의 주변머리 없음을 얼마간 탓하다가…… 어느새 울고 있었다. 이 모래도시에서 아주 작은 인연…… 전화 기계음을 통해서만 송신되던 모랫빛의 인연, 그 인연은 그후로도 나를, 오랫동안 나를, 담담하지 못하게 하리라.

지금 비행기는 날짜변경선을 넘고 있습니다. 시계를 현지 시간으로 고치시기 바랍니다. 지금 프랑크푸르트 현지 시간은……

나는 눈을 떴다. 날짜변경선이라니. 나는 승무원의 말대로라면 날짜변경선을 넘고 있었다. 어두운 비행기 안에 불이 켜지고 선잠에 빠졌던 사람들도 깨어나는지 웅성웅성거렸다. 나는 비행기 좌석 등받이에 기대 있느라 납작해진 뒷머리칼을 매만졌고 기내 담요를 개켰고 귀중한 것이라도 되는 양 옆에 두고 있었던 작은 가방을 열어 안에 든 것들을 꺼내보았다. 대학 입학 허가서와 삼 개월 기한의 비자, 독일지도와 회화책, 얼마간의 마르크화, 작은 메모지. 나는 만년필을 들고 적기 시작했다.

나는 지금 날짜변경선을 넘어 다른 시간 속으로 들어간다. 아니 나는 다른 시간 속으로 기필코 들어갈 것이다. 오랫동안 모래도시로 돌아가지 않을 것이다. 길을 잃어버리면 어떠리. 시간의 길 위에서 헤매는 동안 나는 모래도시를 위한 아주 작은 희망 하나를 발견할 수 있을 지도 모른다……

아, 아, 나는 지독히도 살고 싶었던 것이다. 그 도시에서. 희망이 없다고 말하기에도 지쳐버린 그 도시에서, 나는 희망이 있다는 말을 진심으로 하며 살고 싶었다. 희망이 있다, 나에게, 그 도시에서 사는 나에게 희망이 있다…… 진심으로 말하며 나는 살고 싶었다. 내가 원한 새로운 문장…… 그것은 희망을 이야기하는 문장이었다. 나는…… 떠났다고 표현했지만…… 도망은 아니었을까.

나는 그날 새벽에 아내 곁을 떠났다. 아내는 잠이 들어 있었다. 아내를 위해 내가 마지막으로 한 일은 이불귀를 여며주는 일이었다. 나는 아내의 얼굴을 정면으로 바라보지 못하고 고개를 돌린 채 이불귀를 다복다복 여며주었다. 그러고도 얼마간 더 있다가 나는 일어섰다. 일어서는 기척을 느꼈는지 아내는 깬 듯했으나 나는 개의치 않았다. 나에게는 오늘 아침까지도 아내였으나 그녀에게 나는 육십 년 전의 남편이었다. 나는 아내의 시간을 짐작해낼 수가 없어서…… 답답했으나, 하는 수 없었다. 아내는 내가 누구인지도 몰랐고 육순의 아들이 마흔의 나에게 그 방을 내주었을 때, 그의 심정도…… 나는…… 짐작하기 어려웠다. 아이가 잘 들어서지 않아서 애를 태우게 하더니 내 나이 사십이 다 되어서야 아내는 아이를 가졌다. 나무꾼의 유복자로 취급되었을 아들의 살이가 얼마나 신산스러웠을까, 하는 것, 나무꾼이며 서너 마지기 논은 부치고 있어 상민은 되었던 집안은 아들 대에 와서는…… 백정이 되었고…… 그러니까 내가 처음 봤던 집은 우

72

리집이 아니었으며 아들과 아내는 마을에서 웬만치 떨어진 백정촌에 살고 있었다. 그들의 육십 년을 내가 어떻게 짐작한단 말인가. 이제는 소 잡는 일도 그만두고 쇠가죽을 잇는 갓바치가 된 아들은 마흔의 아버지인 나에게, 정말 바둑판을 보다가, 바둑판뿐이었느냐고 도리어 집 나간 아들에게 하듯 채근했고 나는 이녁이 정말 김아무개의 아들이냐고, 절망스럽게 물었고 이윽고 밤이 깊어 아내의 방을 나에게 내주었을 때…… 정말 육순의 아들은 나를 아버지라고 생각했을까, 나는 믿을 수 없었다. 다만 반신반의하는 심정으로 외간을 들인다고 해도 욕되는 나이가 넘어버린 아내의 방에 길손 밀어넣듯 했을 거라는 게…… 나의 짐작이었다. 내 바랑을 챙겼다. 마실로 튼튼히 꼬아 만든 바랑, 아내의 솜씨였다. 요깃거리와 도끼가 들어가는 바랑이었지만 도끼 한 자루만이 이제 바랑에 들어 있을 뿐이었다. 그런데…… 문득 이상한 생각이 들어 나가려다 말고 바랑을 열었다. 모든 것이 변했는데 내 도끼는? 도끼는 그대로였다. 나의 일하는 도구, 도끼는 그대로였다. 아내도 아들도 마을도 마을의 고샅길도 다 훑어 다녀보았지만 다 변하지 않았는가. 그런데 도끼만은. 정확하게 말하면 나와 도끼와 바랑만은. 내 입에서는 나도 모르게 탄식이 흘러나왔다. 내 것이라곤 이것뿐인가, 도끼와 바랑? 아내도 아들도 집도 마을도 내 것은 아니었는가. 그 자리에 다시 주저앉아 한참을 우두커니 앉아 있었다. 새벽빛이 걷히고 가까이에서 새가 재잘거리는 소리가 들릴 때까지 그대로 앉아 있었다. 얼마간 그러고 있노라니까…… 포기하는 심정이 들었다. 가자. ……잘 다녀오세요. 조심해서요. 아내가 바람에 이는 은행잎 같은 목소리로 말했다. 잘못 들었나, 아내는 어제 아침과 똑

같은 목소리로 나에게 말했다. 나는 돌아다보았다. 늙은 아내는 반듯하게 누워 있었다. 그러나…… 그러나 눈을 뜬 채였다. 눈꼬리엔 눈물이 길게…… 길게…… 노안에서 흐르는 눈물을 내가 잘못 보았는지도 모르지만 아내는, 늙은 그녀는 미동도 않고 누워 길게, 길게. 나도 모르게 나, 다녀오리다. 힘든 일 하지 말고 무거운 일은 미루어놓아요. 내가…… 갔다 와…… 할 테니. 아내에게서 등을 돌리고 한 말이었지만, 정말이었다, 정말 진심으로 어제와 오늘이 똑같기를 바라는 절박함으로…… 집을 나왔다. 나왔지만 갈 곳이 없었다. 낯선 이곳에 머무르기도 어색했지만, 낯선 이곳이라니, 어제만 해도 내가 태어나 살던 곳이 아니었는가. 아무 작정 없이 어슬렁거렸다. 마을 우물 근처를 지날 때였다. 물이나 한 바가지 먹자, 싶었던 건 목이 타서가 아니었다. 가뭄이 들어 새 우물을 팠는지, 아니면 우물에 흉사가 있어서 우물을 메웠는지 알 수는 없었지만 우물터는 달라져 있었다. 내가 살던 집을 나와 두 갈래 길에서 정자 가는 쪽으로 가야 있었던 우물은 정자를 한참 지나고도 마을 서쪽 어귀에 자리잡고 있었다. 우물터에서 스물 정도 되어 보이는 떠꺼머리가 아침나절부터 나와 숫돌에다 칼을 벼리고 있었다. 놋대야에 물을 받아놓고 칼을 벼리는데 식칼을 저리 정성스러이 다루는 품이 효자 같았다. 나는 그에게 도끼를 맡길 작정이었다. 지금 날을 벼리지 않으면 언제 하랴, 싶었다. 도끼는 아무래도 필요하지, 뭘로 연명하랴. 바랑을 열었다.

그와 내가 애기능에서 헤어진 건 아침이 밝아올 무렵이었다.
그는 토끼굴을 한번 더 가봐야 한다고 했고 나는 일터로 가야 한다고 그에게 말했다.

안개가 걷힌 애기능 주변은 여름 숲의 신선한 공기가 돌았고 심호흡을 한 번 했을 때 이제는 일터로 나가봐도 되겠다고, 떠날 준비를, 모래도시를 떠날 준비를 해도 되겠다고 생각할 만큼 마음도 선선해져 있었다. 그래 가자, 모래도시로. 살 만큼은 살아야 떠나게 된다. 천천히 준비하자.

그는 애기능을 돌아서 숲으로 들어갔고 나는 애기능에서 입구로 연결되는 길을 따라 걸었다.

그후로 나는 그 모래도시에서 이 년을 더 머물러 있었다. 이 년 동안 나는 모래도시에 머물 이유를 찾지 못했다. 그것은 아마도 내 탓이었을 것이지만 나는 자꾸 내 탓이 아니라 모래도시 탓이라고 우겨대었다. 그러나 지금 내가 할 수 있는 말은, 나도 나를 어쩔 수는 없었다는 것.

바랑을 열고 도끼를 꺼냈을 때 도낏자루는 거짓말처럼 삭아내렸다. 아침…… 아, 아침, 햇살에. 도끼도 나를 버리고 어디론가 가고 있었다. 모든 것을 잃었다는 허탈감이 나를 주저앉게 만들었다. 나는 어제 아침, 일하러 나갔다. 돌아왔을 때 모든 것을 다 잃었다. 그 누구의 잘못도 아니었다. 우연히 벌어진 바둑판이 내 시간 속으로 끼어들어와 나를 이렇게 엉망으로 만들었다. 떠꺼머리가 칼을 벼리다 말고 나를 바라보았다. 자루 없는 도끼도. 아무 설명도 하지 않았는데 그는 이미 나를 알고 있는 것 같았다. 지난 저녁부터 일어난 소동을 마을 사람들은 다 알고 있었을 것이다. 작은 마을이라 소문도 빨랐을 테고. 그는 우물물을 떠와 나에게 슬몃 내밀었다. 나는 고개를 가로저었다……
바둑판, 그건, 정말 시간의 흐름을 그렇게 단순하게 압축시켜 놓았던
것일까. 그 전쟁터 같은 난마 악수의 바둑판. 내가 멋모르고 보았던
바둑판, 아니다. 나는 그때, 살고 있었던 것이다. 세상에서 떨어져나
와 세상 바깥에서 나는 세상을 구경하고 있었던 것은…… 아니었나.
그래서 늙지 않는 벌을 받은 건 아닐까, 마치 어떤 우연한 시인들처
럼. 멋모르고 시인이 되었다가 오도 가도 못하고 머뭇거리다가 시간
이라는 흐름 속을 빠져나온 무책임한 시인처럼.

파넬의 회상

파넬은 터키 가게에 들러 과일 몇 개를 고르고 빵을 샀다. 봉지를 가방 안에 구겨넣으며 셈을 하고 나오려다가 파넬은 잘바이를 보았다.

잘바이는 투명한 비닐봉지에 담겨 계산대 바로 앞에 놓여 있었다.

저 차를 내가 마지막으로 마신 게 언제였는지…… 아마도 ㅁ시에서 겨울을 지내던 지난해가 아니었는지, 짐을 꾸리던 올봄에 파넬은 잘바이가 들어 있던 찻그릇을 비워 헹구고 그릇은 물기를 깨끗하게 닦아 신문지로 싸서 미리 싸둔 짐 깊숙이 넣어두었다.

짐을 싸고 난 뒤의 기숙사 방은 휑하고 쓸쓸했다.

그날 바깥은 맑아 서쪽으로 난 창으로도 햇살은 한줄기 비쳐들었고 그 빛은 시트를 걷어놓아 벽돌색 줄무늬가 멋없이 그어져 있는 매트에 먼지의 뿌윰한 기둥을 이끌고 왔다. 햇살이 얼마간 방향을 바꿀 때마다 먼지기둥은 햇살을 따라 질서정연하게 움직였다. 그러나 그 기둥 안에서 먼지는 뿌윰한 채 혼동스러웠다. 미세한 입자들은 그대로 숨을 내뿜는 작은 유기체처럼 서로의 미세한 거리를 유지한 채 벌통의 벌떼처럼 윙윙거렸다. 한참을 바라보았다. 마치 마음 한편이 햇빛에 드러나 저런 먼지기둥을 만든 것처럼 그는 그렇게 먼지기둥을 바라보았다.

또 내가 그 차를 처음 마셔본 건 언제였는지. 설탕을 잔뜩 넣어 마시던 잘바이 차맛을 내 혀는 언제부터 그 맛을 기억하고 있는지. 하긴 잘바이가 자라는 마을 사람에게 잘바이 맛을 언제 보았는지를, 그 처음을 기억하는가, 라고 묻는 것이야말로 너는 어머니 뱃속에 있었을 때 그 양수의 온도를 기억하는가, 하는 말과 무엇이 다른가. 혹은 잘바이를 향해 너는 차나무 시절에 너를 어르던 바람을 기억하는가, 라고 묻는 것과 무엇이 다른가.

그는 잘바이 한 봉지를 집어 가방 안에 넣으며 셈을 다시 하고 바깥으로 나왔다.

오후는 햇빛도 바람도 없이 그냥 투명 회색 수채화 여백처럼 차고 칼칼하다.

걸어서 천천히 거리를 지나간다.

정지된 그림 속에서 혼자 걸어다니는 것 같다.

……축축하고 조용한 숲엘 혼자 다닌 적이 많았다. 이 나라는 숲이 많아 내가 이 나라에 처음 온 그해에 나는 숲을 혼자서 많이 걸어다녔다. 난 스물넷이었고 난 황갈색 모래가루처럼 입속에서 서걱거리며 입속에 난 상처를 쓰리게 하는 것 같은 셈족의 독일어 발음을 하는 외국인이었다. 숲을 걸어다니다가도 입을 열면 한 움큼씩 모래가 나올 것 같아 나는 입을 다물고 악다물고 걸어다녔다. 그렇게 나는 잘

사는 이 나라의 숲을 향해서도 쉽게 증오를 터뜨리곤 했다. 숲에는 가끔 새들이 도르릉거릴 뿐 조용했고 숲 사이로 난 산책길에는 나 혼자뿐이어서 토끼들이 내 앞을 쏜살같이 뛰어가거나 다람쥐가 나무를 타고 오르느라 아주 작은 소리를 내는 것까지 나는 다 들을 수 있었다. 나는 멈추어 서서 그 소리를 들었다. 때로는 작은 소리들이 사람을 더 미치게 한다. 귀에다 바늘을 꽂고 바늘을 움직여보라. 바늘끝이 귀를 아주 작게 그리고 날카롭게 후빌 때마다 신경은 경악을 하는데 그것은 처음엔 아픔으로 전해져 오는 게 아니다. 그것은 소리로 전해져 온다. 바늘끝이 귓바퀴에서 움직이는 차가운 소리, 그 소리에 의해 신경은 일어나 전율하면서 우우거린다. 나는 그 숲에서 나는 작은 소리에 귀기울일 때마다 바늘이 신경을 한 땀씩 뜨는 것 같았고 어쩌다가 그곳에서 누군가를 만나면 살의를 느끼곤 했다. 그 살의는 신경이 경악하는 소리만큼 차갑고 날카로워 내 귓바퀴에서 독수리의 발톱이 나를 할퀴고 지나간 것처럼 얼얼했다. 나는 그때, 일 분에 한 번씩 살의를 느끼는 태어난 마을이 전쟁중인, 스물넷이었다.

광장을 지나가다 잠시 앉아 있었다.

광장에는 두 개의 연두색 뾰족지붕을 가진 성당이 있고 성당 외벽에 있는 홈마다엔 하나나 둘씩 짝을 지어 성자들이 조각된 입상들이 서 있고 성자들의 주름진 성체복이나 머리 위나 손과 손이 약간 떨어져 있는 사이에는 비둘기들이 앉아 있다. 비둘기들이 그 성자들에게 남겨주는 건 똥일 터이지만 입상이기는 하나 성자는 그래도 성자인지 가만있다.

나도 늙으면 모셰로 갈 것이다. 늙어 구부러진 허리를 하고 모셰로 가서 온몸이 오그라붙을 때까지 기도를 할 것이다.

파델은 부질없이 막막할 때마다 모셰로 가리라는 꿈을 꾸곤 했지만 이 도시로 오고 난 뒤에 점점 많은 시간을 모셰로 가는 자신의 영상을 떠올리곤 황황해하곤 했다.

비둘기들이 나에게 똥만 남겨주고 나를 떠나더라도 고요히 저 가톨릭의 성자처럼 서 있을 것이다.

이 도시의 대학에 등록은 해놓고도 그는 한 번도 대학 건물 앞을 얼쩡거리지 않았다. 처음 올 때부터 대학을 다시 다니기 위해서가 아니라 외국인 신분을 보장받기 위해서 해놓은 등록이었다. 아침에 일어나 철도 용역부에 나가 일을 하고 점심 교대를 하거나 점심을 먹고 나가 저녁 교대를 하거나 어떤 날은 연장 수당을 위해 밤늦게까지 일을 했다. 짐을 나르는 일이었지만 반은 중장비를 몰고 옮기기만 하면 되어서 짐들이 한꺼번에 밀어닥치지 않으면 그런대로 견딜 만했고 짐이 많은 날에도 차라리 몸을 움직여 국에 넣고 한참을 끓인 파슬리가 되는 편이 다른 생각에 시달리지 않아도 되어서 좋았다. 그는 이 도시에 와서 외국인이 거의 세 들어 살고 있는 작고 허름한 개인 기숙사에 방을 얻었다. 일주일에 한 번씩 있는 위생국의 방역만 아니라면 화장실이 더럽고 샤워장에 문고리가 없고 부엌이 좁아 한 사람만이 겨우 서서 뭔가를 끓일 수 있어도 참을 만했다. 방값은 버는 돈만으로도 충분했고 오랜만에 개인 구좌에 얼마간 들어 있는 마르크화만 하더라도 파델로서는 독일에 와서 처음으로 누려보는 여유였다. 왜 이 도시에 머무는지에 대해서 그가 자주 생각만 하지 않는다면 시간이 조금 더 흐르고 난 뒤 대학을 다녀도 나쁠 건 없었다. 더구나 이 대학에는 고대동방문헌학을 하는 좋은 선생들이 많았고 그의 전공인 고대 바빌론어에는 그가 책으로만 이름을 아는 포겔 교수도 있었다. 그러나 ㅁ시를 떠나오면서 독일에서 대학을 더 다니는 것을 그는 거의 포기하고 있었다. 지쳤구나…… 여기에서 외국인으로 산 지 십 년이 넘어간다, 그는 ㅁ시를 떠나오면서 그런 생각을 하고 있었다.

　……십 년이 넘어가지만 나에게 독일은 언제나 도착한 그날처럼 모든 것이 낯설다. 지치는데 낯설기까지 하다. 그곳 베이루트엔 공식적인 전쟁이 끝나 내가 태어난 그곳은 다시 관광객을 받는다고 한다. 멀리서 그 소식을 들으면서 나는 늙은 창녀가 몸단장을 하고 다시 늙은 살갗을 추슬러 햇빛에 서 있는 것 같은 느낌을 받았다. 내가 그곳을 떠난 게 언제인지 그날은 아주 오래되었으나 나는 아직도 내 기억에 모든 것을 담아놓고 있다. 하얀 산…… 정상에 눈 덮인 흰머리 늙은 모슬렘 같은 하얀 산, 내 마을에게 이름을 준 산, 하얀 산. 레바논, 하얀 나라, 잘 익은 요구르트빛. 이 산을 시작으로 산맥은 만사백 제곱킬로미터의 길이로 뻗어 남북으로 레바논과 안티레바논으로 나누어놓고 다시 해안 평원 쪽에서 솟아올라 동쪽으로 베카고원에 다다라 산맥의 등줄기를 가여운 아가처럼 고원에 기대며 스러진다. 산 정상의 눈은 언제나 녹지 않았고 내 눈꺼풀에 잠이 맺히는 순간까지 언제나 내 눈꺼풀 등성이에 쌓여 있던 그 눈…… 아마도 나는 애절한 한 시절에 그곳을 떠나왔고 그러므로 그곳은 나에게 언제나 애절하게 맺혀 있다. 나에게 애절의 다른 이름은 생생한 현존이다. 나에게 그곳은 아직 현존한다. 시간은 그 산 위에 아무것도 쌓아놓지 못했다.

　집으로 가는 버스를 기다리며 정류장에 서 있다가 아무래도 기차역까지 나가봐야 하지 않을까 하는 생각을 했다. 아침에 그는 전화를 한 통 받았다. 관리실에 전화가 와 있었다. 슈테판이었다.

있었구나. 없을 줄 알고 전화했는데……

……

잠깐 너를 보러 가도 되겠니?

……

잠깐 있다 갈 거야.

와라.

와라, 고만 하고 파델은 가만있었다. 반갑기도 하고 슬프기도 하고 그랬다. 다시 그를 못 보리라 생각했다. 저 정 많고 천진한 아이를. 기차 시간을 물었을 때 슈테판은 그냥 찾아갈 테니 집에서 기다리라고만 하고는 전화를 끊으려다가 수화기 너머에서 다시 파델을 붙들었다.

보고 싶었다, 형아.

그리고 전화는 끊겼다. 형아……라는 말을 슈테판이 그녀에게 배우던 시절. 파델은 시절…… 이라는 말의 느낌이 무서워 얼른 눈을 감았다. 한국어, 그곳은 한국어를 쓰는 곳이었다. 한국어를 쓰는 곳은 이 세계에서 단 한 곳, 그녀가 온 곳이었다. 파델은 그것이 이상하고 신기했다. 그의 모국어는 아랍 세계가 다 쓰는 말이었으므로 레바논이 이 세계에서 없어진다고 사라지는 말이 아니었다. 그러나 그 말은 그곳이 없어지면 더이상 이 세계에서 살아 있는 말이 아니었다. 아주 오랜 후, 문헌이 발굴된다면 문헌학자들이 죽어버린 말을 붙들고 싸워야 하는 그런 말이었다. 그녀는 담담하게 말했었다. 오늘도 지구 위에서는 소수민족 언어가 몇 개는 사라져가고 있을 거라고. 아침과 오후, 저녁과 밤, 햇살과 이슬, 비와 눈, 어둠과 노을, 그 사이로 하나의 말이 사라진다는 것은 잘 실감나지 않았다. 그사이에 말이 사라진다는 것은 관념이지 실재는 아니었다. 때로는 그러나 관념이 실재이다. 말의 사라짐이 그러했다. 아마도 어느 말의 소멸은 그 말을 쓰던 최후의 인간이 죽고 그 인간을 기억하는 다른 인간의 추억 속에서 추억마저 스러져갈 때 이루어질 것이다. 그 추억이 잘 말라 가루로 부서져 이 지상을 날아다닌다고 하더라도 추억의 가루 속에서 사람들은 죽은 말을 초혼하지 못할 것이다. 말은 그것을 쓰는 사람에게만, 말이다. 말은 말을 표기하는 글과는 다른 것이다. 글은 차라리 물질이라고 불러야 하리라.

  ……내가 태어난 마을의 고대는 새로운 문자를 발명한 곳이다. 사람들은 그 글로 장사를 했다. 그 글은 지금 이 나라에서도 현존하는 알파벳이다. 일테면 글이라는 건 그렇게 구체적이다. 저 이윤 획득을 위한 장사는 말이 사라져버린 페니키아인들에게 문자 발명자라는 쥐꼬리만한 영예를 안겨주었다. 페니키아인이라는 민족 단위마저 해체되어버린 마당에 문자는 살아남은 것이다…… 그녀는 시인 지망생이었다고…… 했다. 난 그녀에게 시를 지금도 가끔 쓰느냐고 물었다. 그녀는 그냥 웃었다. 사람들은 다 마음에 시인을 하나 키운다고 했다. 노래……가 문자로 정착된 것은 불행한 일이라고 하면서…… 노래가 문자로 정착되면서 사람들은 마음속의 시인을 포기했다고, 문자는 권력이라서 권력 아닌 편에 서 있는 가엾은 마음속의 노래는 자리를 잃어버렸다고……

버스가 오고 파델은 버스에 올라탔다. 버스는 몇 정거장 못 가서 도심을 벗어나 들판을 달려 기숙사까지 그를 데려다줄 것이다. 그는 차창에 기대어 흔들거리며 가만히 앉아 있었다. 차창으로 노을빛이 스며들었다……

여기는 저녁 나라, 나는 저녁 나라에 살고 있다. 유럽인들은 자신들의 방위를 기준으로 자신들의 나라를 저녁 나라라고 하고 내가 온 곳을 아침 나라라고 부른다. 그래, 나는 아침 나라에서 왔다.

그는 눈을 찌푸렸다. 서녘으로 버스는 달리고 있는지 눈으로 마지막 스러지는 햇살이 눈 속으로 들어왔다. 아닌 게 아니라 그는 언제나 이 대륙은 나이가 많이 들었다는 느낌을 받았다. 처음 이 나라로 들어왔을 때 어지간히 오래된 건물이 많았던 곳에서 온 그도 그들이 지어놓은 건물들에서 노인의 냄새를 맡았다. 특히 저녁 무렵의 교회나 고성들을 볼 때는 더욱 그런 느낌이 짙었다. 나중에 여기에 살게 되면서 이곳에 있는 건물들은 거의가 다 이차대전으로 망가진 뒤에 다시 지어졌다는 걸 알았을 때도 그가 처음 맡은 노인의 냄새는 지워지지 않았다.

……그건 내 허영이 만들어낸 냄새였다. 아카데미에 대한 내 허영이…… 나는 그 건물에서 지혜로운 자의 냄새를 느꼈던 것이다. 내고향에는 대학이 베이루트에만 해도 다섯 개가 있었지. 전쟁으로 대학들은 다 문을 닫다시피 했지만. 나는 내 고향의 대학에서는 아카데미의 냄새를 맡은 적이 없었다. 돈 많은 마로니트 놈들의 자식들은 그

대학을 가지 않았고 다 유럽으로 갔다. 프랑스로. 참 이상한 일이지. 모두들 프랑스 식민 시절을 그렇게 또렷하게 기억하면서도 프랑스로 대학을 가는 이유들은 무엇이었는지. 나 역시 유럽을 그렇게 동경했던 건 무슨 이율배반인가. 내가 어릴 때 본 유럽인들은 관광객과 학자였다. 침략자들은 이미 물러간 후였으므로 군인의 모습으로 유럽인을 본 적은 없었지. 관광객은 요란하고 떠들썩하고 상스러웠지만 학자들은 아름다워 보였다.

파넬은 머리가 아파왔다. 어제 그는 너무나 많은 술을 한꺼번에 마셨고 빨리 취해버려 어떻게 집으로 돌아왔는지 기억도 나지 않았다. 아침에 가서 일을 하고 오후면 집으로 돌아와야 했었다. 그래야 이나마 위태하게 유지하고 있던 날을 이어갈 수 있었는데…… 그는 어제 술을 마셨다.

술을 마시고 있는 그에게 누군가 해시시를 권했고 그는 고약같이 찐득거리는 해시시를 콩알만큼 떼어 마는 담배의 끝에 집어넣었는데 그것을 피웠는지 안 피웠는지 기억조차 나지 않았던 것이다. 아마도 피웠으리라. 오늘 하루종일 그는 두통을 참아왔던 것이다. 버스가 정거장에서 섰다가 다시 출발했다. 그는 차가 출발함과 동시에 울컥하고 속에서 뭔가 올라오는 것을 느꼈다. 입을 틀어막았다. 숨을 멈추고 가만히 있었다. 식은땀이 나고 얼굴이 하얗게 식고 있다는 걸 그 와중에도 그는 느낄 수가 있었다. 버스가 그다음 정거장에 섰을 때 그는 내렸다.

고개를 들고 하늘을 쳐다본다. 버스 정거장으로부터 정신없이 걸으면서 찬바람을 쐬고 속이 가라앉자 그는 버스를 타고는 집으로 갈 수 없을 거라는 생각을 했고 그렇다면 걸어서 가는 수밖에는 없을 거라고 마음을 먹었다. 마침 그가 우연히 내린 곳은 시립도서관 앞이었고 시립도서관 뜰에는 측백이나 전나무 같은 침엽수들이 키가 커질 대로 커져 창창한 가지들을 드리우고 있었고 어떤 가지는 나무의 키를 성글게 붙잡고 하늘을 뒤덮고 있어서 그가 하늘을 쳐다보았을 때 본 것은 하늘이 아니라 녹청으로 굳어 딱딱한 나무들의 바늘 잎사귀였던 것이다.

클라우디아……

……

그는 다시 입을 틀어막았다.

이래서 그는 자신에게 술을 금했다.

술을 마신 다음날은 어김없이 클라우디아가 왔다.

구역질이 나든 토사곽란을 만나든 말짱하게 깨어 일을 하러 가든 술을 마신 다음날에는 허허한 들판 하나가 그의 마음 한편에 비스듬히 자리를 잡고는 며칠이고 비스듬히 머물다 가곤 했다. 화장실 변기에다 고개를 박고 있을 때 들판은 변기 속에서 올라왔고 두통으로 침대에 박혀 있을 때는 시트의 어느 모서리로부터 들판은 떠올라왔고 일터에서 짐을 나르고 있을 때에는 짐을 쌓아두는 텅 빈 창고에서 들판은 비스듬히 일렁거렸다. 클라우디아가 그 들판에 비스듬히 서 있었다. 언제나 그 들판에 클라우디아가 서 있었다.

이래서 애절하게 헤어지는 게 아니다. 그때 하필이면 그 순간에 떠나는 건 뭔가, 하긴 내가 애절하지 않으면 그녀도 섭섭하긴 하리라,

그녀와 나는 꼭 어느 시가전에서 만나 헤어진 것 같다.

  파델은 시립도서관으로 들어갔다. 시립도서관 안에 있는 찻집에서 커피 한 잔을 시켜놓고 가만히 앉아 있었다. 유리벽을 사이에 두고 한쪽은 신문이나 잡지를 보는 곳이고 한쪽은 카페다. 유리벽 너머에서 사람들은 잡지를 보지만 방음이 완벽하게 되어 있는지 아무 소리도 들리지 않는다. 소리 없이 움직이는 사람들은 도시게릴라들이거나 소리를 다 죽여놓고 보던 텔레비전 속에 등장하던 사람들이다. 또 있다, 시가전을 피해 골목으로 숨어들던 민간인들. 물끄러미 그는 소리가 막혀버린 유리벽 너머를 바라본다.

  함라구, 서 베이루트 지역, 브리스트 호텔을 지나 자유 시장으로, 다시 그곳을 지나 아메리카 유니버시티 오브 베이루트를 돌아나오면 대학을 둘러싸고 있는 서점가, 다시 그곳을 지나 비행기 회사 하나를 거치면 옛 유대인 거주 지역인 와디 아부 자밀, 와디 아부 자밀의 유대교회당을 지나면 언덕이 나오기 전의 그 골목들. 그 골목 어딘가에 숨을 곳은 있었다. 그곳은 이슬람교도인 슈이트 도망자들이 많이 살고 있었으므로. 호텔도, 대학 캠퍼스도 비행기 회사도, 와디 아부 자밀도, 총성에 전율하고 그 자리에 얼어붙고 익숙하게 숨을 곳을 찾을 줄 아는 사람들은 입을 다물고 거리에서 거리로 다시 거리를 지나 고개를 숙이고 눈만 부릅뜨고 먼지와 바닷바람 속을 뛰어 총성이 멀어지는 쪽을 향하여, 누구도 누구에게 길을 가르쳐주지 않았고 누구도 누구에게 같이 가자고 말하지 않았고 누구도 누구에게 데려다달라고 말하지 않았고, 입을 다물고 긴 치마와 바지와 운동화와 앞코가 뾰족하게 나온 신발들. 하늘에는 비행기가 뜨지 않았고 베이루트 항구에서 바라보면 지중해는 잘 익은 청포돗빛으로 살진 물결을 쓸어내리곤 했다.

나의 어릴 때 꿈은 유럽으로 와서 무기 밀매상을 하는 거였다.
우리들 슈이트는 언제나 기독교 민병대인 마로니트에 비해 무기가 모자랐다.

파델은 커피에다 설탕도 크림도 넣지 않고 그대로 마셨다. 한 모금 입에 넣다가 구역질이 올라와 커피잔을 그대로 놓아버렸다.

그러나 나의 꿈은 베이루트를 떠나오기 전에 바뀌었다. 고고학을 하는 문헌학자가 되는 것으로.
오랜 풍문 끝에 전쟁이 난 그해에도 유럽의 학자들은 지중해의 이쪽에서 지중해의 저쪽으로 발굴 장비를 들고 와 모래 지대를 여기저기 파헤쳐놓았다. 내가 시리아에 살던 그때에도 그들은 시리아인 현지 인부를 고용하고서는 시리아의 크고 작은 미발굴지들을 향해 떠났다.
그곳에 가면 진흙으로 구운 돌판 위에 새겨진 글자들이 모래바람 속에서 한없이 나부낀다고 했다. 도서관이 무더기로 발견되기도 하고 궁정 터를 파면 제왕들의 재산목록과 법정 기록들이 이미 오래전에 지배가 끝난 그들의 영토에서 뒹군다고 했다. 그들을 지켜주던 신의 목소리도 그 신들에게 애소하던 기도문들도 모래처럼 흔해 쓸쓸하다고 했다. 유프라테스와 티그리스, 그 두 강을 사이에 두고 사천 년가량 번성하다가 사라진 우리들의 문명.

유럽인들은 왜 우리의 과거를 파기 위해 우리에게로 건너오는 것일까. 군대를 앞세울 수 있을 때는 군대를 앞세워, 그런 시절이 지나고 난 뒤에는 대학교수와 학생들을 싣고. 그들은 우리의 과거로부터 자신들의 무엇을 보고 싶었던 것일까. 그들이 말하는 대로 우리들의 과거는 우리들의 과거만은 아닌가.

나에게는 우리들의 과거에 대해 별다른 향수가 없기는 하다. 우리들은 언제나 지금 우리들이 살 수 있는 곳에서 우리들의 현재를 정했고 우리들의 과거는 우리가 현재의 삶을 더이상 견디기 힘들어하며 버리고 온 것이니까. 사실은 그 땅에 있는 그 과거가 우리들의 것이라고 하기 힘든 건 우리가 버리고 온 과거에다 자신들의 현재가 무거워 살던 곳을 버리고 온 다른 이들이 다시 현재를 세웠고 그들도 그곳에서의 삶이 더이상 힘들었을 때 다시 그곳을 버리고 어디론가를 향해 떠났으니까. 그러니까, 그곳에는 타인들의 현재와 과거가 섞이고 스며 고고학의 지층을 이루며 모래 속에서 마멸해갔으니까. 사람들에게, 여기는 살 만한 곳이라고, 여기는 정말 살 만한 곳이라고 손짓하던 강들은 해마다 홍수로 이런 것을 알려주진 않았는지, 살 만한 곳이 사실은 지옥이라고, 살 만하기에 당신들이 이 지상에 세운 모든 것은 다, 다, 모래로 흩어질 뿐이라고. 강이 입을 다물면 사람들은 서로 전쟁을 하고 건물을 짓고 탑을 쌓으며, 번성을 노래하고 울부짖지만 다시 강이 입을 열면 사람들은, 아니야, 이건 아니야, 고개를 흔들며 다시 짐을 싸며 현재로부터 떠나 미래가 아닌 그 어떤 다른 곳으로 가기를 원하지는 않았을까. 미래, 아닌 다른 곳. 현재가 과거가 되지 않는 어떤 곳.

쐐기꼴은 그곳에서 나왔다.

그곳에서 강이 입을 다물며 반짝이며 해를 이녁에서 저녁으로 순하게 넘겨줄 때, 그때 미래에 대해 사람들이 입을 다물며, 어쩌면, 이곳에서 우리, 영원할 수 있지도 않을까, 강을 보며 속삭일 때. 그리고, 그리고 서둘러, 서둘러서, 우리 현재를 지어보자, 했을 때.

쐐기문자 텍스트를 앞에 두고 있었던 나날들.

ㅁ시에 봄이 오고 여름이, 그리고 가을과 겨울. 일테면 계절의 빛과 향기를 나는 단 한 번도 제대로 흠향해본 적이 없었다. 모든 현재의 시간들은 과거의 시간에 겹쳐져 현재를 이루었으므로 나의 시간은 과거의 것도, 현재의 것도 아닌 시간으로 ㅁ시를 떠돌았다.

저 문자는 살아서 사천 년이었다. 죽어서…… 죽어서는 이천 년도 지나지 않았다. 나는 사천 년이라는 세월의 뜻이 무엇인지 잘 모르겠다. 무엇이었는지, 잘 모르겠다. 텍스트 안으로 들어가는 길은 그러므로 언제나 낯설고 무서웠다. 목이 막히고 가슴이 답답했다. 사천 년 동안 저 문자를 쓰던 누구에게는 현재일 시간이 육천 년 뒤의 그 누구에게는 시간이라는 무거운 꺼풀이 입혀져 진혼하는 것도 아니고 냉정하게 분석하는 것도 아닌 얼굴을 하고 어눌하고 불분명한 탁본 앞을 초조하게 서성이게 했다.

입을 다물고 바라보라.

눈을 감지 말고 텍스트로 나가보라.

……

그러나 그곳에는 언어였다는 문헌학적 흔적만 남아 있을 뿐……
무덤이었다.

나에게는 그 무덤을 열어 내가 쓰고 있는 연필 끝을 깨끗하게 다듬
어 저것을 나의 모국어가 아닌 또다른 이방어인 독일어로 옮겨놓을
자신이 없었다.

하고…… 내가 현재의 언어로 그것을 옮겨놓은들, 그것들은 무덤
을 열고 나오는 어느 아들처럼 부활하여 우리들의 거리에 나붙을 수
있는가, 전쟁의 거리였던 나의 고향 베이루트에.

나는 텍스트를 앞에 놓고 해석을 시도하려는 사람이 텍스트에 대한
외경에 빠져 있으면 그는 이미 반쯤은 해석에 실패한다는 최소한의
금기도 잊고 어느 날은 텍스트에 대한 한없는 외경에 들떴고 어느 날
은 텍스트와 나의 거리 측정을 하며 단 한 자도 분석하지 못한 채 한
없이 가라앉았다. 이 텍스트가 쐐기문자로 씌어 있든 그 무엇으로 씌
어 있든 텍스트는 그냥 텍스트일 뿐이다. 나는 텍스트를 어떻게 쓰는
가. 명사를 언제 쓰며 형용사는 언제 쓰는가. 아마도 나는 텍스트 자
체의 목적성과 규준 문법에다가 최소한 나를 의지하고 나의 생각이
가리키는 대로 텍스트를 이룩해나갈 것이다. 이럴 때 세상의 모든 텍
스트는 같은 속성을 지니게 된다. 내가 이 쐐기꼴의 문자를 해석할 수
있는 길은 두 가지. 텍스트를 철저히 나로부터 분리하든지 아니면 텍
스트를 내 속성으로 이끌고 들어오는 것. 그것 두 가지는 얼핏 보면
달라 보이지만 사실은 같은 지점에 서 있다. 그 빌어먹을 보편성에 의
지하는 것.

내 입에서는 모래가 쏟아져나와 내 방을 가득 채우기도 했고 어느

날은 그 모래 위에서 나는 엎드려 만사를 잊은 모셰의 풍향계처럼 돌며 바람 가는 대로 어디론가를 갔으며 어느 날은 한없이 양치질을 하며 거울 앞에 서 있었다.

문자……

시간,

나,

……

텍스트와 시계는 언제나 내 옆에 있었으나 나는 어디에 있었는지.

그리고 나는 아주 조심스럽게 현재의 내 시간을 향하여, 그러니까 어머니를 향하여 편지를 썼다.

어머니,

전 건강합니다. 잘 있어요. 여기는,

이렇게 편지를 쓰는 날이면 나는 그제야 오래 닫아두었던 창을 열수 있었다.

창밖에는 내가 모르는 사이에 잎이 돋았고 잔디밭에는 상아로 만든 도장 같은 민들레가 박혀 있었다. 그 꽃들은 시간이 잔디밭에 새겨놓은 쐐기문자였을까. 난, 어머니가 지금 어디에 있는지 알고 싶었다. 자연이 현실 속에 만들어놓은 시간 앞에서 나는 어머니가 시리아에 있다, 고는 믿을 수 없었다.

내가 그녀를 떠난다는 것을 알았을 때 그녀는 가지 말았으면 좋겠다는 걸 하루종일 모셰로 나가 기도하는 것으로 대신했다. 그리고 집안에서는 나에게 한마디도 하지 않았다. 나도 그녀에게 말을 걸지 않왔다.

아침에 식사를 하기 위해 부엌엘 가보면 식탁 위에는 단정한 식탁
보 위에 올리브와 빵만이 놓여 있었을 뿐 어머니는 없었다. 식탁 위에
는 아침햇살만 뿌윰하게 서성거리고 있었다. 저녁식사 시간에도 마찬
가지였다. 어머니는 방에 혼자 앉아 나와 마주치는 걸 피했다.

나는 어느 날 어머니와 두 동생을 불렀다. 어머니와 남동생인 핫산,
그리고 여동생인 텔하람. 우리 식구 전부였다.

어머니와 텔하람이 붙어앉았고 핫산과 내가 마주보았다. 첫째동생
인 핫산에게 다마스쿠스은행의 통장을 내밀었다.

네가 가장이다.

……

동생은 통장을 다시 내 앞으로 내밀었다.

형이 영원한 가장이다.

그는 열쇠 수리공이었는데 이미 나에게서 한푼의 돈을 받아 쓰지
않았다.

형이 영원한 가장이고 가장은 언제나 얼마만큼 돈이 있어야 한다.
이제 집안일은 형을 대신해서 내가 한다. 나는 대신하는 것이지 가장
이 될 수 없다.

나는 다시 통장을 동생 앞으로 밀어놓았다.

돈은 누구나 필요하다. 가장이 아니래두.

동생은 담뱃진으로 끝이 노래진 손가락으로 그 통장을 어머니에게
밀었다.

그렇다면 이 돈은 여자의 돈이다.

나는 고개를 숙이고 있었다. 어머니는 우리들의 실랑이를 익숙한 코란의 한 페이지를 넘기듯 무심하게 바라보았다. 그리고 방으로 들어가버렸다.

넌 어머니를 잘 보호해라. 가여운 여자다. ……과부인데 아들도 그녀를 버리려고 한다.

나는 어머니가 닫아버린 방을 쳐다보며 한숨 쉬듯 말했다.

가서…… 돌아오지 마라.

열쇠 수리공인 동생은 말했다.

거기서 살아라. 여기는 형 같은 사람이 살 만하지 않다. 형은 열쇠 수리공이 아니다. 형은 다른 걸 수리했음 좋겠다.

뭘?

난 무식해서 잘 모른다. 좀 고상한 것을 수리해라.

뭘?

고상한 거, 좀 고상한 거.

나는 핫산을 바라보았다. 넌 내가 무엇이 하고 싶은지 알고 있었는가.

난 여기서 산다. 여기 시리아에 있다가 전쟁이 끝나면 베이루트로 돌아갈 거다.

왜? 왜 그곳으로 다시?

핫산은 싱긋 웃었다.

형, 우리 나가자. 나가서 바람 쐬자.

남자들이 웃옷을 챙겨 입자 여태껏 아무 말도 않고 있던 여동생 텔하람이 나의 옷을 뒤에서 잡았다.

나중에 나, 데리고 가라.

나는 돌아서서 그녀를 바라보았다. 그애는 떨고 있었다. 햇산이 눈을 부라리며 그녀를 노려보았다.

나도, 나중에, 오빠가 자리잡음 데리고 가라, 데리고 가라.

햇산이 그녀와 나 사이를 막고 서서 그녀의 뺨을 후려갈겼다. 그 바람에 그녀가 뒤로 물러서자 햇산은 다시 그녀에게로 다가들었다. 형은 노동자로 거기에 가는 게 아냐, 이 바보야. 돈을 벌러 가는 게 아니다. 넌, 뭘 몰라.

나는 텔하람에게 다가가 그녀를 껴안았다. 그애의 등을 어루만지며 나는 아무 말도 하지 않았다. 그애는 떨고 또 떨고 있었다. 시리아로 오고 나서 혹은 그 이전에도 나는 그애를 이렇게 안아준 적이 없었다. 그애는 나를 무서워했고 언제나 나를 피하려고 했다. 그러나 언제나 내 주위를 빙빙 돌며 나를 물끄러미 바라보다가 나와 눈이 마주치면 얼른 고개를 숙였다.

그애는 아마도 내가 가지고 있었던 모든 것을 언제나 놓아버릴 수 있는 기미를 아주 오래전부터 알고 있었는지도 모르겠다. 내가 그녀와 눈이 마주치던 짧은 순간에 나는 그녀가 나에게 가지고 있는 느낌은 잠재적인 살인자를 가까이 두고 지켜보고 있는 거라는 걸 아주 선명하게 느낄 수 있었다. 아주 짧은 순간이었지만 말이다. 내가 모든 걸 놓아버리는 순간, 식구들 모두가 내가 놓아버린 끈의 탄력으로 뒤로 넘어지고 그 뒤에는 깊고 깊은 수렁이 있어 순식간에 수렁으로 떨어져버리는 것, 그런 것. 그러나 그날 그애는 다른 날과는 사뭇 달랐다. 그애가 두려워하는 건 수렁이 아니었다. 그애가 두려워하는 건 좀 다른 거였다. 차라리 버려지고 수렁에서 허우적거리는 것은 좀더 나은 일이다. 그곳에는 허우적거리며 살아가는 어떤 절망 같은 것이 있어 그녀를 달래줄 수도 있기 때문에. 내가 가고 나면 그녀에게 남는 것은, 그런 절망도 없는 텅텅 비어 느리게 흘러가는 시간뿐.

핫산과 나는 밖으로 나왔다.

밤이었고 거리엔 사람들의 인적이 드물었다. 어디로 가는 것을 정해놓고 나온 것이 아니었으므로 우리는 거리를 그냥 걸었다. 핫산과 나는 할말이 서로 많은 것 같았는데 막상 나와보니 할말들을 모두 거리에 아련히 퍼진 어둠이 먹어버린 모양이었다.

우리는 걸어서 기차역 앞까지 왔다.

기차역은 터키 정부가 다마스쿠스를 통치하고 있던 시절, 메카로 가는 기차 연결을 피해 지어놓은 것이었다.

1903년. 나는 기차역 광장에서 이층 건물 중간에 낙타의 등처럼 얹혀진 건물이 하나 더 튀어나와 멀리서 보면 건물 앞에 차일을 쳐놓은 가건물이 하나 더 선 것처럼 보이는 기차역을 마주보았다. 1903년…… 그때에도 사람들은 서둘러 길을 당겨 메카로 가고는 했나보다. 메카로 이어지는 행렬이 길어지면 길어질수록 전쟁은 언제나 가까이 있어왔던 건 아니었는지. ……메카로 향할 때 나는, 그대들은 어떤 기도를 하며 그를 찾았는지. 그는 그곳, 메카에 있었는지. 그가 만일 메카 아닌 다른 곳에 있다면, 나는, 그대들은 메카가 아닌 그, 다른 곳으로 발걸음을 옮길 수 있을 것인지. 메카는 어디에 있는지, 메카는 메카에 있기나 한 건지.

핫산은 내가 기차역 앞에서 멈추어 서자 내 옆에 나란히 서서 담배를 피웠다. 나는 핫산의 좁고 가파른 옆얼굴을 훔쳐보았다. 내가 책을 들여다보기 시작하자 서둘러 열쇠를 깎고 자물쇠를 만드는 기술을 익힌 애였다. 가끔 마약을 하며 낮잠을 자거나 다마스쿠스의 관광구를 어슬렁거리는 그애를 나는 언제나 그대로 내버려두었다. 그애의 얼굴엔 언제나 오늘만을 살겠다는 표정이 있었다. 그 표정은 단호했고 나는 언제나 그 표정 앞에서 주눅이 들었다.

우리가 베이루트에 살 때 그애는 아버지가 엄격하게 금하는 데도 가리지 않고 기독교 축제든 이슬람 축제든 마음놓고 다녔다. 그애는 마로니트파가 만들어놓은 레바논의 두 개의 상징인 흰 마리아상과 측백나무를 좋아하는 유일한 우리집 사람이었다. 핫산은 마리아상 가까이에 가서 앉아 있는 것을 좋아했고 측백 향을 좋아했다. 그애가 그 둘을 좋아한 이유는 아름답기 때문이었다. 마치 기독교인들의 축제에 가는 이유가 세상의 모든 축제는 다 아름답기 때문인 것처럼. 흰 마리아가 지중해를 굽어보며 서 있을 때 그녀는 흰 석고의 옷을 날리며 베이루트가 멀리 떨구어놓은 섬들을 이리 오라, 이리 오라, 부르는 것 같고 그녀의 목소리를 싱그럽게 감싸며 측백향은 바다를 향해서 푸른 손을 흔드는 것 같다고 핫산은 나에게 말하곤 했다.

그애가 어렸을 적, 우리가 베이루트에 살았을 적, 그리고 아버지가 살아 있었을 적. 그애는 몇 번이고 기독교 축제가 열리는 교회 근처를 어슬렁거리다 아버지에게 붙들렸다. 그리고 방안에 갇혀 죽도록 얻어맞았다. 나는 한밤중에 그에게 빵을 몰래 가져다주고는 언제나 말도 붙이지 못하고 방문을 닫고 나왔다. 어둠 속에서 웅크리고 앉아 있는 그의 실루엣은, 신기하게도 아름다웠다. 죽도록 얻어맞고 웅크리고 있는 그애의 웅크린 실루엣은 달빛을 받고 머나먼 곳으로 가고 있는 작은 배였다. 그애는 그 방에 앉아서도 멀리멀리 갔다. 내가 말을 붙이지 못한 이유는 어디론가 가고 있는 그애를 방해하고 싶지 않아서였다.

형은 그 축제 기억나?

아마도 그는 아슈라 축제를 말하는 것 같았다. 그 축제는 우리들 슈이트의 축제인데 핫산이 싫어하는 유일한 축제였다. 그 축제는 선지자 마호메트의 손자인 후세인의 정열과 죽음을 그대로 재현하는 일종의 연극을 중심으로 이루어진 축제였다. 사람을 흉내내어 재현하는 것을 엄격하게 금지하고 있는 우리들의 종교 안에서는 아슈라 축제는 참 드문 구경거리였지만 핫산은 그 재현극 근처에는 얼씬도 하지 않았다. 피를 흘리는 종교의식을 통하여 자신의 머리를 상처낸 젊은 남자들이 큰 무대를 뛰면서 빙빙 돌고 또 도는 것이 연극의 전부였으나 유월의 태양 아래 머리에 피를 흘리며 점점 빠른 속도로 무대를 빙빙 도는 젊은 남자들의 모습을 지켜보노라면 묘한 갈증 같은 게 끓어올랐다. 목이 타고 머리는 아파왔으며 금방이라도 저 소용돌이를 헤치며 무언가가 튀어나올 것 같았다. 무대를 맴도는 속도가 빨라지면 빨라질수록 남자들은 신음 소리를 내며 그 자리에 잦아들었고 태양이 지나가는 작은 구름에 몸을 잠깐 숨기는 그 사이에 불어오는 가는 바람은 젊은 남자들의 머리께에서 피어오르는 핏내를 아주 은밀하게 사람들 사이사이로 실어날랐다. 그러면 둘 중에 하나였다. 무대 위의 소용돌이에서 무언가가 튀쳐나오든지 사람들이 잦아드는 신음을 목젖에서 붙들고 나와 이를 덜거덕거리며 주저앉으며 알라여, 알라여, 를 외치며 무대 위로 뛰어들든지. 그러나 언제나 무대 위를 빙빙 도는 젊은 남자들은 사람들의 신음이 목젖을 붙들고 나올 때쯤 멈추었고 그러면 사람들은 뭔가 좌절된 것 같은 기묘한 허탈감에 빠져 무대를 향해 힘없는 야유를 보내면서 무대 주변을 빠져나가 뭔가 먹고 마시는 걸로 자신들을 달래곤 했다. 핫산은 이 축제가 열리는 유월에는 지중해 해안의 모래밭에서 혼자 뒹굴었다.

난, 그 축제를 사실은 참 좋아했다.

뭐라구? 그럼 왜 그런 거야. 말도 안 하고 그 축제가 열리면 숨어버리곤 했잖아, 너?

형은 어릴 때 일인데 그게 기억나? 내가 숨어버리곤 한 게?

……

그건 선명하게 기억난다. 축제 기간에 모래밭에서 뒹굴곤 했던 너의 몸에서 나던 녹슨 철삿줄 냄새. 모래밭에서 그냥 뒹구는 것으로는 그런 냄새는 나지 않는다. 모래밭을 뒹굴고 파들어가서 입에 귀에 코에 모래가 잔뜩 들어갈 때까지 모래랑 한몸이 되어 뒹굴지 않고는 그런 냄새는 나지 않는다. 그의 몸에서 나던 냄새는 젊은 남자들의 머리께에서 풍겨나오던 자해를 한 상처에서 나던 냄새랑 비슷했다.

난, 그냥 도망갔다. 그 축제가 열리면. 이상했거든, 아주 어릴 땐데도. 이상하게 유월만 되면 머리가 띵해지고 벌레들만 보면 슬퍼졌다.

벌레?

얼마 살지 못한다, 그런 것들은. 그래서 난 벌레만 보면 슬프다. 사람들이 떼를 지어 다니는 것을 볼 때 슬픈 것처럼.

그건 왜 슬픈데?

형은 혼자 살아라. 혼자 살면서 뭔가를 수리해라. 떼를 지어 있는 사람들은 자신들이 벌레라는 것을 온몸으로 알리고 다니는 거다. 얼마 못 산다는 거, 약하고 힘들다는 거. 나, 그래서 그때 도망갔다. 난, 축제를 좋아하지만, ……감사를 드리는 축제를 보면 편안하다. 그런데 아슈라는 편안하지가 않았다. 보면 슬프고 눈물났다. 난 슬프고 눈물나면 꼭 일을 저지르려고 하는 내 마음을 알았다. 아주 어릴 땐데도 그냥 알게 되었다. 사람은 자기 기억만으로 살지 않는다. 아주 오래전에 누군가 나에게 이야기를 다 해준 것처럼 난, 그런 기억이 있었다. 슬프고 슬프면 칼을 휘두르고 누군가에게 상처를 입히는 그런 거.

핫산은 인적이 드문 기차역 광장에 주저앉았다. 그리고 한숨처럼 말했다.

형은 우리들을 버려라. 텔하람은 어리고 개도 슬퍼서 그런다는 걸 나는 안다. 하지만 걔는 여자다. 뭔가 할 일이 있을 거다. 형은 우리를 버리고 다른 것을 얻어라.

……그 집, 우리가 살던 다마스쿠스의 그 집. 하얀 벽, 둥근 출입문과 좁은 나무 계단. 이층 베란다에는 그 건물에 같이 세 들어 살던 일곱 가구가 같이 쓰던 빨래를 말리는 베란다. 그 베란다에 놓여 있던 작은 대추야자 화분. 가끔 베란다에 나와 커피를 마시던 핫산 할아버지, 그의 얼룩무늬 터번, 구부정한 어깨를 하고 하루종일 골목길을 바라보던 그와 그의 원숭이 샤샤. 노래를 부르듯 읽던 코란.

다마스쿠스의 기차역과 자유 시장을 어슬렁거리며 나는 달러를 바꾸는 환전원의 꼬붕을 했다. 꼬붕, 이라는 말, 나는 하기 싫다. 꼬붕이라는 말의 어감은 나를 천하게 만든다. 나는 이렇게 나를 추억하기 싫다. 그러니까 나는 다마스쿠스의 기차역과 자유 시장을 어슬렁거리며 얼마간의 돈을 벌었다. 그 일은 그런대로 할 만했다. 나는 자부심이 있었다. 나는 슈이트의 아들이었고 내 아버지는 기독교 민병대에게 대항하다 죽은 민간인 출신 전사였다. 그는 민간인 출신 전사였다! 그는 용감하게 죽었다. 민병대 탱크가 그를 덮쳤고 그는 그 탱크 밑으로 기어들어가면서 탱크 엔진 부분을 향해 총을 쏘며 죽었다. 탱크 밑에서 그를 끄집어내었을 때 그의 머리에서 쏟아져나온 뇌는 응고된 우윳덩이처럼 거리에 흐르고 있었다. 그 거리는 그가 자라난 곳이었다. 나는 그것을 보았다. 응고된 우유처럼 쏟아져내린 그의 뇌를, 그리고 그의 뇌를 밟고 진격하는 기독교 민병대의 군화들을, 나는 그 자리에 얼어붙었다. 아버지의 뇌를 바라보며. 사람의 뇌가 저런 것으로 되어 있다니.

……언젠가 나는 쐐기꼴을 찬찬히 들여다보면서 가끔 문자들이란 사람의 머리에서 쏟아져나온 뇌는 아닐까, 응고된 우유 같은 뇌, 나는 그 위를 밟고 지나가는 민병대 대원이라는 느낌에 시달렸다.

아버지는 용감했고 나는 그의 자식이라 시리아에서 제공해준 학교를 다니며 식구를 먹여 살리는 전사였다. 나는 그의 아들이었고 나는 중심에 서 있는 자였고 호메이니를 신뢰했고 나는 우리들의 색인 푸른색을 사랑했다. 나는 그랬다. 다마스쿠스 기차역에서 잘 차려입은 관광객의 꽁무니에 매달려, 환전, 싸게 해줘요, 환전이요, 를 낮게 속삭일 때, 그들과 나 사이를 완고하게 막고 있던 색깔들, 그때를 생각하면 모든 것은 왜 그렇게 선명한 색으로 환원되어오는지 모르겠다. 화사하고 이제 막 염색통에서 끄집어낸 색깔과 이제 막 가난한 빨래통에서 끄집어낸 색깔. 색깔은 종종 나에게는 벽으로 다가왔고 색깔은 나에게는 종종 죽여버리고 싶은 충동으로 다가와 관광객이 나를 더러운 껍처럼 떼어놓고 종종걸음으로 관광구로 걸어갈 때 나는 그 뒤에 서서 내가 지금 그들을 총으로 쏜다면 이제 막 염색통을 뚫고 흐르는 선홍빛의 피가 그들의 화사한 옷을 뚫고 거리로 쏟아지겠지, 라고 생각했고 그럴 때마다 등에서는 식은땀 같은 것이 솟구치곤 했다.

나는 그들에게서 한푼도 얻어내지 못하고 지쳐버리기만 했던 그 많은 오후에 관광구 뒷골목을 어슬렁거리며 지는 해 사이에서 퇴락할 대로 퇴락한 지붕과 나무 난간과 어지러운 전선줄을 바라보았다. 그리고 어느 날은 내 마음이 썩어 부글부글 괴어 넘쳐흐르는 양젖처럼, 오래된 저장 올리브 병 속에서 사나운 거품을 내며 해체되어가는 올리브처럼 견딜 수 없어질 때 나는 거리에 나뒹구는 전선줄을 이어 길게 만들어 내 몸을 내가 결박하기 시작했다. 전선줄들이 내 살을 파고들 때까지 온 힘을 다하여 나를 묶었다. 내 팔에서 내 정강이에서 푸른 힘줄이 돋아나 빨갛게 변할 때까지, 다시, 빨간 빛깔이 갈빛으로 빛깔의 생애를 분노와 함께 끝낼 때까지, 내 몸 구석구석에 있는 피들이 바깥으로 다 뛰쳐나올 때까지 나는 눈을 뜨고 나를 지켜보며 그 자리에 결박되어 있었다.

……결박에서 빠져나와 나는 그 자리에 주저앉은 채 가만히 있었다. 땅바닥을 쳐다보았다. 슬금슬금 해가 지면 골목 너머에 있는 모셰의 지붕 그림자가 둥근 바퀴처럼 술렁거렸다. 나는 모셰로 가서 하루를 돌아 모셰의 지붕을 비추는 태양빛에 어려 있는 늙은 바퀴 그림자처럼 술렁거리며 절을 하고 싶었다. 나는 그대로 없어지고 싶었다. 그

런가, 정말? ……이쯤 되면 나는 이미 텍스트에 지고 있었고 쐐기꼴을 정확하게 읽어내지 못하리라는 걸 알았다. 그때 나는 이미 쐐기꼴을 향하여 나를 너무 많이 고백하고 있었고 그런 마음이 나를 못 견디게 할 때면 나는 쐐기꼴 리스트를 덮고 내 노트를 덮고 내 연필을 필통 속에 넣고 어딘가에 기대야 했다. 피곤하고 어둡고 외로웠다.

……

마음이 왜 이렇게 힘들지?

……

그건 네가 마음을 텍스트에게 고백했기 때문.

……

왜, 나는?

……

그건 네가 고대의 시간을 현실과 혼동하고 있기 때문. 지금 네가 보고 있는 텍스트는 신수메르시대의 법정 기록. 네가 반쯤 해독해낸 그 기록에 의하면 어떤 고대의 아버지가 법정에 서서 자신의 아들들은 이미 노예에서 풀려났다고 말하고 있다. 텍스트에 선명하게 기록된 그의 이름과 그의 아들들의 이름. 그러나 노예의 주인은 그의 진술을 부인하고 있다. 그는 그래서 증인들을 데리고 오려고 한다. 그리고 그 다음은? 너는 아직 해독을 하지 않고 있다. 왜?

잘…… 모르겠다. 그리고 지금 나에게 떠오르는 건 그때, 그 거리.

……나는 유니버시티 아메리카 오브 베이루트 캠퍼스 주변에 다닥다닥 붙어 있었던 서점들을 참 좋아했다. 새로 나온 책에서부터 신문이나 잡지를 파는 작은 가판대, 헌책방과 고전, 아랍어로 쓰인 고서들

을 팔던 서점들. 아라파트와 피엘오를 지지하는 선전문들이 덕지덕지 나붙은 서점의 벽을 들여다보거나 주변에 환한 꽃밭처럼 널려 있던 노천 음료수 가게에서 시리도록 하얀 레모네이드가 뿜어져나오는 네모난 유리 상자에 빵을 가득 담고 온 리어카 주변을 서성거리는 것, 잘 잘라놓은 수박이나 메론을 가득 싣고 오는 과일 행상들 사이에서 향기로운 그 냄새를 맡으며 걸어다니는 것. 햇살이 단정하게 잘라놓은 과일들 위로 내려앉아 숨을 한번 들이쉬면 햇살이 실어나르던 그 냄새들.

그리고 나의 동화책들.

나의 동화책들은 벽보들이었다.

유니버시티 아메리카 오브 베이루트 캠퍼스 주변을 언제나 가득 채운 벽보.

이스라엘이 자행한 팔레스타인 사람들에 대한 폭력과, 배후 조종을 하고 있는 미국이 어떻게 무기를 이스라엘에게 대주고 있는지. 워싱턴을 향해 띄우는 유대인 암살 경고문과 알라의 칼로 맹세하는 복수, 더러 질 나쁜 전송사진으로 박혀 있었던 살해 당한 팔레스타인 사람들의 시체.

나는 그 벽보들을 읽기 위해 틈만 나면 대학 주변을 돌아다녔고 새로운 벽보가 붙을 때마다 숨을 죽이며 천천히 읽어내려갔다.

나는…… 피엘오에 갈 거야. 난 아랍 세계를 통일하는 사람이 될 거야.

테러와 같은 정밀한 작업. 마주 오는 기차를 피하지 않고 그대로 서 있는 것, 입을 다물고 오로지 우리들의 승리를 믿으며. 잘 조직된 사제폭탄을 만드는 기술자의 탈속한 몸가짐. 시한폭탄의 초침을 맞추어 놓고 터지는 순간을 향해 온 영혼을 다하는 것. 퐁피두센터에 폭탄을 집어넣고 네덜란드로 도망가서 암스테르담의 향락 지구에 숨어들고 중국인 식당에 위장 취업 하여 또다른 폭탄 투척을 준비하는 것, 자유나 민족이나 종교의 신성함을 수호하는 것, 이 아리고도 절묘하게 집단살해를 가리키는 기호들, 한쪽으로 기울어선 것들의 꽃.

전쟁이 났다. 캠퍼스엔 정적이 돌고 해가 저물면 비둘기들이 가끔 빈 캠퍼스 주변을 어슬렁거렸다.

……쐐기문자의 가로꼴과 세로꼴은 후대로 올수록 질서정연해지는데 가끔 고서본을 뒤적거리며 도서관 서가에 기대설 때 나는 이 질서정연한 쐐기꼴을 어디선가 보았다는 생각을 하곤 했다. 도서관에서 나와 저물어가는 길을 걸어 기숙사가 가까이 보일 때, 그리고 그 맞은편에 보스니아에서 온 마리아가 살던 사냥꾼 부대 옛 병영 앞을 지날 때, 나도 모르게 내가 그곳 병영 안으로 걸어들어가 어디론가를 향해 총을 쏘고 있는 군인들을 새겨놓은 동상을 보았을 때.
전쟁이 본격적으로 베이루트 시가지에 진입해오던 날이었다.
나는 거리를 향하여 창이 나 있었던 우리집 부엌의 망사 커튼을 통해 발을 맞추어 거리로 들어오던 하얀 철모들을 보았다. 기독교 민병대의 헌병들이었다.
맑고 햇빛이 선연한 날이었다. 거리에는 아무도 없었고 정적이 모셰 지붕까지 텅 빈 불안을 부려놓고 있었다. 구슬 박힌 차가운 군홧발

자국.

하얀 철모들은 가로로 나란히 나란히, 세워진 총신들은 세로로 나란히 나란히, 철모는 머리를 덮느라 닫힌 채 아래로 향해 있었고 세워진 총신의 총구들은 위로 향하여 열려 있었다. 닫힌 하얀 둥근 것들과 열린 금속의 둥근 것들은 가로세로를 이루며 정적과 더불어 모자이크되고 있었는데 얼마 있지 않아 닫힌 하얀 둥근 것들은 그것들대로, 열린 금속의 둥근 것들은 그것들대로 모자이크를 깨뜨리며 활짝 열릴 것이었다. 그리고 나직하고 단호한 프랑스 군가. 마로니트 장군들이 프랑스 군사 아카데미 유학 시절에 배워오곤 하는 그 군가. 군가는 거리에 가로수로 심어놓은 대추야자의 흰 가지에 팽팽히 걸리다가 다시 원주형의 창문들을 지나 하얀 벽돌 위를 기어갔고 다음 창문을 지나 부엌의 망사 커튼에 차갑게 스며들어왔다. 바깥과 부엌은 한줄기 햇살로 연결되어 있었는데 군가는 햇살을 저벅저벅 밟고 부엌 식탁으로 들어왔다. 식탁 옆에는 어머니가 앉아 있었다. 아, 어머니. 그녀는 두 손을 맞잡고 부들부들 떨고 있었다. 햇살은 어머니가 맞잡고 있는 두 손 위에 군가를 내려놓았다…… 그때였다. 가늘고 긴, 그리고 흐느끼는 노랫소리가 필사적으로 군가를 헤치며 햇살에 스며왔다…… 당신을 기다려요, 오늘 저녁도, 아이들은 자고 있고 난 방금 기도를 끝냈지요, 죽음이 이렇게 가까이, 언제나 이 거리에 가까이, 언제나 이 거리엔 가까이, 당신을 기다려요, 머리칼이 긴 여자들의 운명이지요…… 누군가 거리를 향하여 여자 가수의 노래를 틀어놓았다. 아름다운 흑발의 여자 가수는 팔레스타인 남자들을 향해서 긴긴 한숨을 토해내듯 노래를 했다. 노래는 작고 가늘었다. 지중해가 아침에 일어나서 태양이 자신의 몸을 만져주기를 조용히 기다리듯이. 노래는 점점 커졌다…… 죽음이 이렇게 가까이, 언제나 이 거리엔 가까이, 머리칼이 긴…… 여자들…… 의 운명이지요, 지중해가 자신의 몸을 어르다가 다른 바다를 어르기 위해 돌아선 태양을 향해 애소하듯, 물결을 힘닿는 데까지 세워 그 물결 하나하나에다 시퍼런 칼날이 되는 주술을 불러내듯. 순간, 창문들이 일제히 열렸다. 열린 창문에서 유리컵이나 꽃병들이 아래를 향해 맹렬한 속도로 내려왔다. 유리컵들이 철모 위로 떨어졌고 땅 위에서 박살이 났다. 철모들이 깨진 유리컵의 파편 위를 저벅거리며 거리의 한쪽편으로 몰려갔다. 총신이 일제히 하늘을 향해 솟구쳤다. 총구들이 활짝 열리며 신열을 앓는 것처럼 속엣것을 토해내기 시작했다. 창문들은 다시 있는 탄력을 다하여 벽에 붙기 위해 날카롭게 울어댔다. 채 닫히지 못한 창문에서는 사람들이 아래로 향해 떨어졌다. 하얀 두건을 펄럭이며 여자가 떨어지고 청색 작업복의 남자가 떨어지고 터번이 벗겨지면서 노인이 떨어졌다. 그리고 거리에서 으깨어졌다…… 다시 정적이었다. 군가는 정적을 뚫고 다시 망사 커튼이 쳐진 창문을 통해 부엌으로 저벅저벅 걸어들어왔다.

내가…… 나보고…… 다른 것을 얻으라고?
햇산은 기차역을 바라보고 있었다.
그래. 기왕이면 멋진 거.
뭐?
오래된 거…… 지금과는 동떨어진 거. 아주, 아주 오래된 거. 오래된 것은 바라보면 슬프다. 잘 모르겠지만 조용하고 슬프다. 난 지금이 싫다. 옛날에 태어났으면 싶었다. 그러면 좀더 멋지게 살았을 텐데.

그는 발이 저린지 고쳐앉았다. 그리고 다시 담배를 피워물었다.

형은 여자랑 자본 적, 있어?

……

난 두 번 잤다. 죄지었다. 그 여자랑 결혼하지 않을 텐데. 안심해라, 형은 모르는 여자들이다. 과부들이다.

왜 그랬니? 결혼도 안 할 거면서…… 그 여자들 오빠들이 알면 넌 죽는다.

죽겠지…… 그래도 자야 했다. 왜냐하면…… 그 여자들이 너무 쓸쓸해서. 커다란 눈을 하고는 쓸쓸해하는데 속이 상해서 견딜 수가 있어야지…… 마약 먹고는 아니다. 난 마약을 하면 잔다…… 편안하게 혼자 누워 아름다운 것들을 상상하면서…… 꽃을 단 여자아이들, 꽃을 단 말들이 끄는 마차, 바다, 봄이 오는데 내리는 눈, 새로 나온 레몬 같은 나비 날개, 잘바이가 흔들거리는 모셰의 정원, 햇빛에 나와 앉아 있는 늙은 원숭이…… 그리고 가끔 그 선생 생각도 한다.

누구?

그 선생. 나는 그 선생을 잊어버려도 형은 아마 못 잊을 거다.

나는 핫산의 머리를 한번 만져주었다.

그 선생은 그날 처음 봤는데도 오래전부터 알고 있는 사람처럼 우리를 대했다. 애 취급을 안 하고 어른 대하듯 했다.

그건 그가 그날이면 자신이 죽을 거라는 걸 알았기 때문일 거다.

핫산은 담배를 끄고는 자리에서 일어났다. 그리고 역사 안으로 들어가더니 잠시 후 깡통 콜라 두 개를 달랑거리며 나왔다. 그는 깡통 하나를 나에게 건네주고는 자기 깡통을 흔들어댔다.

그러면 거품 나잖아.

그는 나를 향해 싱긋 웃고는 콜라 깡통의 뚜껑을 땄다. 펑, 하는 소리가 났고 거품이 사방으로 튀었다. 그는 깔깔거리면서 거품이 다 새어나올 때까지 계속해서 깡통을 흔들었다. 그의 손이며 팔이며 가슴에서 콜라가 흘러내렸다. 그제야 그는 콜라를 마시고는 깡통을 발로 차서 저만치 보냈다. 그리고 그 자리에 벌렁 드러누웠다.

내가 잠잔 여자 중에 하나는 배꼽춤을 춘다. 그리고 그 여자는 오빠가 없다. 어린 여동생이 하나 있다. 난, 그 여자가 배꼽춤을 추는 관광구 술집엘 자주 갔다. 그 여자는 내가 오는 걸 싫어했지만. 난 그 여자가 입은 가리고 배꼽을 내놓고 춤을 추고 있으면, 거꾸로 입은 내놓고 배꼽은 가리고 있는 것 같은 착각을 많이 했다. 사람들은 다 입은 내놓고 배꼽은 가리고 산다. 그 여자는 세상 사람들을 대신해서 배꼽을 내놓고 있는 거다.

그는 허공을 향해 침을 뱉었다. 침은 그의 이마 근처로 떨어졌고 그는 누워 도리질을 했다.

내가 그 여자를 보고 오면 제일 많이 하는 게 이거다…… 난 그 선생을 좋아했지만 사실은 끝까지 좋아하진 않았다. 그가 들고 있던 책, 난 읽기나 쓰기를 아주 조금 할 줄 안다. 그래서 그런 책은 읽을 줄도 모르지만 그 선생은 그러니까, 민병대한테도 쫓기고 슈이트들한테도 미움을 받으면서도 그 책을 들고 있었다. 난, 그게 마음이 아팠다. 그거 놓아버려도 되는데 그는 들고 있었다. 욕심 많은 늙은이였다.

……난 형이 그 선생처럼은 되지 않았으면 한다. 좋은 사람이지만 난 그가 욕심이 많아 마음이 상한다.

그 선생이 무슨 욕심?

그쯤 되면 책을 놔야 한다…… 그 선생은 사람들에게 뭔가 물려줄 게 있다고 믿지만, 난…… 아닌 것 같다. 난…… 어쩐지 물려줄 만한 게 없는 것 같다, 이 세상에는……

나는 핫산과 내가 함께 한나절을 같이 보냈던 그 선생의 얼굴을 기억해보려고 애썼지만 제대로 되지 않았다. 도리어 목젖이 아려 침을 삼키면 목이 아려왔다. 눈앞이 뿌옇게 아려왔다. 내가 이곳을 떠나기로 마음먹었을 때도 나는 그 선생을 생각했었다.

그래도 넌 죽은 사람을 향해서는 뭐라고 하면 안 된다. 그는 이미 죽었고 그는 무덤도 없다. 어딘가에 버려졌을 거다.

나는 핫산에게 말하지 않고 나에게 말했다. 그는 죽었다. 죽은 자는 산 자에게 힘이 된다. 그는 더이상 변하지 않을 테니. 난 변하지 않고 나를 지켜줄 빛이 하나 필요하다. 네 개의 덩어리가 천 년을 넘어 싸워온 레바논에서는 언제나 모든 것이 빠른 속도로 변해갔다. 집이 무너지고 길이 막히고 다시 건물들이 들어서고 길이 뚫리고…… 변하지 않는 건 네 개의 덩어리뿐이었고 네 개의 덩어리들은 각각 자신을 더 철저히 감추기 위해 바깥의 변화를 서둘렀다. 레바논의 변화는 그러니까 변화하지 않는 걸 감추려는 거짓 변화에 불과했다. 나는 빛이 필요하다. 그것이 내가 그 선생을 이렇게 오래 기억하는 이유이다.

형은 떠날 테니까. ……형은 무슨 일이 있더라도 떠날 수 있어야 한다. 나와 약속할 수 있는가?

넌 왜 내가 떠나기를 그렇게 원하니?

핫산은 누운 채 나에게 말했다.

형이나 나나, 참 빨리 어른이 되었다. 우린 살지 않고서도 다 알아
버렸고 지쳐갔다. 난…… 그리고 빨리 노인이 되어버렸다. 우리가 태
어나서 자란 곳은 살지 않고도 모든 걸 다 알게 만드는 곳이었다. 하
얀 빛, 말이다. 형. 그 전쟁중에도 늘 하얀 빛이었다. 그곳은. ……난
형이 살기를 원한다. 살아보고 늙기를 원한다. 그런데…… 나, 이 말
은 해야겠다. 그 선생을 만났다.

뭐? 어디에서? 그는 죽었잖아?

그는…… 죽었다. 그리고 다시 살고 있었다. 난, 만났다. 그를.

내가 텍스트를 반쯤만 해독해놓고 이렇게 누워 있거나, 창문을 열
고 바깥을 바라볼 때 나는 내가 떠난 뒤 죽은 나의 여동생 텔하람을
생각하곤 했다.

신수메르어로 쓰인 지금으로부터 사천 년 전에 그 아버지는 증인을
데리고 와 아이들을 데리고 이제는 자유인으로 돌아갔을까, 혹은 그
는 증인을 데리고 오지 못해 실망과 분노를 안고 멀고도 또 먼 노예로
서의 나날을 보냈을까. 나는 궁금했으나 쉽게 다시 텍스트로 다가설
수 없었다. 오래된 가장의 버릇으로 나는 꼭 내가 노예 자식을 가진
아버지 같았고 또 텍스트 속의 아버지는 결국 증인을 데리고 오지 못
하고 말 것 같기 때문이었다.

오빠. 난 이슬람의 여자로 사는 게 싫어요. 나를 데리고 가세요. 머
리를 감추고 거리를 돌아다니는 게 싫어요. 두건을 벗고 머리칼을 내

놓고 다니고 싶어요. 난, 미국 여자처럼 살았으면 좋겠어요. 운전하고 바지 입고 학교도 다니고 싶은데…… 오빠. 나를 데리고 가세요. 난 여기서 결혼하고 싶지 않아요.

그녀는 약혼을 했다. 그녀는 또 편지를 보내왔다.

난 결혼해요. 그냥 여기 살아야 하나봐요. 오빠. 잘살게요. 걱정하지 마세요. 누구나 떠나고 싶어하고 저도 그랬나봐요. 오빠도 이미 알겠지만 저의 남자는 다마스쿠스 시내에 작은 채소 가게를 가지고 있어요. 함께 가게에 나가 있지는 못하겠지만 난 집에서 그에게 순종하고 잘 지낼 거예요.

나는 그녀의 편지를 받은 사흘 뒤 어머니로부터 전화를 받았다.

올 거 없다. 일, 다 끝났다. 그애는 죽었다. 어떻게 죽었는지…… 넌…… 알 거 없다. 핫산이 좀 아프다. 곧 일어날 거야. 개가 애썼다. 기도해라. 라마단이 오면 잘 지키고. 남자한테 여자가 기도 얘기 하는 거 아니라는 거 안다. 그래도, 하고 싶다. 이제 나도 늙었으니, 그럴 권리가…… 그럴 권리라니. 미안하다. 그애, 텔하람을 위해서도 기도해라. 잘 가도록, 알라가 그애를 용서하도록.

나는 그후에도 오랫동안 텔하람이 어떻게 죽었는지 알지 못했다. 핫산도 어머니도 나에게 말하지 않았다. 울컥거리며 혼자 울 수도 없었다. 그애가 어떻게 죽었는지 나는 알 수 없었으므로 울 수도 없었다.

나는 그뒤 오랫동안 텍스트의 남은 부분을 해독할 수 없었다. 그리고 해독 결과를 제출해야 하는 날이 가까워왔을 때 나는 동양에서 온 그녀에게 해독 결과를 빌리러 갔다. 내가 오랫동안 우울해하면서 누구에게도 말을 붙이지 않았지만 그녀는 아무 말 없이 노트를 내게 건네주었다. 나는 그녀가 말갛게 해독해놓은 노트를 들여다보았다.

확정된 법정 기록.
우레바압두.
쉐쉬칼라, 남마바바, 우르상아, 닌아르루슈,
그의 자식들.
후루의 노예들.
그들은 대리 왕 앞에 나타나 말하기를,
후루가 우리의 해방을 승인한 것을
우리는 증인들을 데리고 와 증명하려고 합니다.

나는 여기까지는 이미 해독을 했었다. 그리고 행갈이가 된 쐐기문
은 넉 줄. 내가 해독을 할 수 없었던 부분이 남아 있었다. 나는 다음을
읽었다.

그들은 증인들을 데려오지 못했다.
노예로서 그들은
후루의 아들에게
넘겨졌다.

나는 비로소 울기 시작했다. 그들은 증인들을 데리고 오지 못하고
사천 년 전의 시간 속에서 영원히 노예로 묶여 있었다. 오랫동안 가
장이었던 나는 쐐기문 속의 시간으로 들어가 그 불우한 아버지의 품

에 안겨 울고 있는 것 같았다. 그곳은 메소포타미아의 어느 도시국가 남루한 골목이었다. 그때 우리는 우리 앞에 놓여 있을 노예살이 때문에 울었던 게 아니었다. 우리들은 나아질 수 없는 내일 때문에 울었던 게 아니었다. 내일이면 다시 유프라테스에서 해가 떠오른다고 해도 오늘 우리들의 상처는 지울 수 없는 것이었다. 노예로 증명된 오늘이 우리에겐 상처였다. 그때였다. 그 아버지의 품을 텔하람은 빠져나갔고 말릴 사이도 없이 강으로 가서 몸을 던졌다. 내일이면 태양이 떠오를 강을 향하여 그녀는 몸을 던졌다. ……나는 쐐기문 너머로 들어가지 못하고 오래 기숙사 방에 불을 꺼놓고 울었다. 그녀가 이 지상에 있었을 때 내가 그녀를 한번 더 껴안아 달래주지 못한 게 마음 아팠다.

그것이 나의 상처였다.

파델은 시립도서관을 나와 천천히 걸어갔다. 다섯시도 채 되지 않아 해는 져버렸고 벌써 거리는 어둠 속에서 뒤척이고 있었다. 구역질은 가라앉았지만 두통은 계속되고 있었고 엉뚱하게도 배가 고파왔다. 슈테판이 와 있을지도 모른다는 생각이 떠오르자 그는 서둘러서 집으로 돌아가야 할 것 같았다. 그는 버스 정거장을 찾았다. 정거장에서 얼마 기다리지 않아 버스는 왔다.

버스는 집 앞에서 그를 내려주었다. 서둘러서 그가 걸어가고 있을 때 누군가 뒤에서 그를 불렀다. 슈테판이구나.

그는 고개를 돌렸다. 그리고 그는 어둠 속에서 얼어붙었다.

그 선생이었다.

파델은 눈을 깜빡거렸다. 정말 그인가?

어둠 속에서 그를 부른 사람이 파델을 향해 천천히 다가왔다.

슈테판의 또다른 회상

파벨.

그는 아침마다 기숙사 부엌 창 쪽에서 생강을 저미고 있었다. 그가 저미는 생강은 얇아서 속이 환히 들여다보일 지경이었다.

생강을 썰기에 좋은 눈높이로 몸을 비스듬하게 기울인 다음 칼을 생강에다 조심스럽게 밀어넣는 그의 모습은 제물을 준비하는 여인의 모습, 그것이었다.

생강편을 커피 주전자에 넣고 끓이는 냄새. 우리들이 지난겨울에 모여 살던 그 기숙사를 떠올리면 그의 생강커피 향은 먼바다의 부표처럼 흔들거린다.

비와 안개 그리고 자줏빛의 철벽돌로 이어놓은 사각 건물. 건물 주위를 둘러싼 작은 풀밭과 풀밭에 군데군데 서 있는 서양배나무. 현관문을 열고 들어가면 일렬로 서 있는 우편함과 때때로 정전과 단수를 알리는 표지판. 다시 계단을 올라가면 작은 유리문, 그리고 그 문을 열고 들어가면 복도. 복도 중간중간에 있는 방들. 그중에 하나는 비어 있었으며 나머지 세 개의 방에 살던 나와 파델과 그녀. 또하나의 방은 우리들이 공동으로 쓰던 부엌. 부엌에는 네 개의 칸이 있던 냉장고와 탁자와 수납장. 수납장에는 마른 수건이 걸려 있고 개수대에는 식기를 씻어 엎어놓는 식기대와 언제나 물이 잘 잠기지 않던 수도꼭지. 똑. 똑. 똑. 수도꼭지에서 새어나오는 물소리. 부엌 창에서 내려다보면 풀밭이 보였고 가을이면 배나무에 전구알처럼 작은 배들이 아직 떨어지지 않은 이파리 사이에 드문드문 매달려 있었고 낙과한 배들이 풀밭에서 짓이겨 나뒹그러져 있었다. 그 위를 가을 토끼들이 드문드문 모여앉아 남은 풀을 뜯었다. 회색 토끼들이었다. 그리고 가끔. 그 풀밭을 걸어오던 그녀. 그리고 가끔 풀밭에 누워 책을 보던 그녀. 그리고 그 풀밭에 떨어진 낙과한 배를 치마폭에 주워 담던 그녀. 그리고 그리고 그 풀밭에 마냥 마냥 앉아 있던 그녀.

그리고 지금.

나는 지금 우물터를 삽으로 파고 있다. 이미 내 키의 절반이 될 만큼 구덩이는 깊어져 구부린 허리를 펴느라 잠시 잠시 고개를 들면 여기가 발굴지라는 것을 알리는 붉은 푯말들이 모랫더미 사이에 위태하게 서 있다. 그리고 그 너머의 공사장.

"나는 언젠가는 그곳으로 갈 거야, 걸어서라도 갈 거야."

"……"

"……꼭…… 갈 거……야."

나는 우체국 계단에 앉아 있는 그녀를 바라보았다.

그녀는 이미 그곳으로 가고 있는지 미간을 오므려 눈을 가늘게 하고는 거리를 바라보고 있었다.

그곳은 어디였을까.

그녀가 바라보던 그곳은 어디였을까.

나는 오래오래 그곳이 어디인지를 생각했다. 내가 집을 떠나와 다녔던 모든 기차역과 기차 안에서, 기차역 광장과 여관과 간이 음식점에서 나는 그곳이 어디였는지를 생각했다.

그리고 지금 여기 내가 머물고 있는 이곳.

나는 그녀가 바라보던 그곳이 어디인지를 몰라서 그곳을 떠나왔을까.

나는 다시 삽을 든다.

내가 이 발굴지에 처음 왔을 때는 짧은 가을이 아직 머물고 있을 때였다. 새벽이어서 안개만 자욱했고 아직 새벽잠에서 덜 깨어난 모래더미들이 군데군데 뭉쳐져 있을 뿐 조용했다. 주변에는 주택가가 있고 잇닿아 공사장과 맞붙은 이곳은 아직 새벽 일과를 시작하지 않고 있어 고요했고 어쩐지 폐선 하나가 항구에 매달려 낡아가고 있는 모습을 연상시켰다.

지난여름이 지나갈 무렵 나의 주머니는 비싼 기찻삯을 무느라 바닥이 났고 이 작은 도시로 들어왔을 때는 일 마르크 동전 두엇만이 남아 있었다. 나는 나머지 돈으로 빵을 사서는 주머니에 구겨넣고 역사 앞에 우두커니 앉아 있었다. 나에게는 이 도시에서 뭔가 해야 할 특별한 일이 없었으므로 그대로 그 자리에 그렇게 앉아 있었다. 사람들이 역사 앞을 바쁘게 지나갔고 역사 앞 분수에서는 한가로운 비둘기들이 물이 나오지 않는 청동의 조각 사이를 어슬렁거렸다. 하늘은 잔뜩 흐려 금방이라도 비가 올 것 같았지만 비는 오지 않았다. 버스들이 지나가고 도시 관광을 해주는 마차들이 역 앞에 서서 하루에 몇 번 정해진 출발 시간을 기다리고 있었고 소시지를 구워 파는 가판대 철판에서는 지린 연기들이 피어올랐다. 비둘기들이 내 발 아래 모여들었고 나는 비둘기를 물끄러미 바라보았다.

역사 관리원이 나를 병원으로 데리고 갔던지 내가 병원에서 다시 눈을 떴을 때 시간은 이미 내가 기억하는 날짜로부터 일주일이 지나 있었다.

눈을 떴을 때가 아침이었는지 저녁이었는지 햇살은 내 눈 가득 들어왔고 나는 눈을 감아버렸다.

다시 잠이 들었다.

영양실조라고 했다. 나는 병원에서 주는 삶은 고기로 육식을 다시 시작했다. 고기를 한입 입으로 가져가서 씹었다. 혀끝에서 고기의 단맛이 느껴졌다. 오래오래 고기를 씹고 또 씹었다. 내 몸이 다시 받아들이는 짐승의 고기, 그 단맛을 오래오래 내 몸으로 가두어들였다. 여름이 지나가고 있었으므로 가을의 처음을 알리는 햇살이 쇠락해가는 나무 냄새를 풍기며 창으로 몰려들었다. 고기의 단맛을 느낀 나의 혀는 이 햇살에 기대어 잠시 쉬기를 끈질기게 조르고 있었다. 몸이 시키는 대로 순순히 따르기로 했다.

병원에서 나와 이 도시를 천천히 산책했다. 성당과 시장과 상점들의 거리를 지나면서 우체국과 학교를 지나면서 수녀원과 수도원을 지나면서 나는 이 낯선 도시에서 내가 무슨 일을 할 수 있을지를 생각했다. 도시로 흘러들어온 낯선 자에게 선뜻 밥을 먹여주던 때는 배고픈 예술가를 숭배하던 시대만큼 오래전에 지났다. 나는 낯선 자를 물끄러미 바라보는 건물의 선과 창문을 나도 똑같이 물끄러미 바라보았다. 이 도시는 나에게 쉽게 밥을 먹여주지 않을 것이다. 그런데 일자리가 생겼다.

박물관 앞을 지나다가 우연히 공고판을 보았다. 공고판에는 고고학을 전공하는 학생으로 발굴에 참여하기를 원하는 사람을 구한다고 적혀 있었다. 문화재관리국에서 일꾼들의 일당을 절약하기 위해서 값싼 학생 노동력을 모집하는 공고였는데 짧은 가을이 곧 지나고 긴 겨울이 곧 다가올 것이었고 지방 문화재관리국에서 하는 작은 발굴이었으므로 지원자가 적었고 나는 쉽게 일자리를 구할 수 있었다. 하루 여덟 시간, 시간당 십이 마르크. 월요일에서 금요일까지 나가면 생활을 하고 얼마간의 돈을 모아 다시 떠나기에 그런대로 괜찮은 자리였다. 나는 임시로 살 수 있는 작은 방을 하나 구했고 내 가방을 풀었다. 내 가방 안에 든 물건들을 꺼내 이 낯설디낯선 방에 정리를 해놓고 나는 또 무릎을 구부리고 가만히 앉아 있었다. 낯선 방의 어둠 속에 가만히 앉아 나는 이곳에서 얼마나 머물 것인지를 생각했지만 지독히 피곤해서 아무런 계획을 할 수가 없었다.

그 다음날 새벽부터 나를 데리고 발굴장으로 갈 차를 타기 위해 내가 구한 임시 숙소에서 삼십 분을 걸어 도시 외곽으로 빠지는 고속도로까지 갔다. 들판을 하나 넘어야 했고 들판을 넘으면서 농가의 마구간과 건초장을 지나야 했다. 건초들은 동그랗게 말려 빼곡히 쟁여져 있었고 그 옆 말우리의 엇비슷이 닫힌 문틈으로 말 엉덩이가 흔들거리는 것이 보였다. 나는 걷다가 멈추어 서서 문안을 들여다보았다. 말두 마리가 서로에게 머리를 기대고 흔들거리고 있었다. 부드럽고 편안해 보였다. 아마도 그들은 태어난 이후로 이 우리에서만 살았는지 그들의 세상은 이곳 들판과 우리가 전부. 그들의 편안함과 부드러움은 아마도 그들이 누리는 그들의 세상에서 나오는 것 같았다. 나는 그들이 부러웠다. 나는 내가 속해 있던 세계를 떠난 자였으므로 자기가 아는 세계에 대해 충분히 자족하는 모든 것들을 보면서 쓰라렸다.

이 발굴의 팀장이자 운전수이자 모든 잡업무를 맡고 있는 사람은 오십이 넘은 뚱뚱한 사내였다. 그는 처음 마주친 날부터 지금까지 나에게 필요한 지시 외에는 단 한마디의 말도 붙이지 않았고 이 발굴장에서 같이 일하는 다른 사람에게도 그는 말을 여간해서는 건네지 않았다. 새벽이면 그는 입을 굳게 다물고 운전을 하거나 운전중에는 새벽부터 콜라를 들이켰고 가끔 혼잣말로 나쁜 날씨를 불평하거나 발굴이 더디게 진행되는 것을 불안해했다. 발굴장으로 오는 길에 그는 주유소엘 들러 신문을 샀다. 글씨보다는 그림이 많은 선정적인 신문이었는데 휴식 시간에는 누구와도 말하지 않고 그 신문을 보다가 신문중 한 면을 우리에게 던졌다. 별점이 나오는 면이었다. 사람들이 그 신문을 들고 오늘의 운수를 읽느라 머리를 박고 모여 있으면 그는 조소인지 뭔지 모를 웃음을 그의 일자로 굳어진 입가에 묘하게 떠올리곤 했다. 일이 끝나고 돌아오는 길에 그는 차 안 그득히 라디오를 틀어놓았다. 하루종일 삽질을 하는 일에 지쳐 모두가 곯아떨어진 차 안에서 그는 운전을 하면서 라디오를 들었다. 그가 듣는 방송은 한적한 남녀들의 전화 데이트 시간이었다. 그는 연결되어 통화를 하는 남녀의 대화를 듣다가 서로 마음이 잘 맞지 않아 파열음을 울리며 전화 데이트가 불발로 끝날 때마다 나직이 히힛거렸다. 그 웃음은 참으로 음산했고 쇳소리가 났다. 며칠 지나지 않아 나는 그가 싫어졌다.

그는 아무래도 학자 출신 같아 보이지는 않았다. 아닌 게 아니라 그는 학자가 아니라 공무원으로서 이 발굴장을 떠맡고 있었다. 원래 그의 직업은 개인 식물원의 관리원이라고 알려져 있었다. 어느 날 그는 실업자가 되었고 국가에서는 문화재관리국의 그를 임시 직원으로 채용했고 발굴 일을 어깨 너머로 배우다가 단기 고고학 교육을 이수해서 이곳에 눌러앉게 되었던 것이다. 그는 고고학자로서 정기 교육을 받은 적은 없었지만 어느 고고학자보다도 감각 있게 지형을 읽고 측량을 했으며 몇 개 나오지 않은 토기 파편으로도 이곳이 집의 어느 부분에 속하는지를 읽어내었으며 그가 삽을 들고 땅을 고르면 아무리 소철광沼鐵鑛이 모여 있는 곳이라도 칼로 자른 듯 반듯해지곤 했다. 그는 가끔 나를 멀리서 보곤 했다. 가까이에 서면 필요한 지시 사항을 전할 때조차도 눈을 맞추려 들지 않았으나 멀리서 볼 때는 뚫어지게 바라보다가 나와 눈이 마주치면 슬그머니 고개를 돌렸다. 그것이 처음 일을 나오는 사람을 지켜보는 방법인 듯했다.

처음 이곳이 발굴장으로 지정된 것은 흔히 고고학의 발굴이 그렇듯 우연에 의해 시작되었다고 한다. 새 건물을 짓느라 지반을 들어내던 중에 우연히 철기시대 집터가 발견되었고 공사는 부분적으로 중단되었으며 문화재관리국 직원들이 나와 지표 조사를 하기 시작했다. 발굴장이라는 것을 알리는 표지판이 붙고 말뚝을 박아 줄을 쳐서 관계자들 외에는 출입을 금지시켰다. 그리고 길고 지루한 발굴은 시작되었다.

건물을 짓던 중에 공사를 중단당하게 된 주인은 지표 조사가 끝나자마자 공사를 다시 진행하겠다고 알려왔다. 평생 집장사로 살아온 늙은 폴란드계의 노동자였던 그로서는 당연했다. 주인은 지반을 들어내면서 우연히 발견된 토기 몇 조각 때문에 공사를 연기하며 삼 개월이나 지표 조사가 끝나기를 기다렸던 것이다. 문화재관리국에서는 집주인을 당해낼 재간이 없었고 공사가 지연된 만큼의 배상금과 함께 발굴이 끝난 곳에는 곧바로 공사를 해도 좋다는 허락을 하는 수밖에는 없었다. 그러다보니 한쪽에서는 발굴이 진행되고 그 바로 옆에는 새 건물이 올라서는 기묘한 불균형으로 발굴장 주변은 어수선했다. 그것은 흡사 한쪽은 폐허를 다시 햇빛 속으로 끌어내느라 삽을 땅에 꽂고 한쪽은 오랜 후에 폐허가 될 것을 위해 삽날을 땅에 꽂고 있는 것처럼 보였다. 발굴을 위해 들어낸 모래들은 건물의 외벽을 위해 시멘트로 이개어졌다. 정방형으로 측량이 끝난 곳을 삽으로 고르고 있으면 공사장에서는 지하실의 벽을 수직으로 세우기 위해 포클레인에 격자의 철골을 달아 지하 오 미터로 내려보내고 있었다. 삽으로 땅고르기가 끝난 곳에서 발견된 집터의 기둥 흔적을 더듬고 있을 때 공사장에서는 지하실에 창문을 내는 작업이 한창이었다. 그럴 때마다 나는 우리들 모두가 이 지상에서 한바탕 고약한 꿈을 꾸고 있는지도 모르겠다는 생각을 했다. 그 고약한 꿈이 이 지상에 건설된 문명이라면? 나는 고개를 흔들었다. 나에게는 아직 살아야 할 세월이 있고 그 세월은 나를 어떤 곳으로 데려다놓을지 나는 알 수 없었으므로 나는 고개를 흔들며 삽질을 계속했다. 오늘은 오늘만 살자. 내일은 내일 살자.

발굴장의 토질은 모래로 되어 있었으나 산화된 철이 군데군데 굳은 채 박혀 있어서 삽으로 철을 긁어내리는 일은 여간 힘이 드는 것이 아니었다. 산화된 철은 소철광으로 굳어지는데 이 소철광 덩어리가 퍼져 있는 곳에 한번 삽을 꽂을 때마다 나는 입을 한번 꽉 다물고 숨을 멈추며 힘을 모아야 했다. 철기시대 집터를 발굴하는 것은 산화되어 굳어 있는 철부스러기와의 싸움이었다. 나는 삽을 한번 꽂을 때마다 이 폐허에 굳어 있는 철가루들을 향해 볼멘소리라도 지르고 싶은 심정이 되곤 했다.

일을 시작한 지 삼 주일쯤 지났을 때 팀장은 나를 불렀다.

그는 정방형의 한쪽을 가리켰다. 공사장과 맞닿아 있는 곳이었다.

"삼 미터 가로세로로 파내려가. 며칠 걸릴 거야. 일을 마치려면."

나는 그가 가리키는 곳을 바라보았다. 단면도 작성을 위해 직사면체의 구덩이를 파라는 거라는 걸 거뭇한 빛이 타원형으로 뭉쳐져 있는 땅 색깔을 보면서 나는 금방 알 수 있었다. 그곳은 집터의 기둥이 있었던 곳이거나 우물터가 있는 곳일 것이다. 철기시대 이 지방 사람들은 나무로 집의 기둥을 세웠기 때문에 기둥이 있던 자리는 나무가 세월의 흐름 속에 탄화해서 거뭇한 색깔이 입혀져 있기 마련이었다. 우물터에는 우물 지붕을 위해 또한 나무 기둥이 세워졌는데 그것 역시 탄화되어 거뭇한 색깔의 무리를 이루곤 했다.

"아마 우물일 거야. 지하수가 흐르던 자리와 일치해."

그는 도면도를 펼쳐놓은 나무 받침대로 걸어갔다. 그가 직접 표시해서 모습이 드러나고 있는 집 구조표 속에는 지하수와 집의 간이 상하수도 시설이 세세하게 나와 있었는데 그가 가리킨 그 자리에는 아닌 게 아니라 지하수가 흐른 자리가 있었다.

"지금 수면은 그때와는 지하수면이 달라. 아마 더 내려갔을 거야."

그가 추측한 당시의 수면은 지하 사 미터 정도였으므로 삼 미터만 파면 대략의 우물 형태를 짐작해볼 수 있을 것이다. 나는 그를 바라보았다. 그는 조소하듯 보일 듯 말 듯한 웃음을 흘렸다.

"빨리 서둘러. 어디에서 발굴하는 삽질을 배웠는지는 모르지만 삽을 더 바로 세워. 그렇게 비스듬하면 단면도를 뜰 수가 없지."

나는 삽을 쥐고 그에게 등을 돌렸다. 그가 내 뒤에서 나직하게 말했다.

"삽날을 더 갈아가지고 가. 제일 중요한 작업이야."

물뿌리개로 삽날에 물을 뿌리고 난 다음 나는 쇠사포로 삽날을 문질렀다. 사포가 지나간 자리마다 삽날은 허옇게 일어섰다. 다시 물을 뿌리고 삽날을 한번 씻은 다음 손가락으로 삽날을 한번 문질러보았다. 종이라도 벨 수 있을 만큼 날은 돋아 있었다. 순간 날카로운 통증이 짧게 지나갔다. 손가락 끝으로 피가 방울져내리고 있었다. 나는 혀로 피를 닦다가 무심코 뒤를 돌아보았다. 그가 내 뒤에 바로 서 있었다. 무표정하게 그는 말했다.

"구덩이를 파고 흙은 바로 옆에 쌓아둬. 버리러 가면 시간이 더 걸릴 테니까. 하지만 조심해. 너무 높이 흙을 쌓지 않도록."

내가 우물터에 삽을 갖다댄 그날부터 그는 내 주변을 머뭇거렸다. 쪼그리고 앉아 깊어져가는 구덩이를 바라보기도 하고 내가 삽을 비스듬히 갖다댈 때마다 삽날을 곧추세우라고 소리를 질렀다. 구덩이에서 들어낸 모래가 일 미터 정도 파내려간 구덩이 깊이만큼 쌓였을 때 그는 직접 구덩이로 내려와 바닥을 자세히 바라보며 혀를 차기도 했다. 그러는 그를 나는 모래 무더기를 바라보듯 뜨악하게 바라보았다. 나는 그가 왜 그렇게 우물터에 열을 올리는지 알 수 없었다. 그리고 그에게는 파이프 담배와 오래 머리를 감지 않은 냄새가 섞여 났으므로 그가 구덩이로 내려올 때마다 나는 고개를 돌렸다.

　일은 오후 네시면 끝이 났고 집으로 돌아와 간단히 샤워를 하고 나면 오후 여섯시경. 나는 근처 간이 피자집이나 터키인들이 하는 빵집에 가서 간단하게 저녁을 먹고는 어슬렁거리는 걸음걸이로 도시를 산책했다. 여섯시면 모든 상점이 다 문을 닫았으므로 내가 시내 중심가를 어슬렁거릴 때면 이미 불을 켜놓은 쇼윈도를 무표정한 마네킹만이 지키고 있었다. 그릇 가게에서는 신혼부부를 위한 저녁 식탁 세트가, 가전제품 가게에서는 코드를 빼놓은 냉장고가, 장난감 가게에서는 눈만 똑바로 뜬 청맹과니 인형들이, 의자 가게에서는 빈 의자들이, 양탄자 가게에서는 누구도 그 위를 걸어본 적이 없는 멀건 양탄자가, 화장품 가게에서는 길고 짧은 병들이 갑갑하게 눈을 뜨고 도시를 지키고 있었다. 책가게에는 누구도 보지 않았던 새책들이 빠각이는 비닐에 쌓여 있었다. 도시는 이렇게 버려지는가. 사람들은 이 시간에 다 다 어디로 갔는가. 그들이 밥을 버는 도시를 떠나. 나는 그때마다 내가 지금 발굴하고 있는 철기시대 초기의 집터를 떠올렸다. 소철광 덩어리로 굳어진 집터에는 아무것도 남아 있지 않았다. 사람들이 살았던 흔적이 그때 그 사람들의 온기를 전해줄 수 있는지. 이 도시도 얼마간의 세월이 흐르고 나면 내가 지금 발굴하고 있는 그곳처럼 될는지. 그런저런 생각으로 어슬렁거리다가 나는 도시에서 지금 단 한 군데 사람들이 모여 있는 곳, 그곳을 찾아가서 외국인으로 보이는 흰 치마를 바지 앞에 두른 사내에게 맥주를 한잔 청했다. 그곳은 술집이었다. 그리고 다시 내가 빈 맥주잔을 남겨두고 도시의 더 어두운 골목을 걸어다닐 때.

나는 어느 날 밤에 팀장을 보았다. 그는 섹스숍과 에로틱 영화관이 있는 건물 앞에서 술을 마시고 있었다. 여자의 젖가슴을 붉은 형광판으로 새겨놓은 그 이층 건물은 일층엔 도색잡지와 여러 가지 섹스 기구와 콘돔을 파는 가게가 있었고 그 가게의 쇼윈도에는 길고 검은 가죽채찍이 걸려 있었다. 팀장은 그 채찍이 걸려 있는 쇼윈도에 기대어 술을 마시고 있었다. 그의 모습은 고흐의 그림에 나오는 짙고 음산하고 가난한 사람들의 색깔을 닮아 있었다.

나는 그를 물끄러미 바라보았다. 그리고 뒤돌아서서 천천히 그에게서 멀어졌다. 나는 뒤돌아보지 않았다. 다른 영혼의 일을 간섭하기가 싫고 두려웠다.

그해 크리스마스가 가까워올 무렵.

기숙사 창문을 통하여 밖을 내다보면 겨울 안개와 가랑비, 그리고 잠시 잠시 눈.

나는 가방 하나를 베를린에 두고 왔네
그래서 나는 베를린에 꼭 가봐야 하네
내 지나간 시간들 내 영혼에 가까운 것들이

그 가방 안에 들어 있네

나는 그녀의 방 낡은 녹음기에서 들려오는 노래에 귀를 기울였다.
그 노래는 마를레네 디트리히가 미국에서 베를린을 그리워하며 부른
노래였다. 디트리히, 그녀는 정말 베를린으로 가면 그 가방을 찾을 수
있을 거라고 믿었던 것일까. 우리 기숙사 길 하나 너머에 있는 옛 독
일군대 막사로 보스니아 전쟁을 피해 독일로 들어온 난민들이 이사를
오고 있었다. 낡은 가방과 봇짐을 들고 병영의 둔중한 문을 통과하고
있는 것이 보였다. 그들의 짐 위로 비가 내리고 그들의 머릿수건과 낡
은 가죽잠바로 비는 칙칙하게 스며들어갔다. 나는 책을 덮고 창문 앞
에 서서 그들을 물끄러미 바라보기도 했다. 그녀는 아마도 베를린이
든 그 어디든 자신의 두고 온 가방을 찾을 수 없다는 것을 잘 알고 있
었을 것이다. 그 노래를 부르며 그녀는 남은 그녀의 생애에는 또하나
의 가방을 갈 수 없는 곳에 떨구어두지 않기를 속삭이지는 않았나.
    크리스마스가 가까워오는데도 나는 할머니에게 가지 않고 기숙사
에 머물러 있었다. 할머니에게서는 가끔 전화가 왔다. 그녀가 저 노래
를 틀어놓고 있는 한 나는 아무데도 가지 못할 거라고 생각했다. 그리
고 할머니의 주치의에게서 내가 전화를 받은 것도 그 무렵이었다. 비
장암이라고 했다. 다음해 봄을 넘기지 못할 거라는 말도 했다. 나는
더더욱 할머니에게로 가볼 수가 없었다. 만일 내가 할머니에게로 지
금 간다면 나는 그길로 다시는 이곳으로 돌아오지 못할 것이라는 나
에 대한 예감을 나 스스로 하고 있었다. 무서웠다.
    나는 창문에 오래 기대서 있었고 희미하게 그녀의 방에서 들려오는

노래를 들었다.

그녀는 아침이면 가방을 메고 버스를 타고 어디론가로 나갔다가 저녁 무렵이면 파가 삐죽이 올라온 비닐봉투를 들고 왔다. 도서관을 갔다가 슈퍼에 다녀오는 것이겠지만 나는 우기가 시작된 가을에서 겨울 동안 나갔다가 들어오는 그녀의 뒷모습이 점점 지쳐간다는 느낌을 받았다. 그녀는 도서관 안에서 또 어디론가로 떠났으리라. 나는 그 자리에 가만 앉아서 여행을 하곤 하는 사람들을 알고 있는데 그들은 시간의 흐름에 따라 진짜 여행하는 사람처럼 지치기 마련이었다. 그리고 진짜 여행하는 사람들과 똑같이 어떤 소식을 기다리기도 한다는 것도 알고 있었다. 나는 그녀가 나가고 난 뒤 그녀의 우편함을 몰래 들여다보기도 했다. 오랫동안 그녀의 우편함은 컴컴했고 비어 있었다. 가끔 그녀가 주문한 책이 꽂혀 있거나 주간신문이나 광고지가 꽂혀 있기도 했지만 정작 그녀가 기다리고 있는 소식은 오지 않았다. 내가 초조해지기 시작했다. 나는 또 알고 있었다. 시장바구니를 들고 돌아온 그녀는 우편함을 들여다보고 실망한 적막한 걸음걸이로 계단을 올라와 부엌에 시장에서 가지고 온 물건들을 쏟아놓고는 방으로 들어가 한참 동안을 어둠 속에 서 있다는 것을.

그녀는 부엌에 나와 쌀을 씻기도 했다. 말갛게 씻은 쌀을 전기밥통에 넣고 스위치를 넣으며 피식거리며 웃었다.

"사람은 이상해. 여기까지 와서도 입맛을 못 버려."

그녀는 말린 해초를 미지근한 물에 넣고는 그 앞에 서 있기도 했다. 해초는 물을 머금으며 원래의 넓은 잎사귀를 펴며 물위로 떠올랐다. 비릿한 냄새가 금방 났다. 나도 그녀의 등뒤에 서서 물위로 떠오른 해초의 넓은 잎사귀를 보았다. 쿨렁거리는 녹색으로 해초는 풀어져 혼곤해져 있었다. 나는 그녀에게 무엇을 들여다보느냐고 물었지만 그녀는 대답하지 않았다. 한참을 대답하지 않다가 그녀는 이렇게 말했다.

"너희 나라 말로는 설명이 잘 안 돼."

그녀는 해초를 건져내어 참기름을 넣고 잘게 썬 쇠고기와 함께 볶다가 물을 붓고는 끓였다. 국이 끓기 시작하자 부엌 안은 금방 해초 냄새로 가득찼다. 나는 끓고 있는 해초의 물에서 나는 냄새를 맡았다. 그녀는 너희 나라 말로는 설명이 잘 안 된다고 했지만 나는 내 나라 말로 이렇게 말했다.

"바다 냄새. 집냄새. 할머니 냄새. 어린 날 냄새."

그녀는 웃었다.

나는 그것을 들여다보고 있었느냐고 물었다. 그녀는 비슷한 거라고 했다. 그리고 국을 한 그릇 퍼서 나에게 내밀었다. 나는 두 손으로 얼른 받았다. 나는 식탁 위에 국을 올려놓고 한참을 들여다보았고 그녀는 내 앞에서 익힌 쌀을 국에다 넣었다. 그리고 숟가락으로 쌀을 나직나직이 눌러서는 입으로 가져갔다. 나는 머리를 국 속으로 구겨박듯 수그리고 국을 떠서 입에 넣어보았다. 입안에 내가 세상에 태어나서 처음 맛보는 이상한 맛이 가득찼다. 나는 그 이상함 때문에 고개를 들 수가 없었다. 그 맛은 그러니까 내 나라 말로는 설명이 잘 되지 않았다. 외로웠을 때 말로 설명을 못했던 어느 날의 기억처럼 마음이 쓰라려왔다. 내 건너편에서 그녀는 국을 맛있게 넘기고 있었다. 그녀는 그녀의 말로 이 국맛을 잘 말할 수 있을까. 나는 그녀에게 건너가지 못하고 고개를 수그린 채 그 자리에 앉아 있었다.

130

우물의 윤곽은 잘 드러나지 않는다. 적어도 진흙층이 발견되어야 우물이라는 것을 알 수 있었으나 진흙층은 이 미터 이상을 파내려가도 나타나지 않는다. 나는 구덩이를 파면서 몇 개의 토기 파편과 들쥐들이 만든 굴의 흔적과 작은 길짐승의 뼈 몇 개를 발견한다. 아마도 들쥐들일 것이다. 뼈는 얼마나 오랫동안 묻혀 있었는지 이미 작고 헐거운 구멍들이 뚫려 있다. 나는 뼈를 들어본다. 가볍다. 이 뼈의 주인이었던 들쥐는 이곳에 굴을 파고 어떤 시간을 눅눅한 굴 속에서 보내며 무엇을 기다렸는지. 따뜻한 계절을? 먹이를? 아니면 들쥐는 이곳에서 번식을 했을까. 만일 그랬다면 그 번식의 밤은 어땠을까. 나는 들쥐 두 마리가 서로의 등을 겹치거나 서로에게 안겨 우물거리는 모습을 그려보았다. 그리고, 어느 날, 암컷이 진통을 할 때. ……나는 그림을 멈춘다. 같은 포유류인 들쥐와 나의 생물학적인 간격. 나는 암들쥐의 진통을 이해하지 못할 것이다. 그리고 또, 나와 생물학적인 동종인 타인들. ……나에게는 타인들의 시간이 잘 해독되지 않는다. 내가 우물의 흔적을 발견한다고 이곳에서 우물을 파고 그 물을 길어 먹었던 사람들의 시간을 짐작할 수 있을까. 그녀의 지나간 시간, 파델의 지나간 시간, 그리고 그 시간을 넘어 우리들이 우연히 모여 살게 되었던 그날을 나는 짐작할 수 있을는지.

나는 그녀의 방을 생각한다. 그녀의 방에는 갈색의 카펫이 깔려 있었다. 내가 그녀의 방을 처음 방문하던 날, 그녀는 신발을 신고 들어오는 나를 향하여 난감한 표정으로 말했다. 신발을 벗고 들어오라고. 나는 무안을 당한 사람처럼 얼굴이 화끈해졌다. 나는 뒤돌아서서 신발끈을 풀었고 신발을 벗어서는 손에 들었다.

"이거 들고 있어야 하니?"

그녀는 내 신발을 받아서는 세면대 밑에 넣어두었다.

그녀의 방에 있는 가구들은 이미 기숙사에서 설치해놓은 걸 빼고는 다 키가 낮았고 방 중간에는 두 무릎을 구부려 앉아 차를 마시는 테이블이 있었고 그 옆에는 방석을 몇 개 겹쳐두었다. 그녀는 방석을 내밀며 앉으라고 했으나 나는 꾸물거리며 서 있다가 테이블 근처에는 가지도 않았고 그녀의 책상 앞에 놓여 있는 의자에 가서 앉았다.

그녀는 웃었고 키 작은 테이블 위에 찻잔을 엎어두고는 물을 끓이기 위해 부엌으로 나갔다.

그녀의 방에 걸려 있는 달력의 날짜 칸에는 그녀의 나랏글로 뭐라 적혀 있었다. 나는 가까이 다가가 바라본다. 글씨는 네모 칸에 넣어놓은 갖가지 과일 같은 모양을 하고 있었다. 나는 그것을 읽을 수 없었으므로 그녀가 붉은 펜으로 써놓은 그날, 그러니까 의미가 있는 날이기에 써놓았을 그날, 그날이 무슨 날인지 알 수 없었다. 그녀의 생애의 어떤 날들이었을까, 그날은. 그리고 그날은 그녀가 지나간 시간 동안 관계를 가진 사람들의 의미 있는 날들일까. 읽을 수가 없었으므로 그것은 기호였고, 기호였으므로 나는 어떤 의미의 세계에서 소외당한 사람처럼 또 씁쓸해하며 고개를 돌렸다. 나는 고고학으로 그녀에게 다가가 그녀의 시간들을 발굴해낼 수가 없었고 그리고 내 마음속에 떠오른 미안함, 하나. 살아 있는 자의 지나간 시간을 향해 나는 삽을 이렇게 바로 세우고 날을 직각으로 땅에 꽂으려고 했던 것. 그러나 살아 있는 사람의 시간은 물이거나 젤리처럼 흐르거나 부드러운 거라서 내가 아무리 삽을 들이대려고 해도 그 시간은 삽날을 빠져나가 저 바깥에서 일렁이기만 하는 것.

그녀는 찻물을 찻잔에 부었고 그녀의 고향 근처 차밭에서 가지고 왔다는 녹차에서는 여린 녹색이 우러나왔다. 그녀는 키 작은 테이블 옆에 두 무릎을 비스듬이 포개고 앉아 차를 마셨고 나는 책상 위로 찻 잔을 가져다가 놓았다.

"우리가 만일 같은 모국어를 가졌더라면……"

그녀는 비현실 화법을 정확한 독일어 문법으로 말해 그녀의 말은 더 비현실적으로 들렸다. 그녀가 문법에 맞게 정확하게 말을 하려고 할 때마다 나는 또 얼마나 쓸쓸했는지. 그녀의 말에 묻어나오는 다른 나라의 언어를 성인이 되어 습득한 그 흔적. 그 흔적은 그냥 흔적이 아니었다. 나는 그 흔적으로 인하여 끝내 그녀에게 다가가지 못할 터 이었다.

"난 너에게 이 차를 어떻게 만드는지 잘 설명해줄 텐데. 그리고 넌 잘 알 수 있을 텐데."

나는 얼마간 화가 나서 차맛은 느끼면 되는 거 아니냐고 말해주고 싶었지만 입을 다물었다. 느낌으로는 다 이해하지 못하는 맛이 이 차 속에는 있는지, 그런지. 나는 차를 마셨다. 그녀의 창 너머에는 진눈 깨비가 내렸고 나는 진눈깨비 속에서 그녀가 여기로 오던 작년의 그 날을 생각했다. 그녀는 초봄의 날씨 나쁜 어느 날, ㅁ시에 왔다.

그녀가 진눈깨비 속에서 기숙사 현관문에 가방을 내려놓았을 때 나 는 현관 쪽으로 나 있는 내 창문으로 그녀를 내려다보았었다. 나는 그 때 내가 가진 키보드로 노래를 하나 만들다가 무료해져 창밖을 내려다보고 있는 중이었다.

그녀는 우산을 막 접으려고 하는 중이었다. 바람을 마주보고 있어 우산은 잘 접히지가 않았다. 그녀는 힘을 다해 바람을 떨구어내려 하였고 바람은 젖은 진눈깨비를 그녀의 우산 속에 밀어넣으며 더욱 세차게 그녀의 우산 속으로 머리를 들이밀었다. 한참을 실랑이하다가 그녀는 드디어 우산을 던져버리고는 그 자리에 쪼그리고 앉았다. 고개를 수그리고 있었다. 우산은 뒤집어진 채 저만치 날아가버리고 그 위로 또 진눈깨비는 내리고 그녀의 옆에는 그녀가 들고 온 짐들이 무겁게 놓여 있었다. 나는 한참을 망설이다가 창을 닫고 현관으로 내려갔다.

"도와드릴까요?"

바보같이 나는 그렇게 말했다. 그런 말 말고는 나에게는 이 낯선 사람을 위하여 할 수 있는 말이 없었다.

그녀는 고개를 수그리고 그냥 앉아 있었다. 낯선 사람이 말을 붙이는데도 놀라지도 않고 그렇게 앉아만 있었다. 한참 후에 그녀는 말했다.

"그냥 내버려둘래요?"

나는 머쓱해졌다.

그녀는 일어나 화가 난 듯 저벅저벅 우산이 나둥그러져 있는 곳까지 걸어가서는 우산을 집어와서는 쓰레기통에 구기듯 넣어 버렸다. 여전히 고개를 숙인 채 그녀는 짐을 양손에 들고는 현관문을 밀치고 계단을 올라갔다.

나는 현관 계단을 짐을 끌다시피 올라가는 그녀의 뒷모습을 그냥 그렇게 바라보았다. 왠지 모를 일, 그 적막함. 나는 그녀의 뒷모습을 꽃 지는 날 정원에 오래 서 있던 그런 느낌으로 바라보았다.

그날 늦은 저녁까지 기숙사 부엌에서는 달각거리는 소리가 났다. 누군가 부엌짐을 정리하는 소리였다.

이사를 하고 난 뒤 그녀와 나는 부엌에서도 샤워장에서도 버스 정거장에서도 마주쳤다. 우리는 마주치면 누구나 하는 할로, 외에는 서로 아무런 말을 나누지 않았다. 어쩌다가 같은 버스를 타면 멀찌감치 떨어져 앉아 차창만을 바라보았다. 그녀는 방학이 끝날 무렵 이사를 왔으므로 그녀와 내가 같은 과라는 것을 나는 개학 첫날의 강의에서 알게 되었다. 열 명 남짓이 듣는 작은 강의실에 그녀는 나보다 먼저 와서 앉아 있었다. 고개를 숙이고 그녀는 뭔가를 적고 있었다. 나는 그녀와 가장 멀찌감치 떨어져 앉았다. 개학 첫날부터 삼백 장의 슬라이드를 봐야 하는 강의가 시작되었다. 방학 동안 교수는 이라크 지방으로 탐사를 다녀왔는지 페르시아만 남단에 위치한 고대도시의 모습을 슬라이드로 돌려댔다. 슬라이드는 그 고대도시의 폐허를 이리저리 훑어내렸다. 크고 작은 모래언덕과 마른 강바닥과 숲이 나타났다 지나갔고 산언덕 아래 이미 작업을 시작한 발굴지 모습도 지나갔다. 나는 슬라이드가 찰각찰각 명암을 바꾸는 동안 그녀의 모습을 몰래몰래 바라보았다. 그녀는 미동도 하지 않았고 마치 그곳을 지금 자신의 발로 밟고 있는 듯 벽면을 바라보고 있었다. 나는 숨이 막혀왔다. 나는 그때 처음으로 가만 앉아서 어디론가로 떠나는 그녀의 모습을 보게 되었다. 그녀는 식물의 고요함으로 끄덕이며 어디론가로 떠나고 있었다. 어디인가 그곳은. 저기 저 폐허인가. 빨리 넘어가던 슬라이드 화면이 갑자기 멈추더니 교수의 헛기침 소리가 들렸다. 뭔가 중요한 이야기를 할 때 그는 늘 헛기침으로 주의를 집중했다. 나는 고개를 그녀로부터 얼른 돌려 교수를 바라보았다.

그리고 가을이 되었다. 나는 봄과 여름 동안 그녀를 가난한 사립탐정처럼 따라다녔다. 그녀가 가는 곳은 늘 일정했으므로 지금 생각해도 눈에 다 잡히는 그 거리와 골목들. 학교 식당과 도서관과 강의실과 이삼 주일에 한 번씩 가곤 하는 산중턱의 고성, 그녀는 늘 파델과 파델의 여자친구인 클라우디아와 함께 있었고 그들의 틈에 나도 언제부터인가 끼어들었다.

우리는 토요일이면 같이 음식을 만들어 식사를 하기도 했고 내 방에 모여 음악을 듣기도 했고 술을 마시기도 했다. 서로의 지나간 시간에 대해 얼마만큼 알게 된 것도 그때였다. 나는 가끔씩 할머니에게로 가서 빵을 잘 먹지 않는 그녀를 위해 할머니가 만든 연한 자두잼을 가져오기도 했고 그녀는 그 잼으로는 빵을 얼마만큼 먹었다. 나는 기뻤다. 할머니가 직접 만든 소시지를 그녀는 먹기도 했는데 날고기를 짓이겨 연기를 쐬어 만든 가장 전통적인 소시지를 그녀는 좋아했다. 나는 기뻤다. 나는 가끔 그녀가 쓴 리포트를 교정해주기도 했는데 그 일을 하면서도 나는 기뻤다. 내가 그녀의 소포를 찾아 자전거에 싣고 와서 풀어놓으면 그녀의 어머니가 보낸 말린 해초나 고춧가루나 계피나 말린 생선을 풀며 그녀가 환성을 질렀으므로 나는 기뻤다. 그녀가 저녁 산책길에서 맑은 노을을 보며 독일어로 아벤트로트, 저녁 붉음이라고 발음할 때 나는 기뻤다. 기뻤다.

그리고, 그리고, 그녀가 나를 바라보지 않고 언제나 저기를 바라보거나 저곳에서 오는 소식을 기다리며 우편함을 서성일 때 나는 지독하게 쓸쓸했다. 그 한 해는 그런 시간이었다. 그런 그런 시간이었다.

그해 가을에는 얼마나 많은 비가 왔던지 ㅁ시를 흐르던 강은 드디
어 넘쳤고 학교 식당과 도서관을 이어주던 지하도도 물에 잠겨버렸
다. 나는 도서관에 찾아야 하는 책이 있어 나갔다가 끊어진 지하도 앞
에서 황당해하고 있었다. 지하도에는 검붉은 말의 등허리 같은 강물
이 넘실거리며 곧 지하도를 뛰쳐나와 내가 서 있는 이곳으로 진격해
올 듯이 사납게 쿠렁거렸다. 나는 내 등뒤로 솟아 있는 대학 도서관을
바라보았다. 비에 젖은 낡은 고딕 건물은 딱딱하게 굳어 이미 문을 닫
은 출입문은 내일이 되어도 다시 열지 않을 것 같은 완강한 쇠문이어
서 중세의 사형 기구인 융프라우를 연상시켰다. '처녀'라는 부드러운
이름을 가지고 있는 이 사형 기구는 이름만 부드러울 뿐 사실은 매우
잔혹한 방법으로 사람을 죽이는 기구였다. 아름다운 여자의 모양으로
된 틀에다 황동을 부어 앞면과 뒷면을 만들었는데 그중 한쪽 면은 열
리게 조작을 하고는 안쪽에는 쇠못을 수백 개 박아두었다. 사형수는
그러니까 이 황동의 여자에게 들어가는 순간 문이 닫히면서 쇠못에
찔려 죽게 되는 거였다. 아카데미라는 허영에 혹해서 도서관 문을 여
는 순간 많은 사람들은 이 쇠못에 찔려 죽음으로 이르게 되는 건 아닌
지. 이 쇠못이 가리키는 것이 문헌 그것인지, 문헌을 통해 읽어내려는
세계인지 나는 알 수 없었지만 도서관이 풍기는 사자의 무덤 같은 분
위기.

나는 이 순간 우물을 찾기 위해 내가 파놓은 구덩이에 들어와 있고

내가 들어낸 모래는 구덩이 주위에 작은 언덕만한 높이로 쌓여가고 있고…… 나는 그녀를 내 기억의 한가운데로 불러들여 그녀를 부른다. 나는 어떤 여자를 좋아했는데 이제 그 좋아함의 살아 있는 모습은 한 해 지난 겨울 속에 묻히고 나는 그녀를 이렇게 한 해가 지나고 난 뒤 발굴하고 있다…… 나는 그녀를 좋아했을까, 나는 단 한 번도 여자를 좋아하는 남자가 여자에게 하는 구체적인 일을 해본 적이 없었으므로 그녀는 나에게 사랑을 가리키는 기호인가, 최소한, 서로 통신은 할 수 있는 기호였던가.

다른 길을 택해야 했다. 다른 길이란 언덕 같은 산을 하나 넘어가는 길을 의미했고 나는 이 비를 뚫고 산을 넘어가는 일이 막막해져서 차라리 이곳에 우두커니 서서 물이 빠지기를 기다리고 싶은 심정이 되어버렸다.

그때 나는 도서관에서 비를 피하고 있는 작은 사람 하나를 보았다. 그녀였다.

비는 뽀얗게 그녀를 안고 있고 바람은 불어 그녀는 흡사 비의 일부가 되어 사라질 것처럼 거기에 서 있었다. 너는 그곳에 서서 무언가를 기다리는가.

"편지 왔니?"

그녀에게 다가가 엉뚱하게도 나는 이렇게 물었다.

"아마 안 올 거야."

그녀는 비를 바라보며 아마 오지 않을 거라고.

"어디서 오는 건데?"

"멀리서. 어디 먼 곳에서."

"한국?"

"아니. 그런 곳 아니고 어디 먼 곳에서. 나도 몰라. 어디인지. 멀리서……"

나는 그녀 옆에 쪼그려앉았다. 어디 먼 곳. 어디?

"딜문을 아직도 기억하니?"

나는 딜문을 아직도 기억하니, 라고 물었고 그녀는 입속으로 딜문이라고 조그맣게 중얼거렸다.

딜문. 죽음의 파도와 흔들리지 않는 밑바닥이 있는 심연 압수Absu를 지나면 세상 모든 강들의 입구이며 태양이 뜨는 곳인 딜문에 도착한다. 그곳에는 '머나먼 곳'이라는 이름을 가진 우투나피시팀이 살고 있다. 그는 생명을 본 자이고 대홍수를 피할 수 있었던 사람이었고 이제 딜문에서 영원히 쉬고 있다. 길가메시라는 고대 메소포타미아의 왕은 친구 엔키두를 잃고 그를 찾아 나선다. 인간은 왜 이리도 유한한가. 인간에게는 왜 끝이라는 것이 있는가. 끝이 있는 걸 뻔히 알면서도 인간은 살아야 하는가, 왜?

나는 페르시아만 근처에 있었던 한 고대도시를 찍어놓은 슬라이드를 떠올렸다. 슬라이드가 넘어가면서 페르시아만을 접하고 있는 해변을 비출 때, 그때.

"여기, 이 페르시아만을 건너면 딜문이 있을 거라고 고대인들은 생각을 했습니다. 그들은 페르시아만이 끝나는 곳에 대해인 압수가 있고 그곳을 통과하고 나면 딜문에 도달할 거라고 생각을 했던 거지요. 이곳은 그러니까 홍수가 나서 강이 넘실거릴 때마다 자신들이 만들어놓은 도시가 망하는 것을 본 인간들이 이곳에 나와 페르시아만을 굽어보면서 어떤 영원한 것을 꿈꾸는 흔적의 땅입니다. 고고학자들은 그 고대인의 꿈마저 고고학적인 기술로 발굴할 수는 없습니다. 꿈은 고고학의 영역이 아닙니다. 꿈은 좀더 복잡하지요. ……좀더 복잡한 것이지요. 이곳의 기후는 사실 꿈을 꾸기 가장 적합한 곳이기는 했을 겁니다. 사람이 살기 적합한 데가 아닌 곳에서 꿈은 나오는 것이므로. 아이러니하게도 거기는 꿈을 꾸는 곳이 되었을 수도 있는 거지요. 그리고 이곳에는 이 지역 고대도시 중에서도 가장 오래된 고대도시가 있었던 곳입니다. 에리두라는 이름의 이 고대도시는 일찍 망합니다. 우리들이 고대도시 사전에서 에리두를 찾는다면 아마도 이렇게 나와 있을 겁니다. '에리두: 현재 지명 아부 샤라인. 메소포타미아 도시국가 중 최남단이며 페르시아만에 접하고 있음. 우르라는 고대도시의 십일 킬로미터 남서쪽에 위치하고 있음. 수메르의 최고신인 하늘신 엔키를 모신 신전도시. B.C. 4000년경의 신전과 진흙으로 쌓은 성벽이 고고학적으로 발견됨. 첫 지구라트가 발견된 곳.' 이곳은 인간으로부터 일찍 버려져 있었습니다. 사람들은 자신이 꿈꾸는 장소는 일찍 버리는 법인 거죠. 이곳을 버리고 사람들은 메소포타미아 각 지역에 흩어져 삽니다. 그리고 자신들이 건설한 도시가 홍수로 혹은 전쟁으로 멸망할 때마다 이곳으로 찾아옵니다. 이곳은 그때에도, 그 고대에도 폐허였습니다. 이 폐허 위에서 사람들은 꿈을 꾸다가 다시 돌아갑니다. 어디로? 역사, 그것으로 기록되는 곳 말입니다."

비가 뽀얗게 시야를 가리며 세상의 모든 강이 모여 흐르는 그곳으로 가기 위해 ㅁ시를 덮치는 것처럼 비는 왔다.

우리는 그 빗속에 얼마간 서 있었다. 그리고 산길을 찾아 그곳을 떠났다.

고개를 숙이고 나는 앞서서 그녀는 뒤처져 걸었다. 길은 미끄러웠고 나는 염려스러워 자꾸 그녀를 바라보았다. 다람쥐들이 긴 개암나무 가지 위를 오르락내리락거렸다. 그럴 때마다 개암은 후드득, 떨어져내렸다.

"괜찮니?"

나는 그녀를 또 돌아보았고 그녀는 고개를 들지 않고 말없이 걷는 것으로 내 말에 대답했다. 다시 걸었다.

내가 지름길로 가기 위해 산중턱에서 샛길로 접어들려고 할 즈음이었다. 그녀는 기침을 하며 잠시 멈추어 서더니 산꼭대기까지 올라가볼 수 없겠느냐고 물었다.

"왜?"

"산꼭대기에 탑이 하나 있잖아. 거기에 올라가고 싶어서."

"지금?"

"……"

나는 산꼭대기를 바라보았다. 걸어서 한 시간쯤이 더 걸리는 거리였다. 더구나 비가 왔으므로 걷는 시간은 더 걸릴 거였다. 그러나 탑, 산꼭대기에 있는 그 탑. 그 탑에는 '거울의 욕망'이라는 조금은 유치한 이름이 있었는데 누가, 왜 그 탑을 산꼭대기에 세웠는지 알 수 없는 채 날씨가 좋은 날에는 소풍을 가는 장소로 그리고 그 탑 옆에 있는 작은 카페에 차를 한잔 마시러 가는 연인들의 데이트 장소로 이용되곤 했다. 원통형으로 솟아 있는 그 탑의 지붕 위에 나무닭 한 마리가 외다리로 선 채 비를 맞고 있는 것이 내 눈에 가득 들어왔다. 나무닭을 보는 순간 나도 그곳으로 가고 싶었다.

"나, 보고 싶어서."

"뭘?"

"내 편지가 어디에 머물러 있는지 보고 싶어서. 어딘가에 머물러 있을 거야. 어딘가에 갇혀서 내가 있는 곳까지 오지 않고 있을 거야."

그녀는 이를 덜거덕거리며 단호하게 말했다. 차가운 가을비에 그녀의 목은 새파랗게 얼어 있었다. 나무닭을 보고 싶다는 순간적인 나의 생각은 씻은듯이 사라져버렸다. 나무닭이 어떻든 무슨 상관이람. 그녀는 도대체 어디에서 저런 사무친 얼굴을 가지게 되었는가. 너의 시간, 내가 너에게서 너의 이야기를 듣는다고 나는 너를, 너의 지나온 시간을 해독할 수 있겠는가. 나는 사나운 가시에 긁힌 듯 쓰려려 침을 한번 삼켰다. 가자, 가서 너의 편지가 어디에서 머물고 너에게로 오지 않고 있는지 가보자. 가본다고 너의 편지를 네가 볼 수 있을지 나는 알 수 없었지만 나는 네가 제발 한 번이라도 그 편지를 보게 되기를. 만일 그 편지가 인간의 남자가 보내는 것이라면 나는 그 인간의 남자를 용서할 수 없을 거라는 생각을 했고 그 편지가 인간 아닌 어떤 무엇으로부터 오는 거라면 나는 이제 아무것도 할 수 없다는 생각을 했다. 나는 내가 두르고 있던 목도리를 그녀에게 벗어주었다. 그녀는 고개를 살래살래 저었다. 나는 목도리를 땅바닥으로 집어던졌다. 그녀는 나를 바라보았다. 제발, 제발, 내가 너에게 남자가 되고 싶어할 때 한 번이라도 남자가 되게 나를 내버려두기를. 어쩌면 너는 그렇게 번번이 나를 거절하는가.

그녀는 목도리를 집어 길옆으로 흐르는 도랑에 넣고 흙을 헹구어내고는 단정하게 짜서 빗물이 흐르는 나뭇가지에다가 걸어놓았다.

"비가 그치면 내가 여기에 다시 와서 목도리 걷어다줄게."

목도리는 나뭇가지에 무겁게 걸쳐져 있고 나는 내 목도리를 보지 않았다. 그녀가 내 앞으로 다가왔다.

"난…… 사람이 서로 사랑할 때는…… 그러니까…… 그 사랑의 말은…… 그 사랑의 느낌은…… 내가 쓰는 내 말로 해야 한다고…… 그렇게…… 그냥…… 믿어…… 내가…… 지식으로 배운…… 그 말로는……사랑한다고……말할 수는 없다고…… 지식이 아닌…… 다른 말이…… 필요한데…… 나…… 나에게는…… 그 말이 아직 없어……"

나는 말하지 않았다. 나는 아무 말도 할 수 없었다. 그리고 아무 말도 아무 말도 필요 없었다. 그녀와 나에게는 말이, 말이, 서로에게 열고 들어가 서로의 여자와 남자가 될 말이 없었다. 느낌의 세계가 아무리 지고한 것이라 해도 그리고 느낌으로 오고가는 어느 한켠의 진심이 있다고 하더라도 말, 이 없었다. 나는 그녀를 안았고 그녀는 가만히 있었지만 그건 그냥 가만히 있는 것, 뿐이었다. 나뭇가지에 걸린 내 목도리를 나뭇가지가 가만히 내버려두듯 그녀는 그렇게 가만히 있었고 나는 그녀를 안았지만 그것은 이제 내가 할 수 있는 일은 아무것도 없을 거라는 절망 때문이었다.

"목도리…… 걷어다……줄게…… 그리고…… 너에게는 너의 편지가 있을 거야. 딜문으로 가서는 안 돼. 딜문은…… 영원히 쉬는 곳이야…… 페르시아만까지만 갔다 오자…… 거기까지만…… 거기까지만……"

그녀는 말했고 나는 그녀의 말을 빗소리처럼 듣고 있었다. 겨울 내내 도서관에 나가던 그녀는 어느 날부터 도서관을 나가지 않고 길 건너편 병영을 드나들기 시작했다. 그곳에 수용되어 있는 보스니아에서 온 사람들을 만나러 다니는 모양이었다. 나는 그녀가 한아름씩 한국 음식을 해서는 종종걸음으로 길을 건너 병영의 육중한 문 뒤편으로 사라지는 것을 보았다. 그 문은 쇠로 만들어져 있어 한번 닫히면 잘 열리지가 않아 그녀는 음식 바구니를 땅에 내려놓고는 대롱대롱 매달리다시피 문을 열고는 안쪽으로 사라졌다. 그녀가 보스니아 여자 마리아 이야기를 자주 들려주던 것도 그 무렵이었다. 그녀는 무너진 건물 속에서 가까스로 구출된 여자라고 했다. 모두 피난을 가고 텅 빈 아파트에 그녀는 혼자 남아 있었고 세르비아 군인 둘이 그 아파트를 폭격했고 들보가 무너져내리면서 그녀는 하반신이 그곳에 묻혀버렸고 그 일주일 뒤 그녀는 구출되었다고 했다.

내가 클라우디아를 찾아간 것도 그때였는데 벌써 두 달째 클라우디아는 파델을 만나러 오지 않고 있었다. 파델 역시 클라우디아에게 가지 않았고 하루종일 나갔다가 밤늦게 돌아오곤 했다. 나는 그에게 클라우디아의 안부를 물었지만 그는 대답이 없었고 대신 가끔 술을 사가지고 내 방에 왔다. 우리는 술을 같이 마셨다. 그때도 그는 거의 말을 하지 않았다. 나는 답답했다. 온통 어려운 일투성이였다.

새로 이사한 클라우디아의 집을 찾아 한나절을 헤매고서야 나는 클라우디아를 만날 수가 있었다. 그것도 집에서가 아니라 일하고 있는 극장의 분장실에서 나는 자고 있는 그녀를 깨웠다. 부스스 일어나 앉

는 클라우디아의 머리칼은 오래 빗질을 하지 않았는지 빗자루처럼 뻣
뻣했다. 클라우디아는 나에게 물을 찾았고 어수선한 화장대 위에서
나는 물병을 찾아 클라우디아에게 건네주었다. 물을 들이켜고 난 그
녀는 머리칼을 말아서는 핀을 꽂고는 벗어놓은 장화를 신더니 나가자
고 했다.

바깥에 나와서야 나는 클리우디아의 얼굴이 얼마나 상했는지를 알
아보았다. 흰 얼굴은 납지처럼 빼각였고 콧등 위로는 갈빛의 점들이
흐릿하게 박혀 있었다. 나는 그녀의 옆얼굴을 힐끗힐끗 훔쳐보았다.
클라우디아는 입을 동그랗게 오므려 휘파람을 불고 있었다.

다시 내가 팀장을 우연히 마주치게 된 곳은 우연히도 도심에 있는
수도원 앞에 있는 나무 밑에서였다. 그는 그곳에서도 맨바닥에 앉아
술을 마시고 있었다. 바람이 불어 우수수 스쳐가는 나뭇잎들이 그의
다리 위에 무심히 앉았다가 다시 바람이 부는 쪽으로 몰려갔다. 나는
고개를 숙이고 가만히 앉아 술병을 만지작거리는 그를 이번에는 낯
선 사람처럼 스쳐갈 수는 없었다. 이 거리에 악사라도 들어왔는지 어
디인가에서 희미한 플루트 소리가 뿌윰하게 밀려왔다. 나는 하릴없이
서성이다가 여기까지 밀려온 플루트 소리처럼 그렇게 하릴없는 것처
럼 그에게 다가가 그 곁에 앉았다. 그는 고개를 떨구고 있다가 인기척
을 느꼈는지 고개를 들더니 나라는 것을 알아보고는 다시 고개를 숙
였다. 나는 주머니에서 담뱃갑을 꺼내고 종이와 필터를 챙긴 다음 담
배를 말았다. 담배 하나를 그에게 건네주었다. 그는 잠자코 담배를 받
아서 손으로 만지작거렸다. 나는 내 몫으로 담배를 하나 더 말았고 불

을 붙였다. 연기를 길게 올렸다. 어둠 속에서 연기는 하얗게 올라갔다. 플루트 소리는 아직도 들리고 있었다. 그 소리는 바다에서 밀려나오는 소리처럼 고즈넉했다.

"내 아저씨가 하는 말이……"

그는 고개를 들더니 수도원을 마주하고 서 있는 큰 백화점이 있는 거리를 가리키며 말했다.

"그는 미군의 공습이 끝나고 난 뒤 이 도시에 들어온 첫번째 사람이 자기라고 맨날 그렇게 말했는데, 그 사람 말은 그렇더군. 다 파괴되고, 저기 보이지, 저 건물 하나가 반쯤 부서진 채 남아 있었다는 거야. 내가 그 말을 들은 게 열 살쯤 되었을 땐데 말이야. 무서워지더군."

나는 그가 가리키는 곳을 바라보았다. 붉은 나트륨등이 군데군데 서 있는 도심의 제일 번화한 곳이었다. 지금은 인적이 드물지만 날이 밝기만 하면 사람들로 넘실거릴 곳이었다.

"막 날씨가 좋아지기 시작하는 봄이어서 똑똑히 보았다는 거야. 거리는 폐허가 되어 기척이라고는 도둑고양이뿐인데 햇살이 그렇게 부시더라는 거야. 그렇게 부시고 부서서 어디로 가야 할지 모르겠는데 갑자기 오줌이 마려웠다지. 그는 바지를 내리고 오줌을 누면서 오줌 줄기를 봤는데 오줌 줄기가 너무 가늘어 팍 눈물이 나오더래. 그는 바지를 반쯤 걷어올리고는 그 자리에 앉아 울었대. 폐허는 너무나 넓게 퍼져 있는데 자신의 오줌 줄기가 너무 가늘어서 말이야, 막막하더래."

그는 술병을 입으로 가져가서는 꽐꽐거리고 한입에 남은 술을 털어넣었다. 나는 잠자코 담배를 말았다. 담배를 마는 나를 그는 바라보았다.

"내가 이상하지?"

그의 물음에 나는 고개를 끄덕였다.

"암, 이상할 거야. 내가 너무 널 족쳐서 넌 피곤할 거야."

나는 이번에는 아무 말을 하지 않았다. 고개를 들어 나는 치렁거리는 나뭇가지들을 올려다보았다. 나무는 그때 폭격에서 살아남았는지 수령이 만만치 않아 보였다. 늙은 나무는 나를 안심시켰다. 나는 어떤 폭격에서도 사라지지 않는 것이 하나쯤은 이 지상에 있을 것 같다는 생각도 그래서 오랜만에 편하게 할 수 있었다. 그는 다시 고개를 숙이며 빈 술병을 만지작거렸다. 그의 주위에는 빈 술병이 몇 개 널려 있었고 남은 술은 더 없는 것 같았다.

"너한테서 떠돌이 냄새가 나서 말야. 떠돌이들이 발굴장에 들어오는 걸 나는 싫어하거든. 내가 하는 발굴은 말야, 떠돌이들이 흔히 생각하듯, 폐허를 드러내는 작업이 아니거든. 땅속에 스며들어 있는 삶들의 층을 찾아내는 거거든. 폐허가 되고 또 폐허가 되어도 사는 거 말이야. 폐허가 되고 또 되어도 살아갈 수밖에 없는 거 말이야. 저쪽에는 여자를 살 수 있는 거리가 있고 여기에는 수도원이 있는 거 말야. 그런 거 말이야."

플루트 소리가 이번에는 더 가까이 들려왔다. 나는 무릎을 바짝 붙이고 머리를 무릎 속에 박아넣었다.

"나도 이거 아니다, 이런 거는 아니다, 하는 게 많아 괴로웠어. 나도 사람들이 사는 일을 잘 못 믿겠어. 뭐, 다 꿈 같거든. 어느 날 내 아들이 자살을 했어."

내 어깨가 나도 모르는 사이에 움찔, 올라갔다.

그때, 어둠 속에서 가까이 들리던 플루트 소리가 멈추고 발자국 소리가 들리더니 누군가가 나타났다.

머리칼이 치렁치렁한 꽃바구니를 든 여자였다. 여자의 꽃바구니에는 플루트가 꽂혀 있었고 얼굴은 잘 보이지 않아 알 수 없었지만 치렁치렁한 머리칼을 보아하니 백인은 아닌 것 같았다. 그녀는 우리에게 장미꽃 한 송이를 내밀었다. 나는 반사적으로 주머니를 뒤적거렸다.

그는 여자를 바라보다가 장미꽃을 받아들었다. 그는 웃었다. 나는 그가 웃는 것을 처음 보았으므로 주머니를 뒤적거리던 손을 멈추었다. 그는 웃었다. 그는 이 황량한 도시의 한구석에서 저렇게 웃을 줄도 안다, 왜?

"당신이었구려."

팀장은 여자와 이미 아는 사이 같았다.

"오늘, 수입은 좀 괜찮았소?"

여자가 고개를 가로저었다.

그는 장미꽃을 나에게 건네주었다.

"어이, 떠돌이."

그는 나를 바라보며 장미꽃을 내밀었다. 자기편이 되어줄 유일한 사람 곁에 있는 것처럼 그렇게 그의 목소리에는 생기가 돌고 있었다. 나는 얼결에 그가 내민 장미꽃을 받아 쥐었다.

"내가…… 돈을 많이 줄 테니 말이요. 괜찮다면…… 그러니까 돈을 받고 그런 걸 할 수 있다면…… 우리에게 플루튼지 뭔지 좀 들려줄 수 없소?"

여자는 장미꽃이 가득 든 바구니를 잠자코 내려놓았다. 여자는 플루트를 꺼내는 대신에 바구니를 뒤적이더니 플루트 옆에 나란히 꽂혀 있던 길다란 빵을 꺼냈다. 손으로 빵을 분질러서는 입으로 가져가며 팀장 옆에 나란히 앉았다. 음악을 청했다가 여자가 빵을 꺼내자 팀장은 머쓱해졌는지 고개를 뚱하니 앞으로 수그렸다. 나는 여자가 빵을 먹는 것을 보았다. 긴 머리칼 때문에 여자의 얼굴은 잘 보이지 않아 표정을 잘 볼 수 없는 것이 아쉬웠으나 대신 나는 어둠 속에서도 사각거리며 빵 껍질을 씹는 소리를 들었다. 빵 껍질 씹는 소리는 플루트 소리보다 더 비현실적으로 들렸다.

"그렇게 돌아다니며 술을 마시지 말아요. 세월이 오래 지났어요. 언제나 그러고만 있을 수는 없는 거지요. 다들, 살잖아요. 나도, 이 얼굴을 하고 빵을 버는데."

여자가 책망하듯 그렇게 말하는데도 팀장은 아무 대꾸를 하지 않았다.

"거리에서 당신이 술을 마시는 걸 보는 것도 이제 고역이에요. 마시려면 집에서 마셔요. 아무도 보지 않는 곳에서. 왜, 나와서 술을 마셔요. 사람들이 바라보라구요?"

"집은…… 어두워. 아무도 없어…… 힘들어, 집에서 혼자 술을 마시는 건…… 나도 누군가 필요하지 않겠어? 당신이라든지, 혹은 저 떠돌이라도, 혹시 말이야, 이러다가 길거리에서 차에 부딪힐 수도 있고."

"그리고 죽으려구요?"

"집에 있다가 죽으면 아무도 보지 않잖아. 아무도 모를 거야, 내가 죽은 줄."

"그러면 어때. 다 알아도, 죽는 일은 혼자 하는 일이에요."

"혼자 썩어가는 게 두려워…… 혼자 냄새를 피우며 썩는 건 두려워……"

"모를 거야. 그래서 괜찮을 거야. 두려워하지 말아요. 그런 건 두려운 일이 아니에요. 모르는 일이니까…… 이렇게 사는 일이 무서운 거예요. 이게 썩는 일이에요. 사는 것처럼 살지 않고 죽는 것처럼 사는 게 썩는 일이지요."

어두워서 그렇게 여자가 가까이 있는데도 아직 여자의 얼굴을 나는 잘 볼 수가 없었다. 여자는 플루트를 꺼냈다. 플루트가 어둠 속에서 차갑게 빛났다. 그리고 여자가 플루트를 불기 시작했을 때 나는 여자의 얼굴을 볼 수가 있었다. 막 순찰차가 지나가면서 헤드라이트를 비추었기 때문이었다. 여자의 얼굴은 반쯤이 화상으로 무너져 있었다. 여자가 플루트를 불기 시작하자 팀장은 고개를 슬며시 들었다. 그는 나에게 건네는 것도 혼자 하는 소리도 아닌 말로 우물거렸다.

"난 이 거리에 매일 나온다네. ……저 여자도. ……우리는 오 년 전부터 아는 사이지. ……저 여자가 병원에서 나와 이 거리에서 떠돌아다닐 때부터. 내 아들하고 한 병실에 있었지. ……내 아들도 화상을 입었거든. 집에 불을 질렀어. 저 여자는, 터키 여자야. 남편이 불을 질렀지. 저 여자가 혼자 자고 있는 방에. 남편은 병동에 갇혀 있어."

……

여자는 화상으로 무너진 얼굴을 가리지 않고 플루트를 불었다.

여자가 불러내는 플루트 소리 사이사이에 팀장의 허스키한 음색이 간간이 섞였다. 그는 플루트음을 따라가지 않고 그가 가고 싶은 멜로

디의 길을 따라가고 있었다.

"나는 내 아들을 가끔 생각해. 나에게는 그놈밖에 없었어. 착하고
착했는데. 집 한 채하고 그놈하고 내 아내 무덤하고. 난 내가 가진 게
그것이어서 참 좋았어. 그런데 그놈이 죽었어. 불을 지르고. 죽으면서
그렇게 말했어. 나를 사랑한대. 그런데 이 세상에는 살 수 없대. 더러
워서 못 산대. 왜? 왜? 나는 물었지. 빚이 있대. 집을 다 팔아도 못 갚
는대. 자동차광이었거든, 그 녀석은. 갚아준다고, 다 갚을 수 있다고
내가 말했지. 그런데 그놈 뭐라고 하는지 알어. 날 사랑한대. 마음이
허전해서 견딜 수가 없을 때마다 자동차를 바꾸었는데, 이제 자동차
를 바꾸어도 안 된대. 자기는 환자래. 그래서 죽는 거래. 자기는 병으
로 죽는 거래, 자살이 아니래. 날 사랑한대. 날 사랑하고 또 사랑한대.
허전해서 견딜 수가 없대. 그런데 나는 사랑한대."

"……"

"그애를 묻고 난 뒤에 나는 이렇게 혼자 남았지. 나는 매일 거리로
나와 바라본다, 사람들이 다 사라진 거리를 어슬렁거리며, 술을 마시
지, 교회에도 혼자 가고 수도원 입구에도 혼자 가고 박물관 앞에 서
있기도 하고…… 슈퍼마켓 안을 들여다보기도 하고…… 슈퍼마켓
안을 들여다보는 게 제일 쓸쓸해. 저런 일용품은 같이 쓸 누군가가 있
어야 하거든…… 나는 그 앞에서 혼자서 저걸 써야 한다, 그것도 괜
찮은 일이라고, 그것도 정말 괜찮은 일이라고. 어떻든 살아야 한다고,
언제나 그게 문제여서……"

나의 마음으로는 꾸역꾸역 설움 같은 게 밀려나왔다. 나는 울고 싶
었지만 울지 않았다. 울고 싶을 때 나는 이제 울지 않을 것이었다. 내

가 울어도 내가 이 지상에서 잃어버릴 수밖에 없는 것들은 언제나 잃어버렸기에. 나도, 그리고 많은 사람들도 그럴 것이기에.

나는 여자의 얼굴을 슬몃 들여다보고 있었긴 했지만 그 여자도 팀장 이상이거나 비슷한 이야기를 가지고 있어서 들여다보지 않아도 그 얼굴을 나는 다 알 것 같았다. 팀장은 나무에 기대어 아무 말도 더 하지 않았고 나는 그의 모습에서 내가 어린 날 우연히 만난 별을 들여다보던 공무원의 모습을 본 것 같아 그가 측은해져서 내가 입었던 윗도리를 벗어 그에게 덮어주었다. 나는 이 사내가 오래오래 발굴장을 어슬렁거렸으면 하고 바랐다. 그러고도 사는 일을 멈추지 않았으므로 그는 앞으로도 살 것이었고 나는 그가 이 쓸쓸한 거리에 나와 술을 마시지 않기를 바라고 또 바랐다. 그는 뒤척이며 기침을 했고 나는 앉아 있었다.

여자의 플루트는 안개처럼 어디론가 가고 있었고 그곳은 아마도 돌아오지 않아도 되는 그런 곳이어서 가서는 기슭에 기대어 스러져도 좋을 것 같아 나는 미소를 짓기도 하고 쓸쓸해하기도 하며 앉아 있었다.

우물의 흔적은 지하 삼 미터쯤에서 서서히 모습을 드러내기 시작했다. 네 개의 탄화된 기둥 흔적이 서서히 지워지면서 진흙층이 나타났고 진흙층을 삽으로 파고 난 뒤 진흙 벽돌로 우물의 기초를 마련한 흔적이 나온 것이다. 이미 진흙 벽돌은 사라지고 없었지만 그 흔적만은 정방형의 자국으로 정확하게 남아 있었다. 나는 삽을 벽에 세우고 자국을 살펴보았다. 벽돌을 세 겹으로 쌓아 지하수를 고이게 했다는 것을 나도 알아볼 수 있었다. 나는 팀장을 불렀고 그가 구덩이 위에서 얼굴을 내밀었다. 나는 그에게 밧줄 사다리를 내려달라고 했다. 밧줄 사다리가 내려오고 나는 지상으로 올라가 그에게 보고했다. 그는 밧줄 사다리를 타고 내려갔다.

얼마 후 그는 밑에서 나를 불렀다.

"우선 사진을 찍어야 해. 사진기를 밑으로 내려줘."

나는 고개를 끄덕였다.

"잘했어."

어두워서 얼굴은 볼 수 없었지만 그는 웃고 있는지 목소리가 밝았다.

"첫번째 우물이 발견된 거야. 더 파면 그보다 더 오래된 우물도 나올 거야. 여기에서만 사람들은 삼천 년을 살았거든."

나도 덩달아 기분이 좋아져서 구덩이 속을 들여다보며 그를 향하여 웃어주었다. 나는 그를 이제 좋아하는지 그를 보면 괜히 웃어주었고 그는 여전히 무표정하게 나를 바라보았다.

사진기를 가지러 가면서 구덩이 주변을 보았다. 구덩이 주변에는 구덩이 깊이만큼의 모래가 쌓인 채 금방이라도 밑으로 무너져내릴 것처럼 위태로웠다. 우선 모래를 치워야 할 것 같았다. 공사장에서는 지하실에 철골을 앉히는 공사가 한창이어서 주변은 시끄러웠다. 바람이 선뜻 불었다. 나는 불에 덴 듯 가슴이 철렁 내려앉았다. 철골을 밑으로 내려주는 포클레인의 견인대가 갑자기 발굴장 쪽으로 방향을 바꾸는 것이 보였다. 운전대에 앉은 사람의 모습이 눈에 들어왔다. 그는 견인대의 방향을 다시 공사장으로 바꾸기 위해 안간힘을 쓰고 있었다. 그러나 철골을 가득 실은 견인대는 이미 발굴장과 공사장이 맞닿아 있는 곳까지 왔고 견인대가 기울어지면서 철골이 우물터 주변에 쌓아놓은 모랫더미에 내려앉았다.

안 돼!

모래들이 성이 나 우르르 무너지며 구덩이로 밀려들어갔다.

안 돼!

....

그날 밤…… 나는…… 머리를…… 감기 위해…… (소음)……
왜 내가 그날따라 머리를 감고 싶었는지. 먹을 물도 귀한데.

머리칼을 물에 (소음)

오싹했다. 비누가 없다는 생각이 들었다. 비누는 이틀 전에 이미 다
썼다. 불안감이 갑자기 밀려들었다. ……불안감이…… 이 아파트에
남은 사람은…… 나 하나……

삼 주 전에 평화군이 주선한 차로 다 떠났다. 중립지대로 선언된 이
곳도 곧 세르비아군의 공격이 있을 거라는 소문 (소음)

나는 이곳에 남아야 했다 남편 때문이다 남편은 실종되었다 그는
종군기자다 나는 그와 영영 소식이 끊어질 것이 두려웠다 나는 떠나
지 않고 남았다 우리에게 아이는 없다 다행이다 아이가 있는 여자들
은 몇 배 더 불행하다 우리들은 아이들이 보는 앞에서 강간을 당한 어
머니 이야기를 (소음) 그들은 스스로를 해방군이라고 하며 보스니아
인들을 죽이는 것을 신성한 의무라고 (소음)

돼지들.

나는 머리칼을 대충 수건으로 감아싸고 계단으로 내려갔다 아파트
는 육층인데 내가 사는 곳은 오층이다 나는 바보같이 우편함으로 가
보려고 했다 나는 남편 소식을 기다리고 있었다 그는 종군기자다 이

집트인인데 여기에 정착하고 살다가 나와 결혼하고 아예 눌러살다가 전쟁을 맞았다 그는 고생을 많이 했다 그는 인텔리였지만 일자리가 없어서 상인이었다 나는 그가 종군기자가 되는 것을 원하지 않았다. 하지만 그는 종군기자가 되기를 원했고 전쟁에 나갔다 그날은 (소음) 나는 공습경보를 듣지 못했다 계단을 급하게 내려가다가 발을 삐었다 굴러떨어졌다 우편함까지 기어갔다 우편함이 서 있는 벽을 잡고 일어서는데 폭음이 들리더니 천장에서 시멘트 가루가 떨어져내렸다 벽이 내 등뒤에서 쏟아졌다 나는 정신을 잃었다…… 깨어보니 내 하반신이 무너진 벽에 묻혀 있었다. 내 눈앞에는 커다란 기둥이 반쯤 절단된 채 비스듬히 누워 있었다……

   ……………………………………

   그녀의 방에는 작은 스탠드가 있었다. 나는 스탠드의 빛이 좋았다. 그 빛은 언제나 편안해 보였다.

   그녀는 마리아의 육성이 녹음된 테이프를 그녀의 낡은 카세트 녹음기에 꽂아놓고 몇 번이고 들었다. 마리아는 독일어를 러시아의 억양으로 발음했다. 그녀의 발음에도 그 나라를 스쳐지나간 여러 나라의 군인들의 흔적이 남아 있었다.

   그녀는 고개를 숙인 채 듣다가 일어나서 숄을 가지고 와서 덮었다. 나는 그녀에게 다가가서 그 옆에 섰다.

   "클라우디아가 혼자 네덜란드에 갔다 왔대. 아기, 버리러."

   나는 그녀를 바라보지 않고 말을 했으나 그녀가 나를 놀란 눈으로 바라본다는 것을 느끼고 있었다.

나는 사는 일이 무서웠고 도망가고 싶었다. 이런 일에 간섭하지 않고 어디로 가서 사라지고 싶었다. 나는 그 방에 있는 그 빛도 더이상 나를 편안하게 하지 않을 거라고 생각했다. 나는 왜 그녀가 이 테이프를 그렇게 열심히 듣는지 알고 싶지 않았다. 더이상 나는 알고 싶지 않았다.

나는 그녀의 책상 위에 털썩 앉았다. 그리고 곧 할머니에게로 갈 거라고 그녀에게 말하려고 했다. 가면 이곳으로 오지 않을 거라는 것도. 그러다가 나는 무심히 그녀의 책상 위에 올려져 있는 녹음테이프의 껍데기를 보게 되었다. 껍데기에는 녹색으로 이렇게 적혀 있었다.

이 테이프는 보스니아 전쟁의 실상을 알리기 위해 제작된 테이프입니다. 보스니아 전쟁으로 고통당하고 있는 사람들을 도와주고 싶은 분은 아래 주소로 연락하거나 아래 은행 번호를 이용하세요.

나의 또다른 회상

클라우디아!

클리우디아는 어둠 속에서 나를 내려다보고 있었다.

그녀는 손가락을 입으로 갖다대며 쉬잇, 하고는 나를 밀치고 내 침대에 걸치고 앉았다.

너, 어떻게 들어왔니?

네가 문을 잠그지도 않고 자고 있더라.

아니, 지금이 몇시야?

그녀는 침대에 걸터앉아 아무 말도 하지 않았다. 나는 일어나 시계를 찾기 위해 어둠 속을 더듬거리다가 그녀의 발을 밟았다. 그녀는 발이 밟히고도 꼼짝을 하지 않았다. 나는 간신히 침대 한쪽 모서리에서 시계를 찾아내었다. 어젯밤에 잘 때 자명종을 맞추어두고 이불 속에 넣고 잠을 잔 모양이었다. 시계를 보려고 했으나 시계 시침은 잘 보이지 않았다. 불을 켜기 위해 스탠드 쪽으로 더듬어 가려는데 클라우디아가 입을 뗐다.

불을 켤 거라면…… 그냥 이러고 있으면 안 되겠니? 정 어두우면 커튼을 걷어.

……

나는 잠시 서 있다가 창문으로 가서 커튼을 젖혔다.

창문으로 거리의 가로등 불빛이 스며들어 클라우디아의 얼굴을 비추었다. 납처럼 창백해서 푸르스름하기까지 하다.

파렐이 나, 쫓아냈어. 자다가 갑자기 일어나서 알아들을 수 없는 아랍말로 뭐라 뭐라 하더니, 독일말로, 나가라, 했어.

……

그가 독일말 안 하고 아랍말로 뭐라 하면 무서워.

……

독일말로 안 쓰고 아랍말로 뭔가 쓰고 있어도 무서워. 왼쪽에서 오른쪽으로 글을 써내려가지 않고 오른쪽에서 왼쪽으로 뭔가 쓰고 있음……

……카밀러차나 한잔 할래?

그녀는 고개를 끄덕였다.

나는 비스듬히 비치던 가로등 빛에 의지하여 옷장으로 가서 카디건을 더듬어 꺼냈다. 그리고 팔을 옷에 구기듯 끼워넣었다. 그리고 또 한참을 열려진 옷장 문 앞에 서 있었다. 가로등 빛이 옷장 속으로까지는 스며들지 않아 장 안은 동굴 속같이 어둡고 컴컴하다. 그리고 코에 익은 나의 몸냄새가 수런거리며 내 앞에 있다. 나는 이 냄새를 피하여 문을 닫는다.

나, 부엌에 가서 차 만들어서 온다.

금방 와.

그……래.

불을 켰다.

나는 그제야 시계를 본다. 새벽 두시가 훨씬 넘어 있다.

시계를 보고서는 버릇처럼 한숨을 쉰다.

주전자에 물을 담아 불에 올려놓고 찻잔을 찾아 두 개를 꺼내놓고 카밀러차 두 봉지를 찻잔에 올려놓고 수납장 속에서 꿀을 꺼내놓는다. 사둔 지 오래되어 꿀은 투명하지 않고 성에가 낀 것 같은 꿀청이 돋아 들어 있다.

물이 끓기를 기다리며 나는 창을 향해 섰다.

나는 창에 가득 비친 내 얼굴을 보며 섰다.

물이 끓기 시작하는지 주전자 뚜껑이 들썩거리고 있다. 그리고 삑—, 하는 신호음이 울린다. 나는 화들짝 놀라 주전자를 불에서 내린다.

방으로 돌아오니 클라우디아는 이미 내 침대에 누워 있었다.

꿀을 넣어 마시자.

그래. 너, 마음대로.

그녀의 목소리도 납지처럼 버걱거린다.

마시고 내 침대에서 자라. 난, 다 잤다, 오늘은.

나는 그녀에게 찻잔을 건네주고 의자에 앉았다. 차를 후루룩 마셨다.

카밀러라는 국화과 꽃의 꽃잎으로 만든 이 차에서는 마른잎 냄새가 나서 몸을 따뜻하게 해준다는 오래된 수녀원에서 나온 민간 약효 처방전이 있어도 내가 이 차를 마실 때 드는 느낌은 언제나 약간의 설

익은 쓸쓸함 같은 거였다. 수녀원에 이 꽃이 피어 있는 모습을 떠올릴 때도 마찬가지였다. 신의 아들과 결혼하여 세속을 떠난 늙은 수녀들이 스러지는 가을 햇빛 아래에서 꽃잎을 따다 말리는 장면을 상상해보아도 그건 마찬가지였으며 그리고 그 수녀들의 손가락. 내 상상이 만들어낸 영상이 수녀들의 손가락으로 클로즈업을 해서 들어가면 거기에는 햇빛을 받아 환하게 빛을 어르는 나이든 손가락이 있었다. 어제 나는 클라우디아를 바라보면서 이상하게도 수녀들의 나이든 손가락을 떠올렸다.

그녀는 처음엔 환한 스물셋의 나이로 내 앞에 나타났고 지금, 그때로부터 일 년이 지났다. 처음 내가 바라본 환한 빛은 분명 그녀의 나이에서 먼저 났다. 그리고 일 년. 그녀는 스러지는 빛을 어르는 손가락에서 나는 느낌을 가지고 내 앞에 나타났다. 환하고 쓸쓸한 빛, 마른잎에서 맡을 수 있는 바스러지는 냄새.

나는 그녀가 파넬과 사이가 멀어지고 난 뒤에 돌아다녔다는 아일랜드의 해안을 떠올려보았다. 나는 그곳에 가본 적이 없으므로 흐리고 쓸쓸한 해변 사진 몇 장을 본 것으로는 느낌을 가지기 힘들었다. 그리고 나는 그 해안에서 그녀와 그녀가 속해 있는 극단에서 해변 극장을 열면서 만들었다는 연극 〈코끼리 사나이〉를 떠올려보았다. 나는 그 연극을 대본으로도 본 적이 없다. 다만 독일 공영방송이 일요일 오전에 방송해주는 문화 리뷰를 통해 몇 조각의 장면들을 본 적이 있을 뿐이다. 나는 다시 그녀가 배우가 아니라 분장사라는 것을 떠올려보았다. 그녀는 아마도 〈코끼리 사나이〉 분장을 맡았을 것이다. 바다를 바라보며 그녀는 남자 배우의 얼굴에 기다란 코를 갖다붙였을까? 어쩌자고 그 사나이는 그런 꼴로 세상에 나왔지?

내가 자라던 마을에 우물이 하나 있어.

반듯이 누워 클라우디아는 천장을 바라보며 갑자기 말을 했다. 그녀의 말은 어둠 속에서 부스럭거렸다.

너, 원죄가 뭔지 아니?

원죄라니?

그 우물엔 전설이 있었어. ……두 죄수가 있었대. ……난, 그 전설만 생각하면 원죄라는 것의 벌은 이런 거구나, 싶어.

……

두 사람이 무슨 죄를 지어 죄수가 되었는지는 모르겠어. 암튼 있었어, 그런 사람들이, 사형을 선고받고 죽음을 기다리는. 그런데 그 사람들에게 은전이 베풀어졌어. 가뭄이 심한 해였대. 우물을 파면 풀어준다는. 그들은 희망을 가지고 우물을 팠어. 우물 파는 일은 힘들었지만 그들은 희망이 있었어. 물줄기가 솟구치기만 하면 풀린다는 희망이었지. 물……줄기는 아무리 땅을 깊이 파고들어가도 나오지 않았어. 그들은 파고 또 팠어. 이십 년을 넘게. 얼마나 땅속 깊이 내려갔는지 햇빛을 본 지도 아주 오래되었지. 그러나 물줄기는 솟구치지 않았어. 사람들은 그들이 우물을 파지 않고 도망갈까봐 그들이 땅을 파기 시작했을 때 그들이 판 구덩이에 뚜껑을 덮어두었지. 세월이 가도 가도 물줄기는 솟구치지 않고 그들은 지쳐갔어. 희망도 사라져갔고. 위를 올려다보면 시커먼 어둠뿐이었지. 그러던 어느 날, 위에서 소리가 들렸어. 방면한다는. 세월이 너무 지난 걸 알고 사람들이 동정을 했나봐. 구덩이에 뚜껑이 열렸어. 그 순간, 한 사람은 빛을 보고 죽었고 한 사람은 빛을 보고 눈이 멀었어……

……

난, 원죄에 대해 가끔 생각해. 원죄로 받을 수 있는 벌은 그런 걸 거야. 벌에서 풀려나는 순간, 눈이 멀어버리거나 죽어버리거나. 빛을 보고 말이야.

나도 원죄에 대해 잠시 생각해보았으나 원죄라는 건 아일랜드 해변만큼 나에겐 실감이 나지 않는 거였다. 사진으로 본 그 해변을 떠올리고 있는 편이 훨씬 나을 만큼 나에겐 낯설고 낯선 거였다. 책으로 읽어서 알고 있는 원죄로는 나는 그녀의 말을 잘 이해하기 힘들었다. 나는 멍해졌다. 괜히 저애에게서 수녀의 손가락 같은 허튼 영상이나 떠올리고 있던 내가 못마땅해졌고 나는 찻잔을 책상 위에 올려놓으며 의자에 푹 파묻히며 가라앉았다.

원죄……

무엇이 그녀에게 그런 생각을 하게 만드는지 궁금하긴 했으나 납덩이처럼 누워 있는 그녀를 향하여 나는 아무것도 물어볼 수가 없었다.

클라우디아가 일어나 앉았다. 그러곤 목소리를 밝게 바꾸더니 너, 이리루 와서 이것 좀 볼래? 했다.

뭘?

나는 무슨 일인지 또 어리둥절하여 쉽게 그녀에게 다가가지 못하고 의자에 구겨진 종이처럼 박힌 채 그녀를 바라보았다.

그녀는 기분이 어쩐 일인지 나아져 있었다. 아니면 나아지려고 애쓰고 있었다. 제 발로 스탠드로 향해 가더니 불을 켰다. 방안에 귤색의 전등빛이 기습처럼 퍼졌다. 그녀는 전등불 옆에서 윗옷을 벗었다.

그리고 속옷을 벗더니 마지막 남은 하얀 수은등 같은 브래지어를 떼어내었다.

너…… 뭐……하니?

나는 그녀를 쳐다보지도 못하고 더듬거렸다.

이리루 와서 이것 좀 보라니까.

그녀는 막무가내였다. 나도 막무가내로 눈을 꽉 감고 의자 속에 더 깊이 숨을 곳을 찾고 있었다. 내가 가지 않자 그녀가 왔다.

헤이, 이것 봐.

그녀는 내 손을 잡았다. 나는 또 놀라 뿌리쳤다.

아이 참, 이것, 이것 보라니까.

그녀의 목소리는 사뭇 애원조로 바뀌어 있었고 나는 내가 너무 촌스럽게 굴었나, 싶어 눈을 슬그머니 떴다.

아……

내 눈앞에는 녹색의 꽃밭이 펼쳐져 있었다. 나는 다시 눈을 감아버렸다. 작은 녹색의 안개꽃들이 귤빛 전등빛을 받고 봄 바닷빛처럼 환하게 펼쳐져 있었다. 내가 잘못 봤나?

뒤에도 있어. 앞은 나 혼자 했는데 뒤는 혼자 못 했어. 같이 분장하는 친구가 해줬어. 내가 할 때는 괜찮았는데 남이 해주니까 너무 간지러워서 웃느라 잘 안됐을 거야.

나는 눈을 다시 떴다.

그녀의 등 위에도 봄 바닷빛의 안개꽃들이 작고 수줍게 펼쳐져 있었다. 돌아선 그녀가 다시 정면으로 서서 나를 바라보았다. 나도 그제야 그녀의 봉긋한 젖가슴에서 어른거리는 꽃들을 보았다. 꽃들이 솟은 가슴에서는 파도처럼 일렁이며 일제히 말간 그녀의 젖꼭지로 향해 가고 있었다.

녹색의…… 봄 바닷빛…… 꽃밭이었다.

몸에 화장하고 싶어 그냥 했어. 보여주고 싶었는데…… 그는 보지도 않으려고 했어. 그리고 쫓아냈어……

그녀는 다시 납지처럼 변하여 침대 위에 걸터앉았다. 그녀가 앉자 꽃들은 앞으로 쏠리며 흔들거렸다. 그녀가 나에게서 멀어져 침대 위에 앉아서 멍하니 내가 있는 쪽 벽을 바라보자 나는 그녀에게 시선을 주지 못하고 바닥으로 고개를 숙여버렸다. 그녀가 사라진 내 시야에는 잔상으로 남은 꽃그림자가 어른거렸다.

나쁜 자식들.

내가 다시 시선을 그녀에게로 돌렸을 때 그녀는 이미 움직이지도 않고 뭔가를 바라보지도 않고 그냥 그 자리에서 굳어 있었다. 그러나 그녀의 몸 위에 있는 꽃밭은 귤빛 전등 아래에서 봄 바닷빛으로 환했다.

슈테판은 잠을 이루지 못하고 뒤척거리다가 아예 일어나 앉아버렸다.

전자오르간의 전기선을 뽑아놓고 건반을 두들겼다. 두드리는 건반에 맞추어 입으로 노래를 불러봤다. 나의 제일 친한 여자 친구에게, 얘 저 남자 어떠니? 으음, 멋져, 어머, 내가 먼저야, 그런게 어딨니, 저런 멋진 남자한테. 뮤지컬에 나오는 대로 간드러진 여자 목소리를 흉내내며, 으음, 멋져, 어머, 내가 먼저야, 내가 먼저야. 다시 곡을 바꾸어, 할로 안톤, 이 촌사람아, 너는 어떻구, 죽은 바지 같은 놈이, 내가 죽은 바지면 자네는 늙은 죽이다. 묵직한 스위스 고원지대의 방언을 흉내내다가, 나는 이미 머리부터 발끝까지 사랑에 세워져버렸네, 이 것이 나의 인생, 다른 건 아무것도 아니지요오오오. 그는 그러다가 건 반을 있는 힘껏 눌렀다. 코드를 빼놓은 오르간에서는 아무 소리도 나지 않았다.

마음이 이렇게도 쓰릴 수가 있다니!

그는 건반을 향하여 중얼거렸다.

말을 할 수도 없이 쓰릴 때도 있다니. 슈테판 카우프만, 너, 쓰린 게 뭔지나 아니?

글쎄.

이런 거야, 이런 거.

어떤 거?

몰라, 이런 거야, 그냥.

말해주고 싶어.

누구에게?

파델에게.

뭘?

그러면 안 된다구. 그는 지금 몰라서 그래.

알면 달라질까?

……

그는 전자오르간의 코드를 꽂았다. 그리고 전자오르간의 건반을 두 드리기 시작했다. 어차피 기숙사에는 파델과 클라우디아, 그리고 그녀 만 있으니까, 어쩌랴 싶었다. 아무렇게나 아는 대로 건반을 두들겼다.

이렇게 그도 힘들리라고는 생각을 하지 않고 나선 일이었다. 클라우디아를 데리고 올 때 그는 막연히 두 사람이 어떻게든 다시 만날 수 있으리라는 믿음이 있었다. 그런데 일이 이상하게 자꾸 꼬이는 것 같았다.

죄다 마른 사막 같은 인생이야.

파델은 슈테판이 치는 전자오르간 소리를 듣고 있었다. 그는 알 수 없는 곡이었다. 침대에서 일어나 스탠드를 켜고 옷을 되는대로 걸쳤다. 책상 앞에 앉아 책을 펼쳤다. 그는 이럴 때는 책을 읽는 것이 자신을 달래는 가장 좋은 방법이라는 걸 알고 있었다. 그는 책을 읽었다. 그리고 몇 번이나 같은 문장에서 헤매는 짓을 반복하고는 책을 덮어버렸다. 가장 좋은 방법도 오늘은 통하지 않는 모양이었다. 책상 위에 엎드려 눈을 감고 가만히 있었다.

잠시 후 그는 일어나 외투를 꺼내 입었다. 그리고 그가 시리아를 떠나올 때 핫산이 그를 위해 장만해준 칼을 꺼내 품에 깊숙이 감추어두었다. 핫산은 이 칼을 몸을 지키는 데 사용하라고 웃으면서 말했다. 세관을 통과할 때 걸리지 말라고 손잡이에 하얀 히아신스를 그려넣고 그 위에 색료를 입혀 반짝이게 하여 겉으로 보면 장식품처럼 보이지만 제법 날이 시퍼렇게 서 있었다. 핫산이 그의 열쇠 깎는 기계에 넣고 벼려낸 덕분이었다.

문을 열고 나갔다.

기숙사 복도에서 한참을 서 있다가 바깥문을 열고 계단을 내려갔다. 계단에서 얼마간 망설이다가 다시 내려와 바깥으로 나왔다.

지독한 안개였다.

기숙사 입구에서 기숙사를 잠시 올려다보았다. 슈테판의 방에도 동양에서 온 그녀의 방에도 불이 켜져 있었다. 얼마간 올려다보다가 그는 기숙사 길 건너에 있는 공중전화 박스로 들어갔다.

그는 외우고 있는 전화번호를 다시 입으로 중얼거려보았다. 전화기를 들고 그는 망설였다. 십 페니히 동전을 세 개 동전 투입구에다 집어넣고 다이얼을 돌렸다.

신호음이 가는데도 전화를 받는 사람이 없어서 그는 한참 동안 전화기를 든 채 있어야 했다. 당연한 일이었다. 새벽이니까 사람이 있더라도 전화를 받으려면 시간이 걸릴 터였다. 얼마 후 수화기 저편에서 중년의 남자 목소리가 들려왔다. 아직 잠이 채 빠지지 않은 짜증 섞인 목소리였다.

할로.

손에는 식은 땀이 돋아 그는 몇 번이고 미끄러지려는 수화기를 붙들어야 했다.

나는 파델이라고 하는데 곧 그리로 가겠소. 당신은 나를 알고 있을 거요. 당신이 몇 번이나 날 찾아 학교 주위를 맴돈 것도 알아요. 약 한 시간 삼십 분 걸릴 거요. 그동안 당신이 경찰을 불러놓아도 나는 개의치 않겠소.

그는 저편에서 뭐라 말하기도 전에 수화기를 내려놓고 한참을 공중전화 박스에서 고개를 숙이고 있었다. 전화 박스에서 나왔다.

지독한 안개가 그에게 곧 밀려왔다. 막막했다. 그러나 그는 견딜 수가 없었다.

죽여버릴 거야. 이 돼지 같은 놈을.

그는 품속에 넣어둔 칼을 끄집어내어 주머니에 집어넣었다. 걸어서 가도 삼십 분이면 족한 거리였다. 담배를 피우고 싶었다. 그러나 그는 담배를 가지고 나오지 않았으므로 곧 그 생각을 지워버렸다. 주머니 속에다 손을 넣었다. 칼이 손에 잡혔다. 그는 손잡이 쪽으로 칼을 쥐어보았다.

그리고…… 아마도 추방되겠지. 옥살이를 얼마간 하고. 치욕도 당하고.

그는 다시 칼 손잡이를 잡았다. 그리고 휘파람을 나직하게 불기 시작했다.

그가 걸어가는 길은 언젠가 클라우디아와 함께 가보았던 길이었다. 그녀는 이 길을 가는 것을 몹시도 싫어했다. 그러나 이 길로 가야만 슈퍼가 나오기 때문에 하는 수 없이 가야 할 때는 그의 옆에 꼭 붙어서 걸었다.

저 집이야.

클리우디아가 마지못해 가리킨 집은 갈색 벽돌집이었다. 외벽에 담쟁이가 기어가고 있었다. 붉은 담쟁이였다. 어찌나 무성하던지 집 주위는 붉은빛이 들어 언제나 그 주위는 저녁이 아닌데도 노을이 지고 있는 것처럼 보였다. 그는 그 집을 보면서 그가 라틴어 수업을 들었던 신학부 건물을 연상했다. ㅁ시 대학의 신학부 건물은 그 대학이 신학부로 출발했기 때문인지 가장 낡고 큰 건물을 사용하고 있었다. 그는 그 건물 앞에서 언제나 조롱하는 기분을 가지곤 했다. 가장 크고 가장 낡은 것이 유럽에서는 신학 아니면 뭐겠는가. 그래서 그의 눈에는 그

건물이 유럽 신학의 운명 같아 보이기도 했다. 그 집은 그런 운명을 연상시켰다. 왜? 라고 묻는다면 그는 설명할 재간이 없었다. 그 완고함 때문은 아니었는지. 그 완고함!

그는 이런저런 생각을 얼른 지워버렸다. 집중하자. 그리고 유쾌하게 가자.

휘파람으로 날카롭고 정확하게 음을 잡으며 그는 걸어갔다. 도, 레, 미, 파. 그는 '파'를 한번 불어보다가 속으로 얼른 집어넣어버렸다. '파'는 사람을 쓸쓸하고 공허하게 만든다. 다시 솔, 라, 시. 그는 다시 '시'도 집어넣어버렸다. '시'에는 오후에 창문에 걸려드는 햇살이 주는 안쓰러움이 있다. 도, 레, 미, 솔, 라, 도.

슈테판은 그가 이런저런 것들을 모른다고 생각하고 있지만 그게 아니었다. 슈테판은 아는 것이 없었다.

난…… 처음부터 알고 있었다. 그녀가 말을 하지 않았지만 나는 그의 남자였다. 나는 다만 나 아닌 다른 누군가가 그것을 알고 있는 게 치욕스러웠다. 만일 슈테판 아닌 다른 자가 그걸 알고 있었더라면 나는 그자를 먼저 죽여버리려고 마음먹었을 거다. 그녀는 나를 안지 못했다. 내가 안아야만 그녀는 나에게 기댔다. 나는 그게 참 이상했다. 그녀는 언제나 눈을 꼭 감고 있었다. 눈을 감고 나를 받아들였다. 그녀는 기쁨도 표현하지 않았다. 난 서운했다. 그리고 그녀의 가슴과 등에 있던 무수한 담뱃불 자국들. 그러다 알게 되었다. 그녀의 아버지가 학교에서 내 주변을 얼씬거리고 다닐 때였다. 그는 그녀의 아버지의 눈을 하고 있지 않았다. 그는 그녀의 연인의 눈을 하고 있었다.

파넬은 잠을 자다가 누군가 자신을 내려다보고 있는 것 같은 느낌

이 들어 눈을 떠보면 클라우디아가 자신을 내려다보고 있었던 밤들을
생각했다.

나…… 나쁜 사람 아니죠?

그녀는 그렇게 물었다.

나쁘지 않죠?

그럼.

됐어요. 자요.

그녀는 파델의 옆에 엎드려 누웠다. 그리고 손가락으로 그의 얼굴
을 쓸어내려갔다.

얼굴 보고 있음 마음이 편해. 그래서, 자꾸 보고 싶어요.

그러구 있음 불편하잖아. 바로 편하게 누워.

지금이 좋아. 다 괜찮아, 다요. 춥고 무서운 날들이 많았어. 언젠가
는 다 말할게요. 왜 춥고 무서웠는지. 아프고 멍멍하고 아무것도 못
먹고. 학교도 못 가고. 이상해. 당신은 참 무서운 사람인데 난 왜 이렇
게 편하지. 맨 처음 당신 봤을 때 하도 굳은 얼굴을 하고 있어서 난 당
신이 그렇게 춤을 잘 출 거라고는 생각도 못했어.

얼굴 굳은 거하고 춤하고는 아무 상관이 없어. 우린 전쟁 때도 축
제가 돌아오면 춤을 추고 놀았는걸. 하긴 그때가 가장 춤을 춤같이 출
수 있는 때일 거야.

그리고 난 도망갔잖아.

내가 따라갔지.

왜 그러느냐고 내가 막 따졌지. 그랬더니 당신이 하는 말, 내 여동
생을 닮아서. 그게 말이나 되느냐구, 난 독일인이고 그 사람은 레바논

여잔데.

정말이다. 당신은 내 동생을 닮았어. 겁에 질려 오도 가도 못하는 여자들의 아름다움 같은 거를 당신들은 가지고 있었어. 내 동생은 춤을 추는 걸 좋아했어. 그런데 어머니가 그걸 싫어했어. 그앤 방안에서 두건을 벗고는 몰래 춤을 추었지. 내가 한번은 그것도 모르고 그애 방엘 들어갔어. 그애는 음악도 없는 마른 춤을 추고 있었어. 내가 문 앞에 아무 말도 안 하고 서 있으니까 춤을 추다 말고 새파랗게 질린 그애가 뭐라고 그랬는지 알아?

뭐라고?

잘못했어. 다시는 안 할게. 다시는 이런 거 안 할게.

……

춤을 춘 게 무슨 큰 잘못이라도 된다고 덜덜 떨면서. 잘못했다고. 그런데 참 이상한 건 그애가 아니고 나야. 너무 그애가 이뻐서 난 사실 문 앞에서 떨고 있었거든. 두건을 벗은 그애의 목덜미 말야. 얼마나 깊은 색을 가지고 있는지 눈을 찌르는 황색의 뱀 같았어. 그날 난, 아무것도 못하고 방안에 틀어박혀 있었는데 내가 그애의 오빠라서 슬프기도 하고 달콤하기도 하고 그랬어.

그래도 그걸로 그만이었지? 당신은 그녀를 안지는 않았지?

그럼. 난 오빠였는데.

잘한 거야…… 잘한 거야…… 어떻게 해. 그러지 않음……

그녀는 몸을 오그리며 돌아누웠고 나는 오그린 그녀의 다리를 곧게 펴주며 그녀를 안아주었다. 그녀는 딱딱해져 있었다. 나는 그녀를 더이상 부드럽게 만들 수가 없었다. 그런 밤에 나는 잠을 이루기가 힘들었다. 내가 처음 그녀의 몸에서 흉측하게 기어가는 불개미 새끼 같은 상처가 어디로부터 왔는지 묻지 않았던 건 무엇 때문이었을까. 그건 정말 무엇 때문이었을까. 그리고 답은 없고 질문만 무성한 밤이 계속되면 계속될수록 나는 혼자서 이 길을 가고 있는 나를 떠올려보곤 했다. 내 주머니 속에 든 칼 손잡이에 새겨진 하얀 히아신스가 내 눈앞에서 희뜩 솟아올라왔다. 그때 그 꽃의 이미지는 육식을 하는 열대우림의 꽃으로 나에겐 다가왔다.

안개 속에 환한 가로등이 서 있었다. 금방이라도 가로등 빛은 안개 속에서 빛을 다 떨구고 어디론가 갈 것처럼 무참하게 서 있었고 그 빛은 무참해서 아름다웠고 그래서 그는 금방 가버릴 것 같은 빛을 향하여 애소하며 가지 말라고 붙들고 싶었다. 가지 마라, 제발 빛들은 나를 버리고 가지 마라.

클라우디아는 누워 나는 의자에 앉아서 슈테판이 치는 전자오르간 소리를 듣고 있었다. 나는 한 번도 들어본 적이 없는 곡이었다. 길게 이어졌다가 뚝 끊어졌다가 화음이 맞기도 하다가 다시 화음은 죽어라고 조화로운 자리를 도망나와 미끄러지기도 하고 부서지기도 했다. 이건 숫제 쇤베르크였다.

클라우디아가 일어나 벽에 기대고 앉았다. 그리고 머리칼을 손가락으로 쓸어넘기고 있었다.

난…… 쟤가 좋아.

슈테판?

그래. 슈테판.

왜?

쟨 독일 애 아닌 것 같어.

독일 애, 독일 애……라고? 독일 애가 아닌 건 또 뭔가.

나는 클라우디아가 매만지고 있는 갈빛의 머리칼을 물끄러미 바라
보았다. 전등빛에 어린 그녀의 머리칼은 원래 빛깔보다 훨씬 부드러
워져 있다.

쟨 이 세상에 없는 것들만 만들어내려고 하는 애 같어. 저애에게는
상상력이 있어. 그래서 독일 애 아닌 것 같어. 난, 쟤가 좋아.

이 세상에 없는 걸 사람들이 만들어낼 수 있는가. 나는 슈테판이 자
주 끄적거리는 산해경에나 나올 법한 이상하게 생긴 동물들을 떠올려
보았다. 그 동물들은 그의 노트에도 있었고 신발에도 있었고 가방 주
머니에도 있었고 그의 방 벽에도 가득 있었다. 그는 틈만 있으면 그런
동물들을 그려댔다. 어떤 건 돼지코를 한 기린 같았고 어떤 건 플루트
코를 가진 코끼리 같았고 어떤 건 얼룩말의 몸통을 가진 여치도 있었
다. 이 세상에 없는 것들……이라고 말할 수 있었다. 그러나 그것은
다시 세상에 있는 것을 이것저것 모아보니 세상에 없는 것이 만들어
진 꼴이었다. 그가 만들어놓은 동물들은 밝고 기분좋게 얼음판을 달
리고 있기도 했고 행글라이더를 타고 있기도 했고 서커스 그네를 타
고 공중돌기를 하고 있기도 했다. 언뜻 내가 공영방송에서 본 〈코끼리
사나이〉와는 달랐다. 〈코끼리 사나이〉는 잠시 본 그 느낌으로도 운명,
어쩌구 하는 말을 짚어낼 수가 있었으나 그가 만들어놓은 그 이상한
놈들에게선 그 흔한 운명에 대한 느낌이 없었다. 그 또한 세상에 없는
거였다.

넌, 그가 부럽구나.

내가 이렇게 묻자 그녀는 말문을 닫았다. 그녀는 침대 벽에 기대어 눈을 감고 있었다. 슈테판의 전자오르간 소리도 더이상 들려오지 않았다.

우리가 강의를 마치고 나올 때까지 강의실 바깥에서 기다리고 있던 그녀의 모습이 떠올랐다. 가장자리가 낱낱이 찢긴 플라스틱 커피잔을 그녀는 들고 있었고 우리가 나오는 줄도 모르고 가장자리를 손으로 찢고 있었다. 입술을 깨물고 뭔가를 참으려는 모습이었다. 도서관으로 그녀가 나를 만나러 온 적도 있었다. 내가 아직 찾아야 할 책들을 찾지 못해 그녀는 나를 기다려야만 했다. 대출 신청을 해놓고 나는 그녀를 찾으러 도서관 서가들을 기웃거렸다. 그녀는 지리학 책들이 꽂힌 곳에서 커다란 세계지도를 펴놓고 있었다. 그러나 그녀는 요즘의 세계지도를 들여다보는 게 아니었다. 중세의 항해 지도인 포르톨라노 방식으로 그려진 세계지도를 보고 있었다. 그 지도에는 남극이 아주 정확하게 그려져 있었는데 얼음으로 덮이기 이전의 남극 해안선도 표기되어 있었다. 그녀는 나에게 그 해안선을 손가락으로 가리켰다. 여기 가고 싶어. 그때 그녀의 손가락은 지금은 얼음으로 뒤덮인 해안선을 짚어내리고 있었다. 그래, 가자. 그 말을 하고 난 뒤 내가 그녀를 데리고 간 곳은 슈퍼마켓이었다. 우리는 그날 장을 같이 보았고 기숙사로 와서 나는 그녀에게 된장국을 끓여 먹였다. 그녀는 오래된 치즈냄새가 난다면서도 자기 몫을 다 먹어치웠다. 그 맛이 그녀를 달래주기를 나는 원했지만 유감스럽게도 된장국맛은 남극 해안선과는 거리가 멀었고 그녀는 그날도 숙제를 하고 있는 내 옆에서 술을 마셨다.

나는 드디어 참지 못하고 그녀에게 화를 내고 말았다. 넌, 왜 거길 혼자 갔니?

어디……

네덜란드.

……

왜 거길 혼자 갔냐구.

너도 내가 파멜에게 말하지 않아서 화를 내는 거니?

아냐, 아니라니까. 그 험한 일을 왜 혼자 해.

험한 일?

그래 험한 일!

무서운 일이야. 험한 일 아니야. 난 그냥 했지만…… 애기, 는 죽었잖아…… 난, 애기를 낳으면 안 돼.

왜? 그의 애기잖아.

나는 화를 내는 나에게 화를 내고 있었다. 나는 이상한 느낌에 시달리고 있었다. 물어서는 안 되는 것을 묻고 있었다는 걸 내가 깨달은 건 납처럼 바각거리며 나온 그녀의 그다음 말이었다.

그의 애기일 거야. 하지만…… 그의 애기가 아니면 어떡해……

슈테판은 복도의 어둠 속에서 눈을 감아버렸다. 그리고 그 자리에 주저앉았다.

난, 이제 어떻게 하지……

그는 중얼거리다가 불에 덴 듯 화들짝 놀랐다. 클리우디아 혹은 파멜이 아니라, 지금 나는, '나는 어떡하지'라고 말하고 있지 않은가.

그래, 정말 나는, 나는, 나는, 이제부터 어떡하지.

파넬을 사랑하고 난 뒤에 나는 집을 나왔어. 그리고 베링거 공장 옆에 방을 얻었고. 극단이 바로 옆에 있잖아. 그리고 집하고는 반대편이고. 그는…… 내 아버지 말이야. 날 찾으러 다녔어. 그리고 쉽게 찾아냈어. 사실 나는 숨을 생각도 없었어. 내가 어디에 있든 찾아낼 사람이었어…… 집…… 많이 나왔어…… 일곱 번은 될 거야…… 그때마다 그는 날 찾아냈어. 그리고 끌고 데리고 왔어. 언젠가 나는 베를린으로 도망가서 극우파 아이들이 살고 있는 데 끼어 살았어. 그애들은 극우파긴 해도 착한 애들이었어. 그곳은 경찰들도 모르는 곳인데 그는 알아냈어. 그리고 그애들을 모두 경찰에 넘겨버리고 나를 끌고 왔어. 나는 내 아버지보다 극우파 애들이 더 나았어. 그애들은 의리가 강하고 순진해. ……넌…… 동양 사람이라서 그런지…… 맘 편해. 너랑, 슈테판. 독일 애가 아니잖아, 넌. 그리고 걘, 독일 애 아닌 것 같고……

파넬은 주유소의 불빛 있는 곳에서 잠시 멈추었다. 담배도 피우고 싶었고 목이 쓰라릴 만큼 말랐다. 그는 주머니에 손을 넣어보았다. 지갑은 윗주머니에 얌전하게 꽂혀 있었다.

주유소는 이미 정문을 닫고 야간 판매구만 열어놓고 있었다. 그는 담배와 콜라를 샀다. 콜라는 돈을 지불하는 곳에서 마시고 깡통을 휴지통에 던져 넣고 담배를 그 자리에 서서 피웠다. 그는 담배를 몇 번이고 바닥에 떨구었다. 손목께가 떨리고 있어 그는 다른 손으로 손목을 한번 쥐어주었다.

야간 판매구는 학생으로 보이는 흑인이 책을 읽으며 지키고 있었다.

파델은 지지난 학기에 주유소 야간 판매 창구에서 일을 한 적이 있었다. 밤을 새우는 일이라 보수는 다른 일보다 좋았지만 그 학기 내내 그는 아침이면 헛구역질에 시달려야만 했다.

주유소 상점 안에는 형광등이 환해 바깥에서도 안을 다 들여다볼 수 있었다. 그는 무심코 담배를 비벼 끄고는 고개를 들다가 물통에 가득 담겨 있는 장미 다발을 보았다. 장미가 담긴 물통은 맥주캔이 잔뜩 쌓여 있는 박스 위에 올려져 있었다.

요즘은 주유소에서도 장미를 팝니까?

그는 환한 형광등 빛 아래 너무나 의외로 흐드러진 장미여서 돌아서다가 흑인 판매원에게 묻고 말았다.

예.

흑인 판매원은 책에서 눈을 떼지도 않은 채 대답했다. 그도 그랬다. 야간 판매구에서 일할 때 누군가 쓸데없는 걸 물어본다 싶으면 책에서 눈을 떼지도 않고 그렇게 대답했다.

어느 나라 사람이오?

뭐라구요?

흑인이 그제야 고개를 들고 저만치 떨어져서 소리를 지르고 있는 셈족의 남자를 바라보았다.

어느 나라 사람이냐니까.

왜 물어요?

나도 외국인이니까.

아프리카요.

어느 나라냐니까!

그게 뭐 중요해요. 아프리카면 그만이지.

흑인 판매원은 프랑스어 발음이 묻어 있는 독일어로 대답했다.

알았소. 잘해요. 그럼.

파델은 돌아서서 다시 길로 나왔다. 씁쓸했다. 그의 고향도 프랑스 식민지였군…… 그는 자신의 독일어에 묻어 있는 아랍어와 또 아랍 어만큼 깊은 흔적으로 묻어 있는 프랑스어를 생각했다. 독일에서 지 낸 지가 십 년이 넘어가도 프랑스어 흔적은 지워지지 않았다. 이제는 펜만큼 무디어졌지만 처음엔 정말 싫어서 견딜 수가 없었다. 지워버 리려고 애쓴다고 다 지워질 수는 없는 것이었다. 그게 그를 더 힘들게 했다.

나는 지워버릴 수 없을 거라는 느낌 때문에 그녀에게 묻지 않았는 가. 당신의 상처의 출생지는 어디였느냐고.

그는 고개를 흔들었다. 아니다.

그럼 왜?

자꾸 내가 나에게 왜? 라고 물으면 안 된다. 그냥 묻지 않았고 묻지 못했다. 물으면 안 될 것 같았다. 내가 그녀의 대답을 그녀의 입으로 들었다면 나는 그녀도 용서하기 힘들었을 것이다. 그녀는 나에게 말 하지 않았다. 숨기고 싶어서가 아니었다. 아마도 어릴 때부터 무방비 의 공포를 체험한 그녀는 감각으로 알았을 것이다. 그런 건 말하면 안 된다고, 세상 사람이 다 알고 있어도 나에게는 알려서는 안 된다는 걸 그녀는 알았을 것이다. 무방비 상태에서의 공포가 어떤 건지 나도 당할 만큼 당해봤다. 전쟁…… 때문이었다. 전쟁이 정말 고약한 건 이거다. 너무 많은 걸 한꺼번에 가르쳐주는 것. 그리고 모든 일에 훈련된 개처럼 민감한 후각을 만들어준다는 것.

파델은 다시 입술을 오므렸다.

안개 때문인지 밤은 눅진하다.

그러나 그의 입술은 어찌된 셈인지 바짝 말라 그가 입술을 오므리자 날카로운 통증이 잠깐 스쳐갔다. 그는 그 느낌이 상쾌해 더 바짝 입술을 오므렸다. 그러나 휘파람은 어느새 깊숙한 곳에 숨었는지 더 이상 나오지 않았다. 그는 초조하게 입술을 바짝, 더 바짝 오므렸다.

그때였다.

그의 옆으로 자동차 한 대가 끼익, 하는 급한 멈춤 소리를 내며 섰다. 순간 피냄새가 확, 끼쳤다. 안개의 습한 사이를 뚫고 냄새는 비리게 그의 코로 기습해왔다.

차에서 사람들이 내렸다.

토끼야. 어떻게 해.

그걸 못 보면 어떡해!

감쪽같이 지나가는데 내가 어떻게 해.

그는 멈추어 서지도 않고 지나와버렸다. 눈을 감고 코로 숨을 멈추고 그는 가장 빠른 걸음으로 걸어갔다. 토끼가 치여 죽었다…… 언제나 동물의 시체는 사람의 시체보다 그에겐 더 참혹해 보였다. 시체더미를 그는 많이 보았으나 시체들은 그를 겁나게 하지 않았다. 사람들은 그 앞에서 언제나 울었고 그 순간 기가 막혀 울지도 못할 때, 사람들은 사람의 시체를 향해서는 두고두고 울었다. 그러나 시체 더미에 개가 죽어 있거나 비둘기들이 죽어 있을 때 사람들은 그것들을 향하여 애도하지는 않았다. 죽은 지 오래된 시체들을 단체로 매장하는 걸 구경하다가 그 속에서 딸려나온 개의 부패된 반통이의 몸을 보든가 머리가 없는 비둘기를 보게 될 때, 그리고 그것들을 매장하지 않고 한 쪽으로 골라내어 치워버리는 것을 보게 될 때, 그는 잠을 자지 못했다. 한밤중에 일어나 헛구역질을 하다가 울었다. 슬퍼서가 아니라 무서워서 울었다. 이를 갈면서 울었다. 그는 그때만큼 선명한 증오를 경험한 일이 없었는데 그건 두고두고 생각해봐도 이상한 일이었다.

한참을 가다가 그는 돌아섰고 차가 멈추어 섰던 곳으로 갔다. 가서 보아야 할 것 같았다. 그가 그 자리로 돌아가보았을 때 차도 죽은 토끼도 보이지 않았다. 그 자리에는 가로등 빛 아래 번질거리는 핏자국만 남아 있었다.

나는 그녀에게 차를 한 잔 더 마시겠느냐고 물었다. 그녀는 커피를 마셨으면 좋겠다고 느리게 대답했다. 나는 그녀를 위해 무엇이든 만들어주고 싶어 우유와 꿀을 많이 넣은 커피가 어떻겠느냐고 물었다. 그녀는 고개를 가로저었다.

우유 냄새 싫어. 구역질할 거야, 나. 우유 마시면.

꿀은?

그것도 싫어.

그럼, 너, 인삼차 마실래? 나, 조금 있어. 엄마가 보내준 거.

그녀는 또 고개를 가로저었다.

엄마가 보내준 거는 슬퍼서 안 돼. 전에 네가 줘서 마셔봤는데, 인삼차라는 거 이상하더라.

뭐가?

내가 어릴 때, 그러니까, 우리 엄마가 살아 있을 때 목욕하고 난 뒤에 나던 냄새 같은 게 나. 목욕물 안에 엄마는 약초하고 꽃잎을 잔뜩 넣곤 했거든. 우리 엄마 집안 비방이었어. 나, 그거 좋아하지만…… 오늘은 커피 마시자.

너, 엄마 생각 나니?

그럼. 환히. 그런데 너무 일찍 죽었어. ……그녀는 자살했어. 포도밭에서. 환했어. 그것도. 우린 남부에 살았거든. 그때. 포도밭, 와인창고, 강물, 라인강, 말야. 배, 작은 골목, 참, 작은 골목에 작은 집이 있었는데 거기는 그냥 들어가는 곳이 아냐. 돈, 받는다.

그녀는 쿡, 쿡, 웃었다.

보고 싶은 사람은 십 페니히를 내야 돼.

십 페니히라면 백원 아닌가.

그 집 주인은 어떤 할아버지였는데 그 할아버지가 입구에 앉아 돈을 받았어. 그 집은 정말 작어. 너, 그거 아니? 60년대만 하더라도 독일 남자 평균키가 일 미터 육십 이하라는 거. 그 집은 19세기 집인데 전쟁 때도 안 부서졌대. 난쟁이들 집 같은 데 정말 사람이 살았대. 학생들 하숙집이었다는데, 계단도 너무 좁고 작아서 내가 어릴 때 나한테도 그 계단이 작았다.

설마?

아냐. 진짜야. 이층에 침대하고 책상하고 있는데, 지금 내가 누우면 반도 못 들어갈 거야. 우습지. 그렇게 작은 데서 사람이 잔 거. 그 사람은 얼마나 작았을까.

그녀는 또 쿡, 쿡, 웃는다. 아까와는 딴판이다. 그래서 그녀는 그동안 살 수 있었나보다.

그런 작은 집을 보기 위해 그렇게 적은 돈을 내고 사람들은 자기 키를 그 집에 맞추고 기를 쓰고 계단을 올라갔어. 그리고 말했어. 아, 작구나, 이런 데서도 사람이 살았나. 어머, 귀여워라, 인형들이었나. ……그런데 너, 아니? 그 집엔 어떤 19세기 학생이 살았고 그 침대에서 잤고 그 책상에서 공부했어. 그런데 사람들은 아, 작구나, 어떻게 살았지……

아, 작구나, 어떻게 살았지. 글쎄, 어떻게 살았지. 나는 '넌, 어떻게 그 시간을 견뎠니'라고 묻고 싶은 걸 간신히 눌렀다.

환했어. 그곳은. 별로, 가보고 싶진 않어, 근데.

클라우디아는 다시 납처럼 뻣뻣해졌다. 머리칼을 매만지며 또 기댄다.

커피 끓여 올게.

클라우디아는 고개를 끄덕이고, 빨리 와라, 나, 너무 오래 혼자 내버려두지마. 그래, 그래, 커피 끓이러 가는 거야, 번개처럼 갔다올게……

문을 열고 나가다가 나는 또 뒤를 돌아본다. 클라우디아가 반쯤 몸을 굽히고 베개를 베고 있다. 그녀는 가끔 우리를 놀라게 하려고 이상한 분장을 하고 나타나곤 했다. 그녀가 파넬 방에 머무는 밤이면 우리는 반드시 한 번은 놀라고야 그 밤을 지날 수 있었다. 등에 칼을 꽂고 피를 흘린 채 쓰러진다거나 돌에 맞은 것과 같은 뻥 뚫린 상처를 이마에 내고는 부엌 의자에 앉아 있다거나 하는 분장 트릭들은 분장일 뿐이라는 걸 알면서도 늘 사람을 기진맥진할 만큼 놀라게 했다. 나는 언젠가 그녀의 드라큘라 분장을 화장실에 갔다가 보고는 슈테판에게 달려갔다. 그리고 소리를 질렀다. 내가 니네 게르만들하고 더 놀면 사람 아니다. 어쩌고 하는 말을 계속 하고 있었더니 가엾은 그리고 죄없는 슈테판은 난감한 표정을 하며 이렇게 말했다. 넌, 왜 날이 갈수록 독일어를 못하니, 무슨 말인지 나, 이해 못하고 있어. 나는 그 말을 이해하고는 다시 소리를 질렀다. 니네 게르만들 야만인들이다. ……다시 그런 날이 왔으면 좋겠다. 슈테판이 영문도 모르는 채, 야만인이라서 미안해, 그리고 파넬이 달려와서, 네가 너무 놀라서 난리를 부리니까, 클라우디아가 화장실에서 울고 있다고. 그제야 정신이 든 내가, 미안해…… 난, 니네 나라 귀신들은 어찌된 셈인지 정이 안 가. 그리고 그날 난, 주어 동사가 자꾸 어긋나는 독일어로 관을 가르고 나오는 처녀귀신 이야기를 했고 슈테판과 클라우디아와 파넬은 꼼짝없이 내 엉터리 독일어 때문에 줄거리가 안 잡히는 부분은 저희들끼리 토론을 해서 이야기를 끼워맞추는 고역을 감수해야 했다. 결혼을 안 했다나봐. 아니 못했다고 그러는 것 같은데. 무덤이 둘로 나뉘어진대. 아니, 그게 아니고 관이 그렇다는 것 같은데. 아냐. 관은 항아리로 만든 거잖아. 그런데 그게 어떻게 둘로 나뉘어져. 깨어진다면 모를까. 머리칼을 풀고. 뭐? 입에 칼을? 결혼을 못하고 죽은 총각귀신도 있대. 결혼 못하면 그 나라 사람들은 죽나, 그래? ……그날이 다시 왔으면 좋겠다. 여름이었고 열어놓은 창문을 통해서는 기숙사 화단에서 자라는 페퍼민트가 가는 팔을 흔들며 제 향기를 보내주었고 아이들은 오랜만에 난 햇빛 아래에 벗고 누워 일광욕을 했고 사자 이빨이라고 게르만들이 이름 지어 부르는 민들레가 푸른 하늘에 날아다니고 있었고 ……기억이라니, 그 한철이 이렇게 많은 그림과 향기로 남다니. 그리고 그 한철이 또한 어딘가에 두고 온 낙원 같다니. 나는 그 한철 동안에도 도서관을 빠져나와 철길을 따라 걸어가며 철강 공업국이라는 이 나라의 기간 철도가 실어나르는 석탄들을 물끄러미 바라보기도 했는데, 그 한철이 어딘가에 두고 온 낙원인 것만 같다니.

부엌으로 들어가 불을 켜보니 식탁 의자에 슈테판이 앉아 있었다. 그는 눈을 부릅뜬 채 식탁을 바라보며 미동도 안 하고 있어서 나는 그에게 말을 붙이지 못하고 주전자를 수도꼭지에 바짝 갖다대고 되도록이면 물소리를 줄이려고 기를 썼다

나도 한 잔 만들어줘.

그가 나를 바라보았다. 나는 고개를 끄덕였다.

물을 불 위에 올리며 나는 그 자리에 가만히 서 있었다. 눈이 따가웠다. 눈을 감았다. 눈두덩이 파르르 떨려왔다.

내가 만들게.

슈테판이 나를 끌고 가서 식탁 위에 앉히고는 창문으로 가서 창문을 활짝 열었다.

추워!

나는 눈을 계속 감은 채 말했다.

답답해!

슈테판이 저만치서 대답했다.

문 닫어!

가만 좀 있어!

문, 닫으라니까!

내가 그놈을 죽여버릴 거야!

넌, 잘 모를 거다. 난, 너를 보면서, 내가 이렇게, 행복해질 수도 있구나, 라고 자주 생각했던 것. 내가 남자라서 여자인 너를 안을 수 있었던 것.

파델은 이 안개를 뚫고 오늘, 이 길을 다 지나갈 수 없을 것 같다는 생각을 했다. 머릿속으로는 천 번도 예행연습을 더 해봤던 길이었다.

안개는 이곳을 통과한다 싶으면 다시 밀려와 같은 자리를 헤매고 있다는 느낌을 갖게 했다. 통과한다 싶으면 안개, 또 안개였다. 주머니에 든 칼이 안개에 날을 다 내맡기며 녹슬고 있는 것 같았다. 그는 서둘러 갔다. 핏자국만 남기고 사라진 토끼를 생각했다. 그놈은 쓰레기통에 던져졌을까. 제가 어디 갈 일이 있다고 이 한밤중에 그렇게 급하게 길을 건넌단 말인가.

나, 학교를 제대로 다니지 못했잖아. 유치원 때부터. 그래서 친구가 없잖아, 난, 네가 참 고마웠어. 앉아. 그렇게 서 있지 말고. 너, 그렇게 서 있음 내가 앉아 있을 수도 없잖아. ……말하는 게 나아. 아무것도 말 안 하고 있는 것보다 그게 나은 것 같애. ……피곤하지 않아. 조금 잤어. 요즘, 잠 조금 자. ……해시시는 안 피우니까 걱정 마. 안 피운다구. ……고등학교부터. 비록 이 년도 못 다녔지만. 공부하는 거 싫어. 재미없고 쓸데없다 싶어. ……그래도 지리 시간은 좋았어. 화산

폭발 장면들 슬라이드도 보여주고. ……여교장이 제일 싫어. 내 서류만 보면 나를 불쌍하게 생각했어. ……내 아버지 기록 말야. 그는 나 때문에 군에서도 쫓겨났잖아. 그리고 감옥도 가고. ……그래도 그는 늘, 그랬어. 난, 친척도 없잖아. 엄마네는 그때 동독에 살고. 아버지는 친척도 없고. ……그래도 그는 재산이 많아서 실업자라도 먹고사는 데 지장이 없었지. 아무도 그를 고용하지 않으니까 그는 그 돈으로 증권을 사 모았잖아, 그리고 돈 벌었고. ……나는 공주였어. 그가 나를 묶어놓고 때린 그 다음날은 최고급품으로만 뭐든 사들였어. ……그는 집으로 들어오면 모든 문을 잠갔어. 화장실 창문까지도. 그가 들어오면 어둠이 시작됐어. 자물쇠가 돌아가는 소리. ……그리고 그의 장 홧굽 소리. ……그는 집안 청소도, 요리도 다 자기 손으로 했어. 남을 들이지 않았어. 그래서 처음엔 아무도 몰랐어. ……엄마, 죽고 난 뒤에 그는 변했어. 처음엔 그렇게 나쁘지 않았어. 차츰차츰, 그러다가, 그는 어느 날, 내 침대로 들어왔어. ……도망갔어. 무서웠어. 죽고 싶었어. 그래서 몸에 바르는 감기약을 먹었어. 한 통을 다 먹었어. 철길 옆에서. 기차가 오면 기차로 뛰어가려고 했어. ……그는 가위를 들고 있었어. 머리카락을 잘랐어, 나를 묶어놓고. 혁대로 침대 기둥에 나를 묶었어. 나는 눈을 뜨고 이를 악물고 말했어. 이 돼지야. 지옥 가라. 그는 나를 향해 웃었어. ……그는 향수광이야. 값비싼 향수만 모아. 그리고 나를 벗기고 발라주고, 그의 취미야. 그러면서 말해. 넌, 내 거야. 내가 낳았으니까. 그러면 난, 모든 걸 포기하고 아무것도 생각 못하고 멍해져서. ……사람은 모든 거에 다 익숙해진다, 그건 얼마나 무서운 건지 아니? ……그가 만일 몇 번의 옥살이를 하고 나아졌으면 난, 그에게 익숙해지지 않았을 거야. ……난 말을 못했어. 그냥 내 아버지가 나를 때렸다고만 했어. 그가 내 침대에 들어온다는 말은 할 수가 없었어. 그자는 미쳤어. 그런데 그는 잠시 갇혀 있다가도 금방 나왔어. 난, 내 아버지한테도, 판사들한테도 절망했어. ……그는 망 가졌어. 왜 망가졌는지 나는 몰라. 엄마가 애인하고 자살을 해서? 아 님, 군대에서? 아냐, 그건 그렇게 단순하지가 않아. 그는 엄마가 살아 있었다면 엄마가 살아 있어서 망가졌을 거야. ……내 할아버지가 나 치여서? 그리고 자살을 해서? 아냐. 그러지 마. 그렇게 말하지 마, 이 건 그의 잘못이야. 바깥에 있는 그 누구의 그 무엇의 잘못도 아냐. 그 의 잘못이야. 그런 일을 겪는다고 사람들은 다 열 살 난 딸을 강간하 진 않아…… 나는 파델을 만나고 이렇게 마음먹었어. 난, 이제 무섭 지 않다. 나는 아버지, 그 더러운 놈한테서 진짜 도망갈 수 있다. 그는 나를 진짜 식구처럼 대했어. 진짜 식구. 난, 그에게 잘해주고 싶었는 데 내가 기대고 또 그가 나에게 의지하고. ……나, 잘 몰라. 사람들이 서로 어떻게 사랑하는지. 나는 잘 모르겠어. 내 아버지도 나에게 말했 어. 날 사랑한다고. 이렇게 사랑하는데 넌, 왜 그러느냐고. ……그럼 그게 뭐지? 내가 파델을 사랑하는 건 뭐지?……

그건 무엇이었을까. 나는 그녀를 사랑했나. 그녀의 무엇을 사랑했 나. 그녀는 나의 어떤 곳으로 들어왔을까. 나의 어느 바람 부는 곳이 그녀를 나에게 스미게 했나. 그녀의 긴 팔과 다리, 그녀의 눈과 맑은 살결. 그것이었나. 왜 나는 그녀가 이렇게 나에게 스미는데도 무방 비로 그 스밈을 받아들였나. 그녀의 온몸에 불긋거리는 상처, 그것이

었나. 그 상처에서 풍겨나오던 어두움, 아주 오랫동안 어두운 공간에
갇혀 있던 사람들이 갖는 그 어두움. 어두운 것이라면 나도 지긋지긋
하다. 내가 가진 어두움만으로도 나는 족하다. 그런데 나는 그녀의 어
두움 앞에서 도망가지 않고 그녀를 내가 도리어 붙잡아 안아주었다.
나는 그녀를 깊이 안았다. 내 호흡을 멈추며 그녀의 호흡이 나에게로
다, 다, 들어오기를, 바라며.

　……나, 네덜란드라는 나라는 싫어. 암스테르담이 있지만…… 거
기에 있는 물가의 어떤 집에서 그 소녀가 살았지. 안네 프랑크. 나는
그녀를 좋아했어. ……나는 그녀를 이해해. 얼마나 그녀가 살았던 곳
이 어둡고 무서운 곳인지. ……내가 살았던 집하고 닮았어. ……그
돼지 같은 놈은 내 침대에 들어왔고…… ……나에게 들어오며 군인
들이 하는 말로 야볼, 야볼, 야볼, 야볼이라고…… …… …… ……
…… …… …… …… ……나는 암스테르담에 가서 관광객 사이에
서 천천히 걸어다니며 그 집을 보았어. 집 앞에는 물이 흐르고 있었
어. 하얀 백조의 옷을 입고 배들은 물위를 지나갔어. 그 집에서 얼마
쯤 떨어진 곳에는 다이아몬드 전시장이 있다고 했어. 그녀의 집에서
더 멀리 떨어져서는 고흐의 집이 있다고 했어. 나는 다이아몬드도 고
흐의 괴롭고 아름다운 그림들도 다 그녀를 위해 있어야 한다고 생각
했어. 그 집은 작은 이층집이었어. 평범하고 작은 집. 테라스엔 제라
늄이 있고 망사로 짠 레이스 커튼이 있고 또 좁고 가느다란 나무 계단
이 있고. 그 집은 그냥 집이었어. 그냥 집. 나는 한참 동안 그녀의 집
앞에 서 있었어. 그냥 올려다보았어. 들어가보고 싶지는 않았어. 올

려다보는 것만으로 충분했어. 충분했어. 충분했어. ……돌아서 왔어. 천천히 역으로 걸어갔어. 그리고 나는 기차를 탔어. 차창에 기대고 가만히 있었어. 가만히, 내가 지금 어디로 가는 기차를 타고 있는지…… 나는 알고 싶지 않았어. 그녀도 기차를 타고 갔겠지. 그때 그녀가 기차를 타고 그곳으로 갔을 때 나는 그녀가 양말, 양말 말이야, 좀 두툼한 걸로 신고 갔으면 하고…… 안 춥게, 갈 때만이라도.

그놈이 만일 경찰을 불러놓고 나를 기다리고 있거나 그놈이 이미 도망을 가고 없다면.

파델은 고개를 가로저었다.

그놈은 나를 기다리고 있을 거다.

이상한 확신이었다.

그는 자신의 주변을 맴돌던 중년의 사나이를 아주 선명하게 기억하고 있었다. 회색 양복에 붉은 넥타이나 노란 원색의 넥타이, 아니면 흰색이거나. 그는 언제나 원색의 넥타이만을 매고 있어서 어디서나 눈에 띄었다. 모자와 갈색의 지팡이도.

강의실이 있는 휴게실, 대학의 고고학 박물관, 학교 식당의 커피룸, 신문이나 잡지를 보는 곳, 학교 극장.

대학의 고고학 박물관 안에서 그는 그 사나이를 본 적이 있었다. 그날 그는 자료를 찾기 위해 박물관 슬라이드실에서 하루종일 슬라이드와 씨름을 하고 있었다. 슬라이드를 일일이 찾아 확대 형광판에 꽂아 골라내야 하는 일을 하고 있어서 그는 눈이 쓰려왔다. 그는 그날 이백여 장의 슬라이드를 더 들여다보았다. 쐐기문 탁본을 슬라이드로 만

들어놓은 것들은 보통 슬라이드보다 골라내기 더 까다로웠고 연대가
붙어 있어도 그가 찾아야 하는 것들은 어디에 숨어 있는지 좀체 나오
지를 않았다. 점심을 먹고 바로 일을 시작했는데 대충 일을 마쳤다 싶
었을 때는 이미 박물관을 닫는 시간이 다 되어가고 있었다. 그는 슬라
이드통에 다 찾은 자료를 담아 대출 신청을 하기 위해 관리 창구로 갔
다. 관리 창구는 청동기 전시룸 안에 같이 있어서 그는 전시룸 안으로
들어가야 했다. 창구 앞에서 신청서를 적다가 그는 무심코 뒤를 돌아
보았다.

청동기 말 장신구들이 전시되어 있는 유리벽으로는 저녁햇살이 쏟
아지고 있었다. 그 남자는 말머리 가리개 앞에 서 있었다. 녹청이 낀
말머리 가리개 중간쯤엔 벽옥이 박혀 있어서 유리벽에는 푸른빛이 햇
살에 스며들어 어른거렸다. 그 남자는 유리벽을 들여다보고 있다가
파넬을 향해 시선을 돌렸다. 그리고 바라보다가 다시 말머리 가리개
로 천천히 눈을 돌렸다.

그놈은 나를 기다리고 있었다. 잠시 나와 눈이 마주칠 그 순간을.
얼마나 오래 그 자리에서 너를 기다렸는지는 모르지만 그놈은 짧은
그 순간, 한 번 눈이 마주칠 그 순간을 위해 끈질기게 기다리고 있었
던 거다. 그놈과 눈이 마주치는 그 순간, 그 눈길의 얼음 같음. 흐린
눈. 그런데도 파넬은 그날 모골이 송연해졌다. 그 흐린 눈. 그 얼음 같
음. 그는 그날 습격을 당한 것 같았고 하루종일 슬라이드를 보고 있어
서 그랬는지 밤에는 몸살이 왔다.

저만치서 그의 집이 보이기 시작했다. 담쟁이는 어둠에 가려 보이
지 않았고 붉은 외등만 켜져 있는 바깥으로 나온 정원에는 이 겨울에

도 지지 않고 버티고 있어서 차라리 괴물 같은 팬지꽃이 납작 엎드려 있었다. 외등 너머로 솟아오른 지붕은 회당의 종탑처럼 모든 것을 종 소리로 가두어버릴 것 같은 기세로 버티고 있었다.

그는 걸으면서 숨을 멈추었다. 숨이 가빠 더이상 견디기 힘들 때까 지 멈추고 있다가 아주 짧게 내쉬고는 다시 숨을 멈추었다. 머릿속이 멈춘 숨으로 멍멍해져서 텅 비어버리기를 그는 바랐다. 멈추지 않고 정원과 도로를 구획해놓은 낮은 나무 울타리까지 가서 울타리를 뛰 어넘었다. 그리고 현관문이 있는 곳까지 자신을 밀어놓았다. 문 앞에 서 그는 역시 멈추지 않고 우선 손잡이를 비틀어보았다. 손잡이는 스 르르 돌아갔다. 문을 열어놓은 모양이었다. 막상 문이 열려 있자 그는 허탈해졌다. 예상대로였다. 기다리고 있었던 것이다.

문을 열자 현관불이 켜졌다. 그는 멈칫했다. 문을 밀고 안으로 들어 갔지만 사람은 보이지 않았다. 문을 열면 불은 자동적으로 켜지도록 되어 있는 모양이었다.

현관 바로 옆에는 둥글게 말려올라간 계단이 있었다. 일층엔 아무 것도 없고 계단과 계단이 시작되는 공간에 옷걸이와 신발장만이 있 었다. 그리고 옷걸이 뒷벽에는 그림이 한 점 붙어 있었는데 파넬은 그 그림을 잠깐 바라보았다. 폭풍우가 몰아치는 바다에 배가 한 채 뒤틀 리고 있었다. 배는 16세기의 범선이었으므로 그 바다는 16세기의 바 다일 것이었다. 그리고 그 배는 당시에 영국의 바닷가 조선소에서 공 들여 만들어내던 여덟 개의 돛을 가진 상선인 것 같아 보였고 돛은 바 람을 맞서며 나란히 찢어질 듯 부풀어올라 있었다. 하늘은 청회색이 었고 먹장구름이 거대 동물 같은 식욕으로 하늘을 먹고 있었다. 그는 클라우디아가 이 그림을 보면서 이 옷걸이에 옷을 걸곤 했을까를 생각했다. 클라우디아의 가슴에 펼쳐져 있었던 녹색의 안개꽃 무더기가 눈동자로 몰려들어 박혔다.

이리로 올라오시오.

그는 멈칫했다. 면도칼로 귀를 가르는 것 같은 목소리가 위에서 들려왔다.

계단을 세 번 올라오시오.

파넬은 반사적으로 고개를 들었다. '흐린 눈'이 둥글게 말려올라간 삼층 난간에서 그를 내려다보고 있었다. 얼음 같았다. 그는 계단을 올라갔다. 그가 계단을 올라가자 현관불은 스르르 꺼져버렸다.

나는 부엌으로 가서 밥을 해서는 고추장을 넣어 비볐다. 핏빛의 고추장을 부삽으로 흙을 밀어올리듯 퍼서는 이제 막 해서 숨이 꺼지지도 않은 밥에다 넣고 비비고 또 비볐다. 밥알들이 찰기로 서로의 등을 미련하게 밀어붙일 때까지, 맨드라미 닭벼슬 같은 핏빛이 오를 때까지 비비고 또 비볐다. 그리고 밥을 한술 퍼서는 입으로 가져갔다. 혀가 확 달아올랐다. 나는 눈을 꽉 감고 밥알들을 씹었다. 내 혀는 한사코 매운 기를 피해 달아났고 나는 끈질기게 혀를 붙잡아 매운 기에 앉혔다. 입안이 쓰라려왔고 가슴은 불 입은 짚풀처럼 일어나 일렁거렸다. 한 그릇을 비우고 나는 또 밥을 퍼서 고추장을 집어넣었다. 이번에는…… 비비지 못했다. 고추장이 덩그렇게 올라 있는 밥을 멀거니 바라보았다. 고추장은 응고된 혈액같이 밥 위에서 번들거렸다. 구역질이 치밀어올랐다. 개수대로 달려가서 나는 물을 틀어놓고 물소리에 기대어 고개를 박고 있었다. 물소리가 이 헛구역을 걷어가주기를, 물 냄새가 이 헛구역을 걷어가주기를. ……모래도시를 떠나와 나는 어느 길 위에서 오늘, 고추장에 밥을 비비고 있다. 내일, 나는 무엇을 할 수 있을까. 내가 살고 있던 곳을 떠나 다른 곳에서 나는 희망을 구걸하고 있지는 않았는가.

입가를 물로 씻고는 돌아서는데 슈테판이 부엌 입구에서 나를 바라보고 있다. 나는 그를 향해 힘없이 웃어주었다. 슈테판은 두 손을 이마 중간에 모으면서 말했다.

우리가 파델을 보호해야 돼. 우리밖에 없어. 그가 무슨 일을 저지르면 난 죽을 때까지 그를 숨길 거야. 우리집 뒤에 있는 방공호에 숨길 거야.

무슨…… 소리야?……

그가 사라졌어.

……

잘했어. 그가 안 하면 내가 할 거야.

뭘 잘했다고 그렇게 말하는 거야! 넌 그게 뭔 줄은 아니?

살인.

그는 짧고 간단하게 대답했다. 나는 다시 헛구역이 치밀어와 개수대로 몸을 굽혔다. 한참 동안 나는 물 흐르는 소리를 들었다. 귓바퀴로 물이 지나갈 때마다 소름이 돋아들다가 얼마쯤 지나자 아무 감각이 없어졌다. 슈테판이 다가와 수도꼭지를 잠갔다. 나는 가만 그를 내버려두었다. 그는 잠시 내 옆에 서 있다가 곧 물러났다. 나는 몸을 일으켜 수납장에 들어 있는 마른 행주를 꺼내 귓바퀴를 닦아내었다. 마른 행주의 까실한 질감에 부딪혀 귓바퀴의 신경이 우두두 일어났다.

아무도 그 일을 하면 안 돼. 그리고 아무도 그 일을 당하면 안 돼. 그게 지금 내가 할 수 있는 말이야. 내일 딴소리를 하더라도 지금 난 그렇게밖에 말할 수 없어.

그는 두 손을 다시 이마 중간에 모으더니 의자에 앉았다.

그 사람, 얘기를 또 해줄 수 있니? 시간 속에서 실종되어버린 그 남자.

나는 슈테판에게 다가갔다.

그 사람은 내가 만들어놓은 사람이야. 내가 살았던 서른 남짓한 세월이 만들어놓은 사람이라구. 너도 너의 세월로 어떤 사람을 만들 수 있을 거야. 남들이 보면 아무것도 아닌 일이지만 너에겐 그 일이 견딜 수가 없어서 네가 살고 있거나 걷고 있는 길 위에서 주저앉고 싶을 때 네 속에 있는 어떤 사람이 너를 통과해 나와 네 앞에서 이야기를 할 거야. 그건 꿈과 관련된 거지만 결국 꿈은 사는 그곳에서 나오니까. 살아야 할 때, 살아가는 일을 멈출 수 없을 때 그는 올 거야.

나는 나에게 말하고 있었다. 나는 이곳을 떠날 때가 가까워졌다는 생각을 중간중간에 하면서 나는 슈테판을 바라보며 나에게 말하고 있었다. 문득 그가 측은해져서 나는 그의 머리를 쓰다듬어주고 싶었지만 내가 지금 그를 쓰다듬어준다면 그가 또 어느 날 내가 쓰다듬어주던 그날을 마음에 넣고 두고두고 넣어다닐 거라는 생각이 들었다. 나는 그를 쓰다듬어주어서는 안 되었다. 내가 모래도시에 있을 적 '너'가 나에게 보내주던 그 위로는 따뜻한 것이기는 했지만 여기에 사는 나를 얼마나 담담하지 못하게 했던가. 지상에서 누린 모든 따뜻함에

194

는 그 대가가 있는 것. 제 몫의 대가를 치르며 '너'와 나는 혹은 그는 살아야 하는 것이다.

그러나 나는 슈테판을 오래 바라보았다. 나는 그가 정말 ㅁ시를 떠날 거라고 생각했다. 모래도시, 그리고 ㅁ시. 그에겐 ㅁ시가 모래도시였던가.

방공호 따위는 잊어버려. 파델은 방공호가 필요 없어. 그는 아마도 다른 게 필요할 거야.

나는 마음과는 달리 차갑게 그에게 말하고 돌아서서 부엌을 나왔다. 어둠뿐인 복도에 우두커니 서 있었다.

파델이 삼층까지 올라가 계단 바로 옆에 있는 문을 열었을 때 '흐린 눈'은 돌아서서 천체망원경을 보고 있었다.

할로겐등으로 집중 조명을 서가 쪽으로 해놓고 있어서 실내는 어둠침침했다. 책이 들어찬 서재였다. 세 개의 벽에는 책이 가득 꽂혀 있는 책꽂이가 있었고 한 면은 거대한 유리 한 장으로 세워져 있었는데 그 앞에는 천체망원경이 놓여 있었다. 유리벽은 서재 안에 낮고도 어두운 하늘을 동굴처럼 들여놓고 있었다. 천체망원경은 천장으로부터 내려온 수십 개의 둥글고 기다란 알루미늄 막대가 받치고 있어서 받침대도 없이 공중에 매달려 있는 모습이었고 그래서인지 18세기에 만들어진 회전판 위에서 돌아가던 반사망원경을 연상시켰다.

'흐린 눈'은 돌아보지 않고 망원경에 눈을 갖다대고 있었다. 안개 낀 날에 공중에 매달린 천체망원경을 보는 '흐린 눈'의 구부정한 뒷모습은 흡사 전갈자리가 거꾸로 쌍둥이자리로 기어가는 것과 같은 기묘한 느낌을 주고 있었다.

파델은 그와 이야기를 주고받을 생각이 없었다. 기습을 하지 않고 전화를 걸었던 걸 그는 후회했다. 모르는 사이에 해치워버리는 것이 서로를 위해 좋았을 것이었다. 그와 단 몇 마디라도 말을 나누어야 하는 귀찮은 일이 그를 기다리고 있었고 파델은 그 일을 해치워야 했다. 그러나 먼저 입을 뗀 것은 파델이 아니라 '흐린 눈'이었다.

별이 보이지 않아요. 오늘은.

……

당신들 셈족들은 과거를 보고 살지.

……

나는 아무것도 보지 않아요. 별을 보고 있는 게 아니고 그냥 이렇게 시간을 보내고 있는 거요. 다가올 시간을 그냥 기다리며 지금을 보내고 있는 거요. 난 별을 관리하는 거지.

'흐린 눈'이 돌아섰다.

당신이 왜 왔는지 알아요.

손질을 잘한 중년의 얼굴을 '흐린 눈'은 지니고 있었다. 이마를 덮은 머리칼은 가지런했고 턱은 브라운 면도기의 삼중날로 접어 깎은 듯 파르르했다. 그리고 여전히 흐린 눈. 그의 넥타이 색깔과 같이 원색의 노란 실내복 아래로 반듯이 털을 정리해놓은 다리는 길어서 거미를 연상시켰다. 그의 다리를 보면서 파델은 불에 덴 듯 얼굴이 달아올랐다. 클리우디아의 다리도 저렇게 길었다.

'흐린 눈'은 힘없이 걸어가 소파께에 앉았다. 그는 파델을 쳐다보지 않았고 다만 극장 연기를 하는 배우처럼 앉아 서가를 바라보았다. 파델은 그를 똑바로 바라보려고 애를 썼지만 어찌된 셈인지 마음대로 잘되지가 않았다.

난 이곳에 살기엔 적당치 않은 사람이오. 당신이 나에게 뭐라고 할지는 모르지만 나는 클라우디아와 내 관계를 당신이 생각하듯 그렇게 생각하지 않아요. 나는 정당한 거라고 생각해요.

'흐린 눈'이 파델을 바라보았다. 그는 웃고 있었다.

내가 택할 수 있는 유일한 연인은 내 딸이란 말이오.

……

파델은 주머니에 손을 깊숙이 넣었다. 손끝에서 섬뜩한 감각이 지나갔고 그는 어깨를 움찔했다. 칼날에 손끝을 베인 모양이었다. 그는 주머니 속에서 손을 오그렸다.

나는 그애를 이 세상에 데리고 왔어요. 만물을 주관하듯 그애를 창조한 거라는 말이요. 벌주고 상 주는 일을 나는 그애에게 할 수가 있고 그애를 안아 재우고 그애에게 생산을 약속하고 모든 걸 다 할 수 있어요. 당신들이 간섭하지 말기를 바랐지만 세상은 자꾸 나를 간섭했소. 그애도 세상 사람들이 간섭을 하지 않았으면 나에게 순종했을 거요.

토끼는 쓰레기통에 던져졌을까. 토끼는, 밤늦게 길을 건너 어디론가로 가던 토끼는, 땅속에 묻혀졌을까. 그 핏자국만이 그 토끼가 이 세상에 남긴 전부였다. 그 한줌도 안 되는 피가 전부였다. 살점이 남지 않아서 정말 다행이었다. 만일 그 자리에서 살점을 발견했더라면. 아마도 이놈의 구질구질한 이야기를 듣지도 않았을 것이다. 정말 모든 전쟁에는 이유가 있어서 사람들은 죽어나가는가. 어느 날 집이 부

서지고 여인들은 과부가 되고 아이들은 고아가 되는가. 개는 묻히지
못하고 썩어 반으로 잘린 몸으로 버려지는가……

당신은 나를 죽여도 좋소. 시간이 오면 늙은 신들은 죽소. 젊은 신
들이 죽은 늙은 신의 자리를 차지하지. 당신들의 조상들이 만들어낸
신들은 나이가 들어 사람들 손에 죽고 그 자리를 젊은 전쟁신들이 차
지했다지 아마. 난 군인이 되기 전에 목사가 되려고 했었소. 내 아버
지가 자살하고 난 뒤 나는 유복자로 태어났소. 그는 자살하지 않았으
면 전범으로 재판을 받았을 거요. 그는 그러니까 명예롭게 퇴진한 거
요. 나는 이 이야기를 다 할 수 있소. ……그렇게 많은 사람이 죽은
건 유감이지만 대홍수가 나면 사람은 죽게 마련이요. 난, 그의 꿈을
사랑했소. 그가 꾼 꿈을 내가 알고 난 뒤에 나는 목사가 되고 싶었던
걸 미련 없이 포기했지. 군인이 되었소.

'흐린 눈'은 고개를 숙였고 소파 속에 깊이 묻혀갔다.

대홍수를 주관하려고 한 나의 아버지의 꿈을 신뢰하오. 그러나 나
에겐 그런 기회가 없었소. 우리 군은 미군이 접수하고 있었고 작전 지
휘권이나 부대 이동을 명령할 수 있는 모든 권한도 그들이 갖고 있었
소. 내 불행은 내가 전후세대로 태어난 거요.

'흐린 눈'은 더 깊이, 더 깊이 묻혔다. 이제 그를 소파에서 파내려면
발굴 장비가 필요할지도 모를 만큼. 파넬은 그를 더이상 바라보지 않
았다. 그는 발굴 장비를 이곳까지 몰고 와 그를 파내고 싶지 않았다.
그는 이미 자연사한 인간이나 다름없었다. 파넬은 주머니에서 손을
뺐냈다. 그리고 피가 묻어 있는 손가락을 입으로 가져가서 혀로 핥았
다. 모래밭을 뒹굴고 돌아오던 핫산의 냄새였다.

나를 견제하지 마시오. 나는 선량하다고 말할 수도 있는 사람이오. 나는 녹색운동에도 에이즈 퇴치 운동에도 약물중독자들을 위해서도 내가 버는 만큼의 비율로 돈을 기부해왔어요. 내 꿈에 대해서 시비를 걸지 말아요. 이 사회는 내 꿈을 이 지경으로 왜소하게 만들어 나를 고사시켜버렸어요. 나는 방안에서만 꿈꾸는 것을 허용받은 자요. 전후에 태어났기 때문이지. 내 꿈은 파괴되어버렸어요.

그리고 '흐린 눈'은 한숨을 내쉬었다.

파델은 그가 들여다보고 있었던 공중에 매달린 천체망원경을 바라보았다. 원통의 앞과 뒤에 난 커다란 구멍은 할로겐 등불의 빛을 받지 못하고 시커먼 어둠에 빠져 있었다. 그곳으로는 어떤 빛도 들어갈 것 같지가 않았다. 들어간 빛도 튕겨져나와 이 서재에 꽂혀 있는 책 사이사이로 숨어버릴 것 같았다. 파델은 다시 손을 주머니에 집어넣었고 칼을 끄집어냈다. 그의 발 앞에 칼을 집어던졌다. 칼은 바닥에 깔아놓은 양탄자 위로 소리도 없이 떨어졌다. '흐린 눈'은 칼을 물끄러미 바라보았다. '흐린 눈'의 눈은 더 흐려져 파델이 이 나라의 겨울에 경험하던 하늘빛처럼 가물거려갔다. 한참을 물끄러미 칼을 내려다보고 있던 '흐린 눈'은 발끝으로 칼날을 쓸어내리기 시작했다. 이쪽 칼끝에서 손잡이 부분으로 내려오며, 다시 손잡이 부분에서 칼끝으로 올라가며 그의 발동작은 점점 경련을 일으키듯 빨라져갔다. 그는 가쁜 숨을 헉헉거리며 내쉬었고 그러면서도 멈추지 않고 발을 칼날 위에서 꿈지럭거렸다. 그의 발동작은 자폐아들의 꿈적거림처럼 반복으로 스스로를 가두는 것과 흡사했다. 파델은 '흐린 눈'이 스스로 자신을 어디론가 깊이 묻어버리고 있다고 생각했다. 그가 할 수 있는 일은 그것밖에는 없는 것 같았다. 파델은 그를 연민 없이 바라보았다. '흐린 눈'의 몸집은 발동작이 계속되면 계속될수록 작은 원숭이나 다름없이 수축하고 있었다.

클라우디아는 당신에게 돌아가지 않을 거요.

'흐린 눈'은 발을 꿈쩍거리기 시작할 때와 마찬가지로 갑자기 동작을 멈추었다. 동작은 멈추었지만 가쁘게 몰아쉬고 있었던 숨은 멈추지 못하고 '흐린 눈'은 헐떡거리며 파델을 바라보았다.

나는 그 말을 하려고 왔소. 당신을 죽이고 싶지 않아요. 그건…… 아마도, 내가 할 수 있는 일이 아닐 거요.

그의 눈은 역한 냄새가 나는 원망을 담고 있었다. 파델은 축사를 팽개치고 나오듯 돌아서 나왔다. 노여움으로 파델의 어깨에 통증이 와 파델은 어깨를 감싸쥐어야만 했다. 계단 세 개를 내려가서 현관 앞에 섰을 때 다시 자동 장치를 해놓은 불이 켜졌다. 그는 문득 현관 벽을 바라보았고 미리 작정했던 것처럼 그림을 떼어내어 바닥으로 집어던졌다. 그림 액자는 비스듬히 기울어져 바닥에 떨어졌다. 배는 폭풍우 속에서 비틀리며 사선으로 물결 속으로 들어가고 있었다. 어깨로 통증이 또 밀려와 유리 파편들이 피부 속에서 서걱거리고 있는 것 같았다.

계단 위에서 '흐린 눈'의 목소리가 들려왔다. 상처 입은 짐승의 그것처럼 웅얼거리는 신음 같은 목소리였다.

나를 내버려두고 가지 말아요. 나를 어떻게 하고 가시오. 나는 나를 어떻게 할 수가 없어요. 나를 외롭게 팽개치지 말아요. 나를 이대로 내버려두지……

파델은 바깥으로 나왔다. 안개가 훅, 코로 들어왔다. 그는 밭은 숨으로 안개를 콧속에서 몰아내버렸다. 얼마만큼 걸어가다가 뒤를 돌아보았다. 그 집은 오래된 어느 폐허 도시의 무덤처럼 컴컴했다. 저 앞을 다시는 지나가지 않으리라고 그는 결심했다. 그리고 그는 클라우디아를 데리고 이곳을 넘어가서 어딘지 아직은 알 수 없는 저곳으로 가리라고 결심했다. 어디인지…… 알 수 없었다. 그리고 지금은 아무런 생각이 안 떠오르는 편이 나았다.

파델의 또다른 회상

모래바람.

그는 걸어온다.

양옆으로 늘어선 버스들.

그는 걸어오다가 멈춘다.

그리고 뒤돌아본다.

버스 창문이 일제히 열리고 총구가 나온다.

그는 머리를 쥐며 그 자리에 앉는다.

그에게 향하는 수많은 총알들.

가시와 별이 기어가는 들판. 물고기가 말라가는 텅 빈 웅덩이. 꽃들을 먹어치우는 들소들. 모셰의 정원에 피어 있는 히아신스들, 그 하얀 잎사귀 위에 찍힌 바큇자국. 푸른 물결이 뱉어내는 검은 새우들. 원숭이들이 새하얀 햇살 아래 갑자기 늙어가는 오후. 어머니의 부엌에 열린 청동의 딱딱한 포도들.

어머니가 보고 싶다. 나는 내 육신의 어머니가 그립다. 그립다는 말을 하면서 나는 외롭다. 나는 내가 외롭다는 것을 알아야 한다. 나는 외롭다, 나는 외롭다, 몇 번이고 나는 나에게 고백하고 난 후에야 이 기차를 탈 수 있었다. 나는 오랫동안 어머니에게 소식을 전하지 않았다. 나는 그의 장남이므로 장남은 떠돌이어서는 안 된다는 것이 언제나 그녀의 생각이었다.

너는 언제 돌아오냐. ……네가 돌아오면 같이 가볼 곳이 많은데……

바닷가에서 그녀는 태어났고 그녀가 태어난 곳은 하얗고 둥근 지붕이 있는 마을이어서 지중해에서 마을을 바라보면 오래전에 죽은 큰 조개들이 껍질만으로 편안하게 늙어 금방이라도 부서져 가루가 될 것처럼 반짝였다. 그곳은 내 어머니의 조상들이 대로 살았고 내 사촌들이 사는 곳이었다. 하얀 돌멩이가 지천으로 널린 해변, 모닥불에 플라덴빵과 작은 새우들을 구워 먹으며 사촌들이 어른이 되는 곳. 그곳에서 태어난 여자의 가장 큰 복은 늙어 나이가 들어 장남과 장남의 아내와 장남의 아이들을 앞세우고 양을 서너 마리 사서 근친親을 가는 것이었다. 그리고 해변에 서서 늙은 조개껍질과 같은 지붕에서 빛나는 햇빛을 오래오래 바라보는 것이었다. 그리고 그날 밤에 장남이 읽어주는 코란을 밤새워 듣는 일이었다. 그녀는 그런 이야기를 아버지가 죽은 후, 항상 혼잣말로 중얼거리곤 했다. 가장인 나에게 직접 하지는 못하고 그녀는 부엌에서 음식을 하는 저녁이면 혼잣말로 그냥 중얼거리기만 했다. 감자와 닭을 볶으며, 생선에 매운 특제 후추를 치며, 페터질리의 이파리를 썰며, 그 위에 올리브 기름을 끼얹으며 그녀는 그렇게 중얼거렸다. 나는 일을 마치고 돌아와 어머니가 부엌에서 중얼거리는 소리를 들으며 언제나 저녁식사를 기다려야 했다. 그녀의 중얼거림은 주문 같은 것이었는지 그녀가 만든 음식에서는 바닷가 기슭에서 자란 포도로 담근 술냄새 같은 게 났다. 나는 그녀의 음식을 먹으며 조금씩 조금씩 취하곤 했는데 그럴 때마다 나는 어디론가 떠나고 싶었다. 그녀는 내가 떠나지 않기를 바라는 주문을 이 음식에 걸었는지 모르겠지만 나에게는 도리어 역작용을 일으켰다. 나는 그녀에게로부터 멀어지고 싶었다. 과부들이 만든 음식에서 나는 이 술냄새.

이제 막 기차는 어느 역에 도착하는지 서서히 속도를 줄인다. 천천히 정지되는 어떤 시간처럼 기차는 그렇게 멈춘다. 나는 잠을 깬다. 목이 뻐근하다. 어느새 잠이 들었는지 모르겠다.

이 기차를 타기 전까지 나는 꼬박 하루를 잠을 자지 못했다. 짐을 싸고 싼 짐을 기차 편으로 부치고 하느라 꼬박 하루가 다 지나가버린 것이다. 불현듯 짐을 쌌으므로 나는 쫓기는 사람처럼 서두르며 기계가 일을 하듯 움직였다. 짐 싸는 일을 사람이 일을 할 때처럼 그렇게 했더라면 나는 또 주저앉고 말았을 것이다. 나는 볼펜을 들고 해야 하는 일을 번호를 붙여가며 적었고 번호에 적힌 순서대로 그 일을 하나하나 해치웠다. 마지막 책까지 박스에 넣고 끈으로 묶고 내가 가야 하는 그곳의 주소를 적으며, 나는 널브러졌고 한참 후에 일어나 커피를 끓였다. 생강이 없었으므로 커피의 날내가 그대로 나는 쓴 물을 나는 삼켰다. 설탕이 있었으면, 하고 생각했다. 달콤한 알약 같은 설탕알이 몇 개만 있었다면, 나는 이렇게 피곤하지 않으련만. 나는 언제나 설탕이 부족한 인간처럼 마른 얼굴을 하고 오래오래 어디론가 걸어다녔다.

잠깐 든 잠 속에서 보았던 그는 누구일까. 잠 속에서 보았던 얼굴이 잘 잡히지 않는다. 떠오르지 않는다. 나는 고개를 흔든다.

내가 탄 기차 칸에는 나말고도 아이를 안고 탄 사십대 여자가 하나, 그리고 하얀 수도복을 입은 수녀가 하나, 어디 갈 길이 바쁜지 연방 시계를 들여다보고 엉덩이를 의자에 걸치고 반쯤 앉아 있는 중년은 넘어 보이는 남자가 하나. 그리고 빈 의자들. 기차를 타자마자 잠이 들었는지 나는 그들이 언제 나와 동승자가 되었는지 알 수 없다. 기차에 있는 의자들은 어쩐지 불편하다. 기대 있어도 허리를 곧게 펴서 앉아도 불편하다. 떠나는 일은 불편하다. 새 거처를 마련하는 일은 불편하다. 나는 유목하는 인간이 아니다. 그런데 무엇이 끊임없이 나를 유목하게 하는가. 사는 것의 이런저런 이유로? 나는 다시 고개를 흔든다. 그리고 기차가 다시 출발하면 잠시 바람을 쐬러 연결 칸으로 가리라고 생각한다. 위에 올려놓은 가방을 내려 가방 안에 든 물병을 꺼내 물을 한 모금 마신다. 사막을 건너는 사람들이 낙타 등에 물주머니를 싣고 가듯 도시에서 도시로 이동하는 나의 가방 안에도 물병이 들어 있다. 철근으로 만든 낙타를 타고, 마른 사막을 지나듯 낯선 풍경을 지나며, 새로운 정주지定住地를 찾아.

사람들이 기차에서 내리고 또다른 사람들이 타고도 기차는 한참을 멈춰 서 있다.

역이름을 본다. 다시.

나는 이 도시를 알지 못한다. 기차들은 얼마나 수많은 낯선 도시를 지나는지 그리고 또 그 낯선 도시들을 지나 나를 낯선 도시로 데려다 놓을 것인지. 짐을 싸면서도, 기차역으로 짐들을 옮기면서도 짐 보관 증을 마침내 역무원으로부터 받으면서도 나는 내가 다시 공부를 하기 위해 다른 도시로 옮기는 것을 스스로 믿지 못하고 있었다. 공부를 다시 하기로 한 것은 나의 오래된 버릇 탓이기는 하지만 나는 무슨 마음을 먹고 그 낯선 도시에 있는 얼굴을 단 한 번밖에 본 적이 없는 그 교수에게 편지를 했는지. 그리고 막상 그 교수에게서 답신이 왔을 때.

당신의 편지를 잘 받아보았습니다. 아마도.

그 교수는 아마도, 라고 썼다.

아마도 나는 당신을 받아들일 수 있을 것 같습니다. 나에게 와서 당신이 당신의 의견을 좀더 확실하게 개진하고 우리들이 다시 의견을 조정한다면 우리는 좋은 동료가 될 것입니다.

나는 몇 번이고 그 답신을 읽어보았다. 다시 의견을 조정한다면. 다시 의견을 조정한다면. 나는 그의 편지를 내가 그에게 보냈던 서사시 서장을 해독해놓은 노트에 끼워넣었다. 마른 끝물만 나오는 오렌지를 손톱으로 깠다. 칼로 껍질을 벗겨내지 않고 손톱으로 오래오래 오렌지 껍질을 벗겨냈다. 껍질은 잘 벗겨지지 않았다. 손톱 속으로 오렌지

껍질의 작은 돌기들이 들어갔다. 내 손에서 오렌지 냄새가 진하게 났다. 손을 코에다가 오래오래 대고 있었다.

슈테판이 나에게 다녀갔던 그 늦가을부터 나는 서장만을 해독해보리라고 마음먹었다. 그를 배웅하고 들어와 나 혼자 차를 한잔 마셨을 때, 그애가 떠난 자리가 너무나 휑해서 나는 찻잔을 놓고 다시 거리로 나왔었다. 그 거리에서 혼자 남은 내가 할 수 있는 일은 아무것도 없었다. 나는 다시 그애를 보내고 왔던 기차역으로 갔다. 기차역에 한참 동안을 혼자 앉아 있었다. 플랫폼까지 올라가 나는 떠나거나 역을 통과하는 기차들을 바라보았다. 벌써 침대칸이 있는 기차들이 역을 통과하고 있었다. 불빛이 하나도 새어나오지 않는 시커먼 침대칸은 쏜살처럼 내 앞으로 지나갔다. 어느 지점을 통과하면서 하늘로 솟구쳐올라갈 것처럼 입을 다물고 사라지는 기차들. 그리고 다시 그곳을 나와 도심으로 들어왔다. 걸어서 또 내가 간 곳은 도심의 후미진 곳에 있는 대학 도서관. 도서관의 창문으로는 아직 불빛이 새어나왔고 나는 그 불빛이 보이는 쪽 계단에 서 있었다. 그곳은 언제나 불을 켜두는 자료실에서 새어나오는 것이었다. 신문이며 잡지며 학술지들이 마이크로필름에 담겨 새까맣게 엉겨붙어 하얀 형광등 아래 지금은 잠들고 있을 것이었다. 누군가 겨자씨 같은 자신을 확대해 죽은 활자의 세계에서 빼어내주길 기다리며. 그 계단에 서 있었다. 사각거리며 작은 칼로 연필을 깎아보고 싶은 생각, 만년필 뚜껑을 열고 잉크병을 기울여 잉크가 만년필의 몸을 채우는 것을 보고 싶다는 생각, 그리고 클라우디아. 그녀가 이 지상을 떠나고 나는 다시 도서관으로 돌아오고 싶어한다, ……그런 생각에 나는 다시 계단에 주저앉아 있었다. ……집으로 돌아와 나는 오랫동안 이를 닦고 세수를 했다. 물소리를 귀에 넣으며 한참을 한참을 세면대에 머리를 박고 있었다.

슈테판은 내 머리맡에 오래 앉아 있었다. 그애는 내가 깬 줄도 모르고 앉아 있었다. 나는 우두커니 옆모습으로 앉아 있는 그애를 바라보았다. 여위었구나. 그애의 턱선은 가파르고 그애의 코는 메말라 있다. ㅁ시에 있을 때, 나는 슈테판을 부러워한 적이 많았다. 언제나 나는 이곳에서 이방인이었으나 그애는 이방인이 아니었다. 이방인이 주눅들고 언제나 초대받지 않은 손님으로 주춤거리며 마르지 않은 옷을 입고 다니는 것 같은 축축한 모습일 때 이방인이 아닌 자는 그런 이방인을 위로하거나 구박하는 것이다. 그는 위로하는 자에 속했고 내 친구였다. 그러나 나는 위로받는 쪽이 아니라 위로하는 쪽이 되고 싶었다. 언젠가 슈테판은 내 노트를 보며 감탄한 얼굴로 나를 쳐다보았다.

넌 알파벳을 아주 잘 쓰는구나. 연필로 쓰는데도 꼭 펜으로 쓴 것 같아.

나는 그에게서 얼른 노트를 빼앗았다. 나는 몹시 부끄러워 무언가 훔쳐먹다 들킨 사람처럼 얼굴이 붉어졌다.

왜 그러니. 내가 뭘 잘못했니?

그는 멍한 얼굴로 나를 쳐다보았다. 그는 아무것도 잘못한 게 없었다. 그는 노트에 말갛게 떠오른 정돈된 알파벳 글씨체에 감탄한 것뿐이었다. 나의 부끄러움과 당혹, 그리고 야멸침은 나로 말미암은 것이었다. 나는 내 모국어인 아랍어로 글 읽기를 배움과 동시에 프랑스어를 배웠다. 공식적인 자리, 교육받은 사람들이 모이는 점잖은 자리에서 사람들은 프랑스어로 말하는 것을 좋아했다. 내가 쓰는 알파벳은 알파벳권의 변방에서, 알파벳권의 식민지에서 형성된 것이었다.
……나는 자신은 글을 직접 짓지 못하고 남의 글을 평생 베끼며 살아
가는 서기들의 글씨체나 중세 영주나 수도원을 위하여 책을 베끼던
채식사들의 글씨체에 떠오르는 쓸쓸함을 안다. 그들의 글씨체는 숙
달되고 고아했지만 평생 소장訴狀이나 집문서나 법정 문서 따위를 멀
겋게 베껴놓거나 하는 변방인의 아픔 같은 게 묻어 있었다. 나는 내가
쓰는 알파벳에서 언제나 나의 과거를 본다. 그 과거는…… 치명적이
다. 나는 변방에서 와서 더부살이를 하며 여기에서 무언가를 배우고
있었던 것이다.

"이러고 있을 거야?"

그애는 나에게 물었다.

"내가 뭘 할 수 있을까?"

"공부. 그건 너무 분명해."

"왜?"

"넌 그걸 좋아하니까."

"좋아한다구? 내가? 공부를?"

"넌 타고난 문헌학자야."

"난, 여기서는 언제나 손님이야. 심지어 지치기까지 한."

"넌 나보다 잘하잖아. 난 내 나라 말로 공부하는데도 너보다 못하
고."

"넌…… 피해자가 아니라서 잘 몰라……"

"오래전에는 넌…… 가해자였고 내가 피해자였을 거야."

그건 얼마나 오래된 일인가. 나는 피해자인 당대에 태어났다. 사람

은 관념으로 사는 게 아니다. 지나간 역사는 낭만적인 인문주의자에 의해서 얼마든지 다시 쓰이지만 당대의 내 삶을 어느 누구도 다시 쓸 수 없다.

……그러나 나는 수도꼭지를 잠그며 문헌, 문헌학이라고, 오랫동안 입에 올리지 않은 이 낯선 단어를 입으로 넣어 굴려보았다. …… 그리고, ……얼마나 나는 오래 이 지상에 그녀 없이 어슬렁거릴 것인지. 또 어떤 여자를 만나 그 여자를 안고 아이를 낳을 것인지. 나는 그녀 아닌 다른 여자를 만나 내가 아이를 낳을 수도 있다는 것이 괴로웠다. 나는 새로 시작하기가 겁이 났다.

슈테판은 일주일을 내 곁에 머물며 나를 위하여 슈퍼를 다녀왔고 저녁을 준비했고 내가 침대에서 일어나고 난 뒤 우리는 극장엘 가서 팝콘을 먹으며 시답잖은 미국영화 한두 편을 봤고 러시아풍의 주점에 가서 보드카를 털어넣기도 했다. 나는 동양에서 온 그녀에 대해서는 한마디도 하지 않았고 그애도 나에게 그녀에 대하여 한마디도 하지 않았다. 떠날 때 슈테판은 기차 난간에 오래 붙어 서 있었다. 울 것처럼 서 있었고 그러다가 나에게 라이터를 던졌다.

"너는 형이야. 난, 네 동생이야. 네가 나를, 구했어. 기억해라, 그거. 그날, 말이다. 그날."

그리고 기차 문이 닫히고 기차는 떠났고 나는 손을 흔들지도 않고 플랫폼에서 그애를 보내며, 슈테판에게 잘, 정말 잘 지내라, ……라고 중얼거렸다. 그의 라이터. 그와 나의 지포 라이터. 나는 그 라이터를 열어 불을 켜고는 한참을 들여다보았다. 싸한 석유내를 내며 불꽃이 올라왔다. 그애가 지나간 역사를 다시 쓰는 낭만적인 인문주의자

210

가 아니라 발굴장의 막일꾼이 되기를 바라며, 나는 라이터의 불꽃을 들여다보았다. 그리고 그의 사랑에 대해서도 나는 중얼거렸다. 이 지상에 그들은 아직 있으므로, 어쨌든 괜찮다고. 어떻게 완성되든 완성은 완성 아닌가. 몹시 쓰라렸다. 침을 오래 삼켜야 했다.

다시 얼마간의 시간이 흘렀다.

시간은 흐르고 나는 흐르는 시간이 나를 데리고 어디론가로 가는데도 그대로 내버려두었다.

어느 날 아침에 나는 연필을 깎았다. 하나, 둘, 셋. 고르게 심을 세워놓았다. 다 깎아놓은 연필에서는 측백나무 향기가 났다. 흑연의 매캐한 냄새도.

나는 흑연심에다 코를 대고 한참을 있었다. 그 흑연 냄새는 나를 여기까지 끌고 온 냄새였다. 내 여자 냄새보다 그 냄새가 나에게는 오래된 냄새였다.

핫산과 나는 갇혀 있었다.

베이루트 서쪽에 있는 해변 근처의 작은 골목이었다.

우리는 총성을 듣지 않으려고 귀를 막고 골목에 엎드려 있었다. 금방이라도 총성은 우리를 찾아낼 것처럼 가까웠다. 시가전이 벌어지면 숨을 곳을 찾아 도망가는 일에는 이미 이골이 나 있었지만 매번 이런 일이 일어날 때마다 눈을 감고 귀를 막고 엎드리는 것은 상처였다. 살아남기 위해서 몸을 최대한으로 오그리는 것은 환형의 고리를 가진 자벌레나 하는 짓이었다.

형, 저기.

핫산은 골목 중간쯤 있는 낡은 건물 하나를 가리켰다. 나는 핫산이 가리킨 건물을 흘깃 봤다.

여기 있어. 내가 가서 먼저 보고 올게.

나는 엉금거리며 몸을 낮추어 그곳으로 기어갔다.

그날은 매주 한 번 있는, 슈이트와 마로니트 모두 다 여덟 시간 동안 공격을 중지하기로 결정한 일요일 오전이었다. 베이루트 시민들은 모두 그 시간을 이용하여 거리로 나와 일주일치 장을 보았다.

햇빛이 맑은 날이었다. 베이루트 시내에 있는 모든 상점들은 문을 열었고 생필품들이 점점 품귀되어간다는 위기감이 모두를 집안에서 끌어내어 거리를 쏘다니게 했다. 설탕과 밀가루, 쌀과 양젖과 올리브, 쇠고기와 비누 값은 헤아릴 수 없을 만큼 올라갔고 모든 사람들이 항상 여분으로 집안에 저장해놓는 올리브 기름과 식초도 바닥이 나서 베이루트에는 곧 기아가 닥칠 거라는 소문도 또한 사람들을 집 바깥으로 끌어내었다. 시가전이 아침저녁으로 벌어지곤 했지만 그 일요일 오전 동안 사람들은 전쟁을 잠시 잊었다. 아니 잊기로 작정했다. 가장 좋은 하얀빛의 외출복과 터번을 단정히 쓰고 구두를 닦아 신고 사람들은 거리로 나왔다. 그리고 인사를 나누었다. 별일 없으시군요. 네. 정말 좋아 보이는군요.

빵을 실은 수레가 거리로 나오고 마른 곡식을 담은 자루를 시장에 져다 나르고 양 다리를 매단 푸줏간이 자리를 잡고 오렌지와 청포도를 실은 삼륜차도 경적을 울려댔다. 아스파라거스가 햇살 아래 연한 빛으로 흔들거리고 잎사귀가 엄청나게 넓은 근대며 팔뚝만한 청호박이 반짝거리고…… 날이 갈수록 먹을 것은 줄어들고 채소와 고기들은 시들고 검게 변한 질 나쁜 것들이 비싼 값으로 거래되곤 했지만 마지막 먹을 것을 앞에 놓고도 축제를 벌이는 것이 우리였으므로 그날을 우리는 기다리고 기다렸다. 그날은 누구도 주중週中에 죽은 자 이야기를 입에 담지 않았다.

핫산과 나는, ……그때는 텔하람도 우리 곁에 있었다. 비록 아버지는 없었지만. 시간을 되돌려 세울 사람은 이 베이루트 시내에는 없었으므로, 과부인 어머니는 우리 모두를 앞세워 거리로 나왔다. 지금도 생각난다. 그녀의 까만 상복, 그리고 얼굴을 온통 가리고 있었던 검은 망사 두건도. 바람이 불 때마다 두건은 그녀의 입속으로 들어가 그녀는 입으로 두건을 뱉어내고서야 말을 시작할 수 있었으므로 그녀의 말에는 쉬쉬거리는 바람소리가 났다. 얘들아 떨어지지 말고 걸어라.

우리는 시내에 나와 사람이 가장 많이 모여 있는 잡화점으로 갔다. 전쟁 전에는 간단한 생필품만 파는 가게였으나 들리는 소문에 의하면 마로니트군에 있는 동생이 출세를 하고 난 뒤로 가장 많은 밀가루를 저장해놓은 가게로 알려져 있었다. 사람들은 길게 줄을 서 있었다. 어머니는 핫산과 나에게 말했다.

"여기에 자리를 맡고 있어라. 난, 양젖 치즈를 살 수 있는지 알아보러 갔다 올 테니."

어머니는 길 건너편에 있는, 역시 사람들이 길게 줄 서고 있는 가게를 가리켰다. 언뜻 그 가게에서 걸어놓은 소 다리만한 양 다리가 흔들거리고 있는 것이 눈에 들어왔다. 나는 핫산의 손을 꼭 잡았다. 그리고 고개를 끄덕였다. 대신 빨리 와야 해. 그녀도 고개를 끄덕였다. 핫산은 내 손에 꼭 쥐어진 자신의 손을 자꾸 빼내려고 했다.

이상한 일이었다. 우리들의 손, 아직은 아무런 일을 할 수 없었던 아이들 손인 우리들의 손에는 어쩌면 그렇게 땀이 끈끈히도 났는지. 어른들의 손은 세상을 아는 손이므로 땀이 끈끈하게 자신의 어른인 내부로부터 스며나오는 것이겠지만 우리들의 손은?

어머니는 길을 건너갔다. 나는 어머니의 펄럭이는 상복을 바라보았다. 상복은 햇살을 튕겨내며 갈치 비늘 같은 빛을 흩뿌리고 있었다. 어머니는 우리를 돌아보았다. 길을 막 건너며 어머니가 남겨진 핫산과 나를 쳐다보았을 때 기다리고 있었다는 듯 어머니가 서 있는 거리 끝에서 사람들이 뛰기 시작했다. 그리고 연이어 들려오는 총성. 양 다리가 툭 떨어졌다.

피해! 공격이다! 공격이다!

거리는 삽시간에 아수라장으로 무너지기 시작했다. 사람들은 줄을 허물어뜨리며 총성이 나는 곳에서 멀어지기 위하여 뛰었고 도로를 기분좋게 흐느적거리며 매운 차들은 갑자기 거리 양편에서 도로로 밀려오는 사람들을 피하지 못하고 제자리에 선 채 경적을 울려대기 시작했다. 경적 사이로 욕설들이 들려왔다. 나는 어머니를 바라보았다. 어머니는 아직 내 시야를 떠나지 않고 있었다. 나는 어머니에게로 가기 위해 핫산을 끌었다. 핫산은 내 손을 떨치고 어머니가 있는 반대편의 길을 향하여 뛰기 시작했다.

어머니가 사람들에게 밀리더니 내 시야에서 사라져버렸다.

핫산!

나는 뛰어가고 있는 핫산의 머리를 두 손 아름으로 움켜안았다.

가지 마. 가면 죽어. 엄마가 없어졌어. 죽어. 지금 가면 죽어.

핫산이 나에게서 빠져나가려고 발버둥을 쳤다. 나는 있는 힘을 다하여 그를 잡았다. 사람들이 뛰어가며 우리를 밀어내었다. 우리는 길가로 밀려갔고 다시 사람들의 한 떼가 우리를 덮치듯 지나갔고 우리는 그 자리에서 넘어졌고 쓰러진 우리를 사람들은 밟고 지나갔다. 나는 내 몸으로 핫산을 덮었다. 내 머리를 스치던 무수한 발자국 발자국.

다 죽여라!

기습처럼 희미한 너머에서 빛이 머릿속을 투과하듯 누군가의 고함 소리가 나에게 날카롭게 스며왔다. 그 목소리는 나를 일으켜세웠다. 나는 반쯤 어깨만 들고 일어나 핫산을 끼고 건물 벽까지 기어갔다. 벽을 잡고 간신히 일어났다. 핫산이 눈을 허옇게 뜨고 드러누워 있었다. 나는 그를 일으켜세웠다.

살아야 해.

나는 그를 잡았다.

뛰자. 뛸 수 있니?

그는 늘어져 말을 하지 않았다. 나는 그의 뺨을 후려갈겼다. 가자. 가자.

핫산은 울음을 터뜨렸다. 가자, 가자. 나는 우는 그를 잡고는 사람들 사이를 헤집고 들어갔다. 핫산은 울면서 나에게 끌려왔다.

우리는, 그날 운이 좋았다. 그날, 그 불법적인 공격에 의해 사살당한 베이루트 시민의 숫자는 약 백여 명. 거리에 갇힌 채 빠져나오지 못하여 차 안에서만 사십여 명이 죽었다. 그리고.

핫산과 내가 숨어든 곳은 이미 오래전에 폐쇄된 목재소의 지하 작업실이었다. 지하실 계단 입구 문은 바깥으로 나 있었고 널빤지를 가로질러 막아놓았지만 이미 많은 사람들이 그곳을 들락거렸는지 널빤지의 못은 두 손으로 몇 번을 흔들자 금방 떨어져나갔다. 계단을 내려갔다. 계단 끝까지 내려가자 습하고 나무가 썩어가는 냄새가 훅, 끼쳤다. 몸이 기우뚱하는가 했더니 무릎이 꺾이면서 나는 앞으로 넘어졌다. 계단이 끝에 하나 더 남은 것을 보지 못한 탓이었다. 우리는 그렇게 이 지하실까지 왔다. 지하실로 들어와 나는 멀리서 나는 총성을 들으며 핫산을 안고 있었다. 총성도 오래 계속 들으면 정돈된 소음 같은 것. 나는 여기까지는 그 총성이 우리를 쫓지 않을 것이라는 안도감이 들었고 잠이 들었다. 이제 총성이 멎으면 내가 어머니로부터 귀에 못이 박이도록 들은 안전한 길을 따라 집으로 돌아가면 되는 것이다. 나는, 그리고 핫산도 잠이 들었다.

그때도 나는 꿈을 자주 꾸었다. 일어나보면 정확히는 기억할 수 없었지만 이미지로만은 잠이 덜 깬 내 머리맡에 머무는 그런 꿈이었다. 일테면 검고 붉은 것들이 나를 덮친다든지, 검고 붉은 그런 것들은 대개 나무덩굴이나 뱀이었고 감고 감아서는 조르고 숨이 막혀 죽을 것처럼 괴로울 때 나는 검고 붉은 그런 것들로 다시 변하고, 내가 나를 조르고 있었는지 외부에서 나를 조르고 있었는지 분간이 잘 가지 않아서 무서운 그런 꿈. 나는 그 지하실에서도 그런 꿈들을 몇 개 꾸다가 다시 잠이 들곤 했는데 어느 사나운 빛깔들이 나를 덮치는 느낌에

216

소스라쳐 일어났을 때 나는 나를 비추고 있는 작은 빛을 보았다. 촛불이었다.

"일어났니?"

나는 눈을 껌뻑거렸다.

지하실에 누군가 우리말고 다른 사람이 있었다!

"일어났구나."

나는 핫산을 찾았다. 핫산이 없었다. 소름이 후드득, 돋았다.

나를 부른 목소리는 내가 두려워하며 사방을 두리번거리자 촛불을 들어 지하실 어느 한쪽을 비추었다. 그곳에는 침낭이 있었고 핫산이 침낭 안에 담겨 머리만 내어놓고 자고 있는 것이 보였다. 옮겨놓았다.

나는 안도의 한숨을 쉬었다. 촛불이 다시 일렁거리더니 나에게 가까이 다가왔다. 키가 작고 수염을 길게 기른 초로의 사내였다. 나는 놀라서 손으로 얼굴을 가렸다.

"그렇게 하지 않아도 된다."

그는 나에게 다가와 내 손을 잡았다. 나는 더욱 세게 얼굴을 가렸다.

"이놈의 전쟁이 애들을 다 쥐새끼처럼 키운다."

그는 한숨을 쉬었고 촛불의 빛은 나에게서 멀어져갔고 그는 탁자위에 있는 노트를 펼쳤다.

한참을 나는 얼굴을 가리고 있었다. 연필 소리, 사각거리는 연필로 뭔가를 쓰는 소리. 총성은 불발한 산탄처럼 불연속적으로 내 귓바퀴를 갉고 지나갔고 갉힌 귓바퀴에 스며드는 소리, 연필심이 연한 종이결을 긁는 소리.

손을 얼굴에서 떼어낸 것은 핫산의 울음소리를 듣고서였다. 그는 핫산의 울음소리를 듣고 촛불을 하나 더 켰다. 그리고 나에게 그 초를 건네주었다. 나는 초를 들고 핫산에게로 갔다. 핫산은 물을 찾고 있었다. 나는 그를 바라보았다. 물을 달라고 하면 그가 물을 줄 것 같았기에 나는 그를 바라보았는데 아닌 게 아니라 그는 탁자 옆에 세워둔 가방 안에서 수통을 끄집어내었다.

그가 물을 가져와 나에게 건네주었다. 나는 핫산을 세워 물을 먹이고는 그의 등을 도닥거려주었다. 핫산이 칵칵거렸다. 나는 그의 손을 잡아 꾹꾹 누르고 등을 두들겼다. 그러는 나를 그는 바라보고 있었던지 핫산을 다시 눕히고 그의 몸에 침낭을 덮어주고 일어나는 나를 불렀다.

"몇 살이냐? 아버지가 죽은 모양이구나."

나는 그를 노려보았다. 불같은 노여움이 치밀어올랐다. 나는 나에게서 언제나 맡아지곤 하는 가장의 냄새를 그때부터 이미 지니고 있었는지 그는 내가 아비 잃은 자식이라는 것을 알아보았고 나는 치부를 들킨 사람처럼 노여웠다. 그는 용하게도 다 알아보았다.

"그럴 것 없다. 나는 아들을 잃었으니까. 너만큼은 아니겠지만 나도 잃을 건 잃어버렸다. 여기서 나는 좀 오래 숨어 있었다. 언제까지 가능할지는 모르지만."

그의 표정 위로 술렁거리는 그림자가 지나갔다. 나는 그의 부드러운 말에 잠시 어쩔해졌다. 얼마나 오랜만에 들어보는 어른의 부드러운 음성이었던지. 그리고 그에게는 부드러움 이상의 무엇이 있었는데 나는 오래오래 그가 가지고 있던 부드러움 이상의 것이 무엇인지 궁금했다. 지금 생각해보면 그건 아마도 책 읽은 자의 침착한 힘이 아니었나 싶다. 어쨌든 그의 말은 나를 누그러뜨렸다. 잃은 것이 있다고 말하는 그의 말은 나도 너와 같은 편이라고 말하는 것과 같았다. 그런 전언은 내 고향 베이루트에서는 귀한 말이었다.

그제야 나는 그를, 그리고 그 지하실 안을 살펴보았다. 지하실에는 반쯤은 썩어가는 각목이 여기저기 흩어져 있었으며 원래는 대팻밥이라고 짐작되는 무더기들이 고여드는 물에 꺼멓게 썩어 있었다. 그의 침낭이 있는 자리는 각목을 여러 개 걸쳐놓아 물기는 겨우 피했지만 지하실은 이미 습기로 썩어가는 중이었다. 그가 앉아 있는 곳에는 판자로 만든 간이 탁자와 의자가 있었고 탁자 위에는 책이 서너 권 놓여 있었고 노트가 한 권 펼쳐져 있었고 그 위에는 연필들이 두서너 개 구르고 있었다. 대팻밥처럼 흐트러져 있는 연필을 깎은 여린 연필밥도. 그리고 접시와 먹다 남은 플라덴빵과 종이에 두르르 말려져 있는 사각의 양젖 치즈. 나는 양젖 치즈를 보자 어머니가 생각났다. 그녀와 누이는 그 수라장을 벗어났을까, 그리고 벗어나지 못했다면.

그는 수건으로 이마를 닦았다.

"들어와보니 여기에 너희들이 먼저 와 있더구나. 그럴 거라고 생각은 했다. 오늘은 너희 아니라도 누군가 여기까지 떠밀려올 거라고 생각은 했다. 피곤한 날이다. 오늘은. 사람들이 많이 죽었을 것이다."

"어머니와 동생이 있었어요."

그는 수건을 나에게 던졌다.

"얼굴을 닦아라. 피를 흘렸구나, 너도. 그리고 걱정 마라. 다 가는 길이 다르다. 당분간 더 같이 있을 수 있는 거라면 그들도 살았을 거다. 그렇지 않다고 해도 하는 수 없다. 하는 수 없다. 지금은 얼굴을 닦는 것만이 네가 할 수 있는 일이다."

나는 수건을 꼭 쥐고 가만히 있었다. 나는 그의 말을 듣고 부끄럽게 도 울었다. 그는 헛기침을 했다. 흠, 흠,

"나는 후신이다. 너는 이름이 뭐냐?"

나는 대답하지 않았고 울었다. 다시는 어머니마저 만나지 못할 것 같았다. 베이루트 거리에 그렇게 많은 전쟁고아 중의 하나로 슈이트 의 어머니들이 운영하는 급식소 근처를 기웃거리는. 고아들은 휴지처 럼 많았고 휴지처럼 더러웠다. 죽은 사람들의 시체를 실어나르는 트 럭을 돌아다니며 팔뚝 바람을 부는 것도 고아들이었고 긴 장대를 들 고 다니며 사람을 임시로 화장한 도시 외곽의 화장터를 들쑤시며 다 니는 것도 그들이었다. 무너진 건물 옆에서 죽은 쥐를 가지고 노는 것 도 그들이었고 마로니트 군인들이 트럭에 태워 집단수용소로 보내곤 하던 아이들도 그들이었다. 그는 또 헛기침을 했다. 흠, 흠,

"전쟁이고 뭐고 간에 아이들은 아이답게 우는구나. 그건 좋은 일이 다. 난, 아이한테 어떻게 해주어야 할지를 몰라서. 내가 너에게 말을 너무 막한 모양이구나. 하지만 그건 그런 거다. 울어도 하는 수 없다. 그건 그렇고 네 이름은 뭐냐?"

나는 파델이라고 대답했다.

그는 파델, 파델, 하고 내 이름을 입안에서 우물거렸다. 그리고 노 트를 한 장 뜯어내더니 연필로 뭔가를 적었다. 잠시 후 그는 내 앞으 로 그걸 가지고 왔다.

"봐라, 이게 네 이름이다."

나는 그날 쐐기문자라는 것을 처음 보았다. 아주 작은 삼각형이 있었고 그 삼각형의 한쪽 선이 길게 나와 있는 작은 이물질들이 몇 개 잇닿아 있는 모양을 그 글자는 가지고 있었다. 나는 처음 그걸 본 그날 이후로 십여 년이 지나서야 그 글자를 얼마간 해독할 수 있게 되었다. 우스운 이야기일 것이다. 한 고대문자와의 대면을 이렇게 똑똑히 기억하고 있는 것은. 글자란 살아 있을 때만이 글자가 아닌가. 죽은 글자 앞에서 이렇게 열광했던 나는 그 열광 이후로 열망을 가지게 되었다. 죽은 글자를 해독해내어 세월 속에 버려진 그 글자를 의미의 세계로 불러내고 싶다는 열망. 그 열망은 나의 것이었지만 그의 것이기도 했다. 그는, 그러니까 후신 선생은 어눌한 사람이었다. 그의 열망은 어눌한 자의 열망이었으므로 여기까지 나를 뒤쫓아왔다.

나는 그 글자를 바라보았다.

"이건 '꽈'로 읽힌다. 수메르 글자다. 수메르어로는 '델'이라는 음을 찾아내기 힘들어서 나는 너의 이름 '델'은 셈 언어인 아카드어로 적었다. 아카드인들은 수메르인들을 몰아내고 그 땅에 자신들의 정권을 만들었지만 그들은 글자만은 수메르인들 거를 빌려 썼다. 이게 아카드인들이 수메르 글자를 빌려 쓴 '델'이다. 이 글자로 함무라비법전이 쓰여졌다. 넌 함무라비법전을 아니?"

나는 함무라비라는 말을 세상에 태어나 처음 들어보았기도 했지만 내가 함무라비를 알고 있었다고 하더라도 나는 안다고 말하지 않았을 것이다. 나는 글자를 바라보고 있었지만 사실 그에게 정신을 더 빼앗기고 있었다. 그는 나를 아이라고 불렀지만 그가 나에게 하는 말은 아이를 상대로 하는 말이 아니었다. 나는 그가 나에게 그 말을 할 때 몹시 신이 나 있다는 것을 알았다. 그는 오래 이런 이야기를 누구와 나누어본 적이 없었던 것 같았다. 나는 그 글자에 가까이 다가갔다. 그가 이 글자를 썼는지 아니면 흉내를 내어 그렸는지 알 수 없었지만 그 글자는 내 모국어인 아랍어도 아니었고 내가 학교에서 배운 적이 있는 알파벳도 아니었다.

"몰라도 된다. 그런 건. 뭐, 글자가 있었으니까 적어놓았겠지. 그런 법전은 지금 우리가 이렇게 가까이 듣고 있는 총소리 같은 거니까."

총소리 같은 거? 뭐가, 글자로 적어놓은 법전이라는 게? 나는 멍해졌다.

"아무튼 중요한 건 말이다. ……넌, 내 말을 알아듣겠니?"

그는 나를 빤히 쳐다보았다.

"내 아들은 너보다 나이가 많았는데……"

그는 서성거리기 시작했다. 손을 부비며 무릎에다 집어넣고 서 있다가 다시 손을 빼어내어 얼굴을 쓰다듬다가, 개자식들, 이라고 하다가, 다시 나를 보았다.

"끌려갔어, 한밤중에. 난 근데 내 아들을 끌고 간 사람들이 누구인지 모른다. 슈이트인지, 아니면 마로니트인지, 아니면 또다른 사람들인지."

갑자기 이곳이 안전한 곳으로 여겨지지 않았다. 이상한 위험이 갑자기 덮치는 오싹한 느낌.

이 기차는 달리고 달린다. 기차 밖의 풍경은 여전히 낯설다. 잘 정돈된 들판들. 뾰족지붕의 농가들. 구름처럼 몰려 풀을 뜯는 자욱한 양떼들. 가끔 가끔 길을 지나가는 사람들. 내가 가는 곳은 옛 동독 지역. 그곳은 또 얼마만큼 낯설 것인지. 내가 있었던 어떤 도시들보다 그곳은 축축한 색깔을 가지고 있을 것이다. 나는 싫다. 나는 그런 곳에 너무나 오래 나를 버려두고 있었다. 아니다. 나 혼자 나를 그렇게 버려두지 않았다. 누군가 힘을 합쳐 나를 그런 곳에 버려두었다.

그는 한참을 서성이다가 다시 나에게로 돌아왔다.

"이 글자는 아주 오래전에 만들어졌다. 지금으로부터 오천 년 전, 아니 그보다 더 오래전. 잘 알 수는 없다. 어쨌든 만들어졌다. 그리고 대략 말이다. 삼사천 년 동안 이 글자를 사람들은 사용했다. 너는 삼천 년이라는 세월이 무슨 뜻인지를 아니? 그 세월을 사는 사람은 아무도 없다. 사람의 힘으로는 상상할 수 없는 세월이다."

총소리가 간간이 들려왔다. 나는 그럴 때마다 어깨를 움찔거렸다.

"너에게 이런 글로 쓰여진 탁본을 몇 개 보여주마."

내가 고개를 가로저은 건 그가 책을 가져오기 위해 몸을 막 돌렸을 때였다.

"나중에요. 나중에요."

그는 그 자리에 멈추어 섰다. 나는 보고 싶지 않았다. 총성이 간간이 들리는 이곳을 빠져나가서 얼른 어머니를 만나고 싶었다. 그리고 짠살구 같은 요기. 나는 바지를 금방이라도 거두고 그 자리에서 오줌을 누고 싶은 것을 간신히 참고 있었다.

그는 나에게 등을 돌리고 선 채로 말이 없었다. 나는 그의 침묵에 덜컥 겁이 났다.

"나중에, 나중에요, 나중에, 나중에요."

그는 의자에 털썩 앉았다. 고개를 수그리고 한참을 앉아 있었다. 촛불에 그의 그림자가 일렁거렸다. 그는 피곤하고 외로워 보였고 나는 드디어 참지 못하고 오줌을 누고 말았다. 바지에 뜨뜻한 물기가 느껴지면서 요의가 내 몸을 빠져나가자 나에게는 까닭없는 설움 같은 게 밀려왔다. 공포에 대한 설움이어서 나는…… 나를 말릴 수가 없었다. 나는 훌쩍거리기 시작했다. 그가 다시 나에게로 왔다. 나는 다리를 모아 세워 그에게 오줌을 누었다는 것을 들키지 않으려고 애를 썼다. 그러나 그는 금방 알아보았다.

"일어나라."

나는 꼼짝을 하지 않았다.

"전쟁중이다. 괜찮다. 사내들은 더러 이러기도 한다. 그리고 내가 너를, 놀래켰다면…… 하는 수 없지. 난 시간이 없어서……"

그는 나를 일으켜 바지를 벗기고는 그의 수건으로 내 다리를 닦아주었다. 나는 눈을 꼭 감았다. 부끄러웠지만 치욕스럽지는 않았다. 이상한 일이었다. 수건으로 다리를 닦으며 그는 혼잣말로 뭔가 중얼거렸다. 그는 내 다리에 그의 볼을 갖다대었다.

"우리가 여기서 만나지 않았더라면 나는 다른 얘기를 너에게 했을 텐데. 사는 얘기를 했을 텐데. 사는 이야기를 했을 텐데……"

나는 그의 어깨를 붙잡아 일으켜주고 싶은 것을 간신히 누르고 있었다. 그의 볼은 내 아버지의 거칠고 마른 살갗을 그대로 닮아 있었다. 셈족 남자들이 어른이 되면 지니는 잘바이 향과 고약 담배가 섞여 있는 아득한 체취를 그도 그대로 가지고 있었다. ……전쟁이 아니었더라면 그도 나의 아버지도 그 체취를 터번 가득히 싣고 다니며 베이루트 노천 카페에 앉아 생강커피를 마시며 늙어갈 것이었다. 나는 고개를 숙여 그의 머리칼 회오리를 마냥 들여다보았다.

핫산이 저만큼에서 나를 보고 있었다. 언제 깨어났는지 알 수 없는 노릇이었다. 나는 그를 밀치고 얼른 바지를 올리며 핫산을 사납게 노려보았다. 그는 아랑곳없이 침낭 속에서 엉금엉금 기어나오더니 탁자로 가서는 종이에 둘둘 말려 있는 치즈를 꺼냈다. 그리고 플라덴빵을 손으로 뜯어 치즈를 그 속에 끼워넣어 먹기 시작했다.

"이게 뭐야?"

핫산은 우리를 바라보았다.

그는 볼을 내 다리에서 떼어냈고 핫산에게 다가가 핫산이 들고 있는 책을 빼앗아 거꾸로 해서 핫산에게 되돌려주었다.

"거꾸로 들었다. 이렇게 보면 된다."

그는 핫산이 그 책을 읽을 수 있기라도 하듯 촛불을 가까이 가져다 비춰주었다.

"잘 보이니?"

핫산은 빵을 우적거리며 얼굴을 책에다 갖다대었다.

"그 탁본은 니니붸라는 고대도시의 폐허에서 발견된 어느 왕의 도서관에서 나온 것이다. 아수르바니팔, 이라고 하는 왕인데…… 뭐 그렇게까지 자세히 알 필요는 없다. 아무튼 이 탁본에 있는 내용은 이야기다. 그런데 시로 쓰였다. 길가메시라는 영웅이며 우룩의 왕에 대한 이야기다. 이 글자 보이지. 이 글자는 처음엔 사람을 눕혀놓은 모양이었다. 그래서 사람을 뜻하는 글자인데 다시 봐라, 모자 같은 게 보이지. 이게 왕관 모양이다. 그러니까, 누워 있는 사람한테 왕관을 쓰게 한 거다. 그리고 이 글자의 뜻을 왕으로 만들었지. 알아보겠느냐? 이 노트는 내가 그 이야기를 조금 옮겨놓은 거다. 난 서툴다, 아직은."

나는 촛불 아래에 있는 그들을 보았다. 핫산은 빵을 우적거리며 책에 그리고 노트에 얼굴을 바짝 붙이고 있었고 그는 탁본을 짚어내리며 핫산에게 뭔가를 설명하고 있었다.

알 수 없는 일. 나는 그때 핫산에게 불같은 질투심을 느끼고 있었다. 바지는 축축했고 나는 웬일인지 문밖에 버려진 것처럼 쓸쓸했고 멀리서 그리고 가까이에서, 타, 당, 거리는 소리, 그 시간에도 누군가 사살되는 그 소리.

나는 지금도 그때 그가 핫산에게 한 말을 핫산은 이해하고 있었는지 궁금하다.

나는 그 녀석에게 우리가 나이가 들었을 때 물어보기도 했지만 그 녀석은 그런 건 중요하지 않은 거라고 내 말을 간단히 일축했다. 중요한 건 그럼 뭔가? 그는 내 말에 웃었고 자신은 모래바람 속에서 태어났다고 했다. 그때 그 선생이 보여준 건 모래바람 속에서 태어난 『아라비안나이트』와 비슷한 거 아니냐고, 그걸 이해라는 방식을 통해서 받아들여야만 하는가, 라고 말했고 나는 뜨악해져서 핫산을 바라보았다. 이해는 공부하는 사람들이 하는 거라고 그는 덧붙였다. 그리고 그건 형이 하라고 말했다. 나는 언젠가 그 이야기의 독일어 번역본을 읽었는데, 과연, 길가메시라는 고대의 이야기 속에 나오는 주인공을 나는 너무나 쉽게 알 수 있었다. 그는 계절마다 범람하는 강이 만들어낸 사람이었다. 그는 인간이 유한하다는 것을 일찍이 알아온 고대인의 절망이 만들어낸 사람이었다. 내가 태어난 당시의 베이루트에 그가 다시 태어난다고 해도 전혀 이상할 게 없었다. 그가 친구인 엔키두를 잃어버리고 난 뒤 인간은 왜 유한해야만 하냐고 신들에게 물었을 때. 그때. 그, 때가 지금의 베이루트라고 해도, 이 기차 안의 나, 자신이라고 해도 하등 이상할 게 없는 노릇이었다.

총성이 가까이에서 울리고 있다는 것을 알게 된 것은 그가 들고 있던 책을 떨어뜨리고 난 뒤 책을 주울 생각을 하지 않고 땅바닥만 바라보고 있을 때였다. 묘한 침묵이 흘렀다. 그리고 그 사이를 뚫고 들어오는 총소리.

그는 책을 천천히 주워 탁자 위에 올려놓았다. 나는 핫산을 불렀다. 이리 와. 핫산은 나를 노려보았다. 고개를 살래살래 흔들었다. 이리 오라니까. 나는 위험이 가까이 다가오고 있는 양 애가 타서 그애를 불렀다.

"놔둬라. 시간이 되면 내가 보낸다. 그애는 아나보다. 나를 아주 조금밖에 만나지 못한다는 것을. 이상한 일이지만 저 녀석은 늙은이 같구나. 어찌 알았을꼬."

무엇을? 나는 핫산을 바라보았다. 그 녀석은 다시 천연덕스럽게 책에다 눈을 주고 있었다.

나는 그 이후로 그녀석이 그렇게 책을 열심히 들여다보는 것을 보지 못했다. 그때 혼자 나는 이런 생각을 했다. 그 녀석이 공부를 하고 나는 열쇠 수리공이나 할 것이라고. 가장은 그런 거라고, 열쇠 수리공으로 사는 거라고. 그것이 나를 쓸쓸하게 했다. 가장은 삶을 선택할 수가 없다. 가장은 가장이다. 그런데 나는 열쇠 수리공의 형이 되었다. 열쇠 수리공의 형은 지금 선생을 찾아 기차를 타고 다른 낯선 도시로 가고 있다. 그리고…… 또하나, 나의 이율배반. 아마도 나는 그런 고문헌 따위가 전쟁이라는 괴물에 시달리는 나를, 혹은 우리를 구해주지 못한다고 생각했던 것 같다. 그러나 현세에는 아무짝에도 쓸모없는 것들은 얼마나 매력적인가. 아무데도 쓰일 곳이 없는데도 이 세상에 있는 것들은, 쓸모 있는 것만 살아남는 이 세계를 얼마나 강력하게 저항하고 있는가. 나는 그런 매력 앞에서 또한 당황하고 있었던 것이다. 그런데 더 알 수 없는 일.

다시 총성이, 그리고 발자국 소리도 후드득. 지하실의 문짝이 사납게 흔들거리는 소리.

그가 내 앞으로 왔다. 그는 나와 똑같이 키를 낮추었다.

"넌 나를 기억할 거다. 전쟁은 사람의 후각을 예민하게 만든단다. 그래서 나는 알아보았지. 난 시간이 없으니까 이렇게 빨리 말하마. 넌 다 알아들을 수 있을 거다. 너는 저 글자를 잊지 않을 거다. 왜냐하면, 넌, 넌, 말이다. 너를 알고 싶을 거다. 너를 말이다. 배울 때 천천히 배워라. 서두르지 말고, 천천히 하나하나. 소리내서 읽어가며, 천천히 천천히. 저 고대문자는 말이다. 네 고향에서 나온 거긴 하지만 그걸 배우면서 넌 결국 알게 될 거다. 저 문자는 인간의 시간이 만든 것이지 누가, 특별한 어느 공동체에 속한 사람이 만든 것이 아니라는 것을. 공동체는 아무것도 아니다. 네 고향이라고 특별한 건 아니다. 다, 다, 쓸려간다. 다, 다, 해체된다. 그리고 저런 문서 쪼가리 몇 개가 남는 거다. 넌, 알게 될 거다. 인간이 공동체에 속해 있는 한 말이다. 전쟁이다. 베이루트는 그렇다. 넌 상상할 수 있겠니, 인간의 세월에서, 지금에서 말이다, 삼천 년이 다시 흘러간다면 뭐가 남겠는지. 그 세월은 사람이 상상해낼 수 없는 세월이다. 알았니? 그때도 사람들은 이 문자를 쓰면서 전쟁을 했다. 전쟁을 했다. 애야, 천천히 해라. 그리고 가능하다면 말이다. 애야, 어디에도 편들지 않는 중립지대를 네 마음 어느 한켠에 남겨놓을 수 있겠니? 천천히 하다보면 하다보면, 우리들이 그런 거 하나 만들 수 있지 않겠니? 제발 말이다.”

그리고 이 기차에 앉아서도 선명하게 기억하는 것들. 그가 나에게 한 말은 나의 기억과 더불어 얼마만큼 윤색되고 탈골하고 어쩌면 아귀가 사나운 흉측한 뼈를 더 붙여놓은 것이겠지만 그와 헤어지던 그때의 기억은 선명하다.

가라. 가서 살아라.

가슴이 철렁 내려앉았다.

그러나 그것뿐이었다.

핫산과 나를 그는 끌다시피 지하실의 썩어가는 각목 뒤로 감추었다. 핫산의 손에서 책이 떨어졌다. 핫산이 그에게 매달렸다. 두 눈을 부릅 뜨고 그는 핫산을 떼어놓았다. 그리고 알라, 알라, 라고 했다. 우리는 영문도 모르는 채 그에게 잡혀가 각목 뒤에 처박히고 뭐라 하기도 전에 그는 썩어가는 톱밥을 가슴으로 퍼 담아 우리에게 뿌렸다. 우리가 오래된 이끼 위에 죽은 고양이가 썩어가는 냄새와 흡사한 썩은 톱밥 세례를 받으며 얼굴을 가리고 있을 때, 그는 지하실을 걸어나갔다.

기차는 굴로 들어가고 어둠이 정지된 기억을 먹어버리고 나는 아무것도 보이지 않는 차창에 나를 비춘다. 아무것도 보이지 않는다.

지금도 내 기억에 혹은 내 심장에 박히는 그 소리.

나는 선명한 총소리를 듣는다. 내 얼굴까지 솟구쳐오르는 피.

클라우디아!

'흐린 눈'은 클라우디아를 부르며 기숙사의 현관문을 지팡이로 때린다. 클라우디아, 클라우디아! 그는 비를 맞으며 문에 매달려 있다. 문에 매달려 있다.

"그가…… 왔어…… 그가…… 나……를…… 잡아가기 위해…… 왔어……"

클라우디아는 침대 밑으로 기어들어간다. 클라우디아는 오들오들 떨며 팔로 그녀의 긴 다리를 거미처럼 감는다. 그녀의 팔 안에서 그녀의 다리는 자꾸 빠져나간다.

괜찮아, 다, 다, 괜찮아.

햇살이다. 굴을 빠져나간 기차는 햇살을 한껏 받는 모양이다. 차창에 햇살은 부서진다. 가볍고 경쾌하게 부서진다. 나는 창을 연다. 바람, 들판을 지나며 햇살은 감자 잎이 수수거리는 냄새를 기차 안에 부려놓고 간다. 멀리멀리 크고 부드러운 젖을 가진 소들이 누워 있는 들판, 들판을 날아오르는 상쾌한 새떼들. 다시 기차는 지나간다. 푸르고 긴 나무들, 구불구불한 작은 강, 나무다리, 나무다리를 지키는 서 있는 석고 마리아, 석고 마리아. 그때, 다, 다, 괜찮아서 우리들이 더 상하지 않았더라면……

나는 문을 잠갔고 창문을 닫고는 커튼을 쳤다.
"나와, 클라우디아. 방안에 아무도 못 들어올 거야."
클라우디아는 아무 말을 하지 않았다. 나는 침대 위에 걸터앉았다. 바깥에서는 그가 클라우디아를 부르는 소리가 계속 들려오고 있었다. 어디선가 또 헬리콥터가 날아가는 소리가 낮게 낮게, 날카로운 초인종소리.
나는 그 전날 그를 그대로 놔두고 온 것을 후회했다. 만일 그가 저 문을 열고 이곳으로 들어온다면 나는 그를 해치워버릴 거라고 결심했다. 자, 이제 어떻게 하고 이 방에 앉아 있을까. 나는 클라우디아를 부르지 않았다. 그녀는 나오지 않을 것이었다. 그녀를 부르는 저 소리가 있는 한 그녀는 침대 밑에서 나오지 않을 것이다. 나는 내 다리를 침대 위에 올렸다. 그녀가 내 다리를 본다면 무슨 완강한 감옥의 철문처럼 여길지도 모르는 일. 누웠다. 그리고 다시 일어나 바닥으로 내려가 바닥에 드러누웠다.

"저 소리는 널 부르는 소리가 아냐, 이 바보야. 저 소린, 동굴 속의 메아리 같은 거야. 저가 저를 부르는 소리야. 메아리는 무섭지 않은 거야. 진짜 무서운 건, 이 바보야, 내가 널 부르는 소리야. 왜냐하면 난 널 사랑하거든. 사랑하는 그 누군가가 부르는 소리가 제일 무서운 거야. 내가 널 두고 달아나면 어떡해. 넌 어디서 나를 찾을래."

나는 그녀를 보지 않고 천장을 보며 천천히 말했다. 천천히, 천천히, 그녀가 너무 천천히 하는 내 말에 신경을 쓰느라 저 소리를 못 듣도록 하고 싶었다.

"어떤 남자가 있었어. 그 남자는 뭐하는 사람이었느냐, 하면, 고대를 사랑하는 사람이었어."

아직도 그는 아직도 날카로운 초인종을 울리며 클라우디아를 부르고 있었고 나는 아주 천천히 아주 천천히 말을 이었다.

"열 살 때 그의 마을에 페스트가 돌았어. 그리고 그가 사랑하던 식구들은 모두 페스트에 죽고 말았지. 그도 겨우 살아났어. 그때 그는 결심했대. 이 지상에서 사랑하는 사람을 잃어버리는 것은 이렇게 무서운 일이구나. 다시는 사랑하는 사람을 만들지 말아야지, 라고. 그리고 그는 정말, 다시는 사랑하는 사람을 만들지 않았대. 그리고 일생 동안 뭘 했는지 알아? 그가 사랑한 고대가 있었던 지역을 돌아다녔대. 낮에는 돌아다니고 밤에는 여관엘 갔겠지. 그리고 그 여관의 등잔불에 기대서 자기가 낮에 듣고 보고 한 것을 썼대. 그 여관의 빛에 의지해서 말야. 난, 그렇게 되고 싶지는 않아. 난, 이 지상에 사랑하는 사람들을 만들 거야. 많이는 아니고 아주 조금. 저녁식사를 따뜻하게 할 수 있을 만큼만. 그리고. 연필을 깎고, 천천히 천천히 배운 것을 소

리내서 읽으면서 적을 거야. 따뜻한, 그 기에 의지해서. 따뜻한 거에
는 빛이 나거든. 빛이 정말 나거든. 천천히 천천히, 읽고 쓰고 또 읽고
쓰고. 그리고 침대에 가기 전에는 이를 닦고, 따뜻한 물로 목욕을 하
고, 마른, 아주 잘 마른 수건으로 몸을 닦고, 난, 어릴 때 집안에 따뜻
한 물이 언제나 나오는 욕조가 있는 목욕탕이 있었으면 했거든. 그렇
다면 얼마나 나는 좋을까, 그랬거든. 그리고, 또 말야. 나는…… 어머
니 사진이 걸려 있는 책이 있는 방도…… 그리고, 그리고 과일 가득
담겨 있는 바구니가 놓인 식탁……도…… 난 이런 거는 가져도 된다
고, 이건 욕심이 아니고 그냥 가질 수 있는 거라고. 난, 당신이 있으니
까, 이제 그런 거 가질 수 있겠다고, 돈을 조금 모아서 비행기표를 사
서 어머니에게 부쳐드리면 그녀는 우리에게 와서 우리를 볼 수 있을
거라고. 나는 이제 읽고 쓰고 그러면 된다고.˝

　나에게는 그런 꿈이 있었다. 이 지상에서 나는 가정이라는 것을 한
번 가져봐도 좋을 거라고, 아이를 아주 많이 낳고 살고 싶은 꿈이 있
었다. 여기에 살든, 아니면 어머니에게로 가서 살든, 그런 건 중요하
지 않았다. 나에게 중요한 것은 내 것, 이라는 것을 가져보는 일이었
다. 나는 외롭게 이 지상을 걸어다닐 생각이 없었다. 그 남자처럼, 여
관의 불빛에 의지해서 뭔가를 끄적일 생각이 없었다. 클라우디아는
침대 밑에서 기어나와 내 옆에 누웠고 나는 그녀를 안아주었다. 그녀
의 부드러운 머리칼에 입을 맞추며, 나는 저 소리가 그치고 그가 돌아
가면 그녀를 데리고 어디론가 가리라고 생각했다. 그녀가 이런 더러
운 것 앞에서 더이상 공포를 느끼지 않아도 되는 그런 곳. 그런 곳. 내

가 타고 있는 기차는 지금 나를 어디로 데려가는가. 나는 그곳에서 아마도, 한참을 쓸쓸하게 걸어다니리라. 그녀는 없고 나는 혼자 남아 있으므로. 그녀와 나의 미래는 이런 것, 이런 것이었는가. 이런 미래라면, 난, 미래로 가는 것이 두렵다. 이 기차가 나를 데려다놓을 그곳에서 나는 내 최근의 꿈처럼, 그런 움직이는 그림이 되지는 않을까, 그리고,

날카로운 초인종소리와 '흐린 눈'의 목소리는 계속 들려왔지만 나도 클라우디아도 움직이지 않고 가만히 있었다. 가만히 가만히 따뜻한 빛으로 가는 사람들처럼 그렇게 움직이지 않고 있었다.

우리들의 모래도시

나는 고개를 수그리고 창 쪽으로 돌아앉아 책을 읽고 있는 슈테판을 바라본다. 그는 다시 도서관으로 돌아와 책을 읽고 있다. 나는 그를 바라본다.

……

창 너머는 겨울이다.

……

가슴에 가득 안고 있는 책을 나는 사서에게 돌려준다. 사서는 책을 반납했다는 증명 사인을 대출 카드에 적고는 나에게 카드를 다시 내민다. 나는 고개를 흔든다. 나는 그에게 말한다.

이제 이 카드는 저에게 필요 없어요. 어제 나는 자퇴서를 제출했어요.

사서는 나를 올려다본다.

공부를 끝내고 고향으로 돌아갑니까?

나는 다시 고개를 흔든다.

다른 학교로 갑니다. 학교를 옮겼어요.

거리는 크리스마스.

크리스마스 시장에서 나는 크리스마스 술을 파는 가게 앞에 멈추어
선다. 가게 안에는 술을 끓이는 김이 피어오르고 있다. 나는 가게 안으
로 들어간다. 술을 한 잔 청한다. 이윽고 사기 컵에 담긴 술을 점원은
나에게 내밀고 나는 술을 받아들고 창 쪽으로 간다. 술을 마신다. 향긋
한 계피 향은 금방이라도 나를 잠으로 밀어버릴 것처럼 아득하다.

또 일 년이 지났다. 슈테판도 파델도 클라우디아도 없는 ㅁ시에서
일 년을 혼자 지냈다. 그들이 있을 때 나는 적어도 삶으로서 나의 나
날들을 받아들였던 것 같다. 그들이 나의 벗이었는지 여행중에 잠시
만난 길동무였는지 나는 알지 못한다. 그러나 그들이 있을 때 이 도시
는 적어도 나에게는 사람이 사는 도시였다. 그리고 그후. 이 도시는
도시라는 기호만이 가득찬 곳이었다. 사람들도 도시의 부속 시설도
다 기호였다. 여기가 도시라는, 사람들이 살고 있는 도시라는.

나는 가끔 클라우디아의 무덤을 찾아갔다. 무덤 곁에 잠시 앉아 나
는 다른 무덤들을 바라보며 보온병에 담아 온 커피를 마셨다.

그곳은 어떠니?

……

그녀는 대답하지 않았다.

그곳은 춥니?

……

그녀는 대답하지 않았다. 나는 그녀가 누워 있는 비문 옆에 남은 커피를 부었다. 흙은 커피를 순하게 받아들였다. 순하게. ……나도 순하게 그녀의 죽음을 받아들일 수 있을는지. 나는 클라우디아의 죽음을 순하게 받아들이며 툭툭 털고 싶었다. 그러나 그렇게 하지 못했다. 클라우디아는 지상을 떠나면서 우리에게서 뭔가를 가져가버렸다. 그것이 무엇인지는 조금 더 세월이 흐른 후에 알게 될 것이라서 나는 자주 답답해졌다.

그리고 가끔 버스를 타고 가다가 불에 타다 남은 철골만이 아귀 센 거대한 날치의 뼈처럼 남은 클라우디아가 살았던 집을 바라보았다. 소유주도 그 상속인도 이 지상에는 없었으므로 철거되지도 않고 그 집은 ㅁ시에 버려져 있었다. 나는 그 집을 지나칠 때면 눈을 감아버렸다. 꿈에 그 집이 나타날 때도 있었다. 나는 그 집이 전소되는 것을 내 눈으로 보지 못했으므로 종종 그 집은 타는 불꽃으로 나를 덮쳐오기도 했다. 그럴 때면 나는 깨어났고 더이상 잠을 이루지 못했다. 어둠 속에 우두커니 앉아 있으면 내가 떠나온 모래도시가 생생하게 떠올랐다. 이상했다. 그 생생함은 영화의 한 장면 같은 거여서 실감되지 않는 생생함이었다. 달력을 바라보았다. 그곳을 떠나오고 시간은 흘렀는지 헤아려보고 싶어서였다. 과연 시간은 지나 있었다.

기숙사로 돌아오면 나는 버릇처럼 우편함 속을 들여다보기 위해 몸을 기울였다. 언제나 우편함은 비어 있었다. 비어 있는 우편함으로 가끔 광고지가 꽂히면 나는 광고지를 꺼내어 오래오래 읽었다.

피자 배달 됩니다…… 이십 분 내로, 주문하시는 대로…… 겨울 대바겐세일이 열립니다. ……나무 가구점이 ㅁ시 중심부에 문을 엽

니다. ……컴퓨터 출장수리…… 마사지 교실…… 이백 년 동안 수
녀원이 간직한 카밀러 꽃잎의 미용 효과.

편지는, 내가 기다리는 편지는, 오지 않았다.

기다려도 오지 않는 편지를 기다리며 나는 누군가가 나에게 편지를
쓸 거라고 약속을 했는지 나에게 물어보았다. ……아무도 나에게 약
속하지 않았다. 나는 아무도 약속하지 않은 편지를 혼자 기다리고 있
었다. ……나는 그 소식을 누군가 전해주리라고 믿었다. 그 소식은
외부에서 오리라고 믿었다.

시간이 흐르고 다시 가을이 왔을 때 슈테판이 ㅁ시로 돌아왔다. 가
을 날씨는 유난히 좋았다. 비도 안개도 없는 맑은 날이었고 저물녘에
는 풍성한 황금빛의 노을이 ㅁ시 외곽을 부드럽게 둘러쌌다.

그는 기숙사 현관문에 서 있었다. 그의 배낭을 나는 바라보았다. 아
직 짐을 그대로 풀지 않은 상태였다.

그는 나를 물끄러미 바라보았다. 나도 그를 물끄러미 바라보았다.
우리는 아무 말도 하지 않았다.

잠시 후 열쇠로 문을 따고 나는 잠자코 층계를 올라갔다. 그는 나를
따라왔다. 다시 복도 문을 열었고 나는 어두운 복도를 걸어갔다. 그는
복도 문 바깥에 서 있었다.

그의 발소리가 들리지 않아 내가 몸을 돌렸을 때 그는 없었다.

나는 층계까지 나가보았다. 층계에 슈테판은 앉아 있었다. 나도 그
의 옆에 나란히 앉았다.

"다시 왔구나, 여기로."

나는 계단코를 바라보며 말했다. 그는 말이 없었다.

노을이 짙어지고 계단 충충이 잔주름 같은 쇠락한 빛이 어른거렸
다. 슈테판은 빛을 향하여 시선을 주면서 가만히 앉아 있었다. 나는
그에게 쉽게 말을 걸 수가 없었다. 그의 낡은 구두코에는 먼지가 겹겹
이 앉아 있었고 끈으로 묶게 되어 있는 구두에는 이미 끈이 어디론가
달아나고 없었다. 그의 몸에서는 오래 씻지 않은 냄새가 났다.

"나, 여기 떠난다. 다른 학교로 옮겨. 이번 학기가 지나기 전에 떠
날 거야."

내가 입을 열었을 때도 그는 말없이 잠자코 고개를 떨구고만 있었
다.

"난, 다른 데서 기다릴 거야. 내, 편지, 말이야. 아무도 내 주소를 모
르는 곳에 있으면 나는 기대도 안 하게 될 거야, 누군가 나에게 편지
를 보낼 거라는 거, ……아마도, 내가 나에게 편지를 써야 할지도 모
르고……"

나는 천천히 그에게 말을 했고 말을 마쳤을 때 나는 오랜 짐을 벗은
것처럼 편안해져 있었는데…… 그때 그는 울기 시작했다. 어깨를 들
먹거리며 울기 시작했다. 그의 울음소리에는 쇳소리 같은 게 났다. 예
전에 ㅁ시에 있었을 때 그에게는 그런 소리가 없었다. 그가 했던 일
년 남짓의 여행에서 그는 그런 소리를 어딘가에서 만나서 자기 소리
로 들여앉힌 것 같았다. 나는 그를 가만히 내버려두었다. 그는 울음을
쉬 그치지 않았다.

"우리들은 비슷한 사람들이었어. 그랬지?"

나는 그의 어깨를 만져주었다.

"우리가 모여 산 건 좋은 일이었지만…… 모여 살아서 즐거웠지

만…… 아무리 비슷한 인간들도…… 다 다른 소식을 기다리기 마련일 거야. 그렇지?"

그는 가는 쇳소리를 내며 울고 또 울었다. 나는 층계를 내려다보며 앉아 있었다. 어둠이 층계를 완전히 덮어 우리를 뒤덮을 때까지 나는 그대로 가만히 있었다. 며칠 후 그가 새로 얻은 집에 짐을 풀었을 때 나는 그의 짐 속에서 낯선 물건을 발견했다. 세 개의 다리로 받침대를 세울 수 있는 천체망원경이었다. 그는 나에게 여행중에 만난 친구의 물건이라고 했다. 그러나 나는 아직도 떼지 않은 가격표를 보았다. 그 가격표에는 ㅁ시 중심부에 서 있는 백화점의 마크가 선명하게 찍혀 있었다. 그는 나에게서 빼앗듯 망원경을 가져다가 창가에 세웠다.

그해가 지나고 새해가 시작될 무렵 나는 이삿짐을 내가 옮겨야 하는 새 주소지로 부쳤다. 슈테판은 나를 위하여 짐을 싸서는 기차역까지 옮겨주었고 짐을 부치는 동안에도 내 곁에 서 있었다. 그는 다시 ㅁ시로 돌아오고 난 후 말수가 적어졌지만 내 이사 날짜가 정해지자 짐짓 명랑해지기 위해 애쓰는 것 같았다. 말이 많아지고 가끔 콧노래를 흥얼거렸다. 그 사이사이 우리는 영화를 같이 보러 가기도 했고 성당에서 연주하는 파이프오르간 소리를 들으러도 갔다. 학교에서 나와 같이 음식점에 가서 국수를 같이 먹기도 했고 오래오래 산책을 같이 하기도 했다. 산책길에서 그는 자주 멈추어 서서 나를 바라보았다. 나는 그때마다 웃어주었다. 그도 보일 듯 말 듯 웃었다. 더이상은 할 수 없었다. 그것뿐이었다. 내가 그에게 웃어주는 것, 내 웃음을 그가 다시 되받아 나에게 웃어주는 것 외에 할 수 있는 일이란 아무것도 없었다.

내가 ㅁ시를 떠나는 날이었다.

슈테판은 기차에 막 오르려는 나에게 뭔가를 건네주었다. 그는 웃고 있었지만 그가 나에게 내민 것은 내 새 주소가 적힌 종이쪽지였다. 나는 당혹해하며 그를 바라보았다. 그는 여전히 웃고 있었다. 나는 구기듯 종이를 주머니에 집어넣었다. 그는 웃고만 있었다. 나는 그에게 손을 내밀었다. 그는 내 손을 잡았다. 그의 손바닥은 마르고 차가웠다.

안녕.

나는 그를 향해 웃다가 웃음을 쓴 물 삼키듯 다시 집어넣었다.

그가 말했다.

아마도, 우리가 만난다면, 그건 다른 길 위에서일 거다. 여기는 아닐 거다.

나는 말했다.

여기가 아닌 다른 곳은 우리에게 없을 거다. 그게 우리들이 마음 아픈 이유다. 그걸 받아들여야 한다.

기차는 정해진 시간에 ㅁ시를 떠났다. 나는 ㅁ시의 고성이 멀어져서 아주아주 사라질 때까지 바라보았다. 내가 떠나온 모래도시처럼 ㅁ시가 내 망막에 하얗게 스러져가는 모래로 흩어질 때까지 나는 ㅁ시를 바라보았다. ㅁ시는 정말 내가 한때 몸을 붙이고 살았던 곳이었는지, 슈테판도 파벨도 클라우디아도 내가 만났던 현실 속의 사람이었는지 나는 잘 실감이 나지 않았다. 나는 기차 차창에 머리를 기대고 그들을 떠올려보려고 했지만 잘되지 않아 답답했다. 그러니까,

우리는 ㅁ시라는 한 작은 도시에서 만났다.

그때 날씨는 축축하고 어둡고 안개와 비와 곳곳에는 바람이었다.

그때 나무들은 비 오는 돌길에 나뭇잎을 떨구어대었고 도서관 외벽과 기숙사 외벽의 담쟁이넝쿨에는 아직 벽을 떨어져나가지 못한 몇 개의 이파리들이 안간힘을 다해서 그 벽에 매달려 있었다. 그리고 그 넝쿨의 마지막 잎사귀를 바라보는 우리들은 얼마나 간절하게 그 잎이 그곳에 매달려 있기를 바랐는지……

파델은 클라우디아의 편지를 읽었다. 편지는 그의 책상 위에 놓여 있었다.

당신은 나를 사랑했지요. 그건 기쁨이었습니다. 당신은 나를 가졌고 그건 기쁨이었어요. 기쁨이었고 기쁨이었지요. 나는 그렇게 당신을 사랑했습니다. 오, 나의 불쌍한 당신. 나는 살고 싶었습니다, 당신과 함께요. 배우들 얼굴에 분칠을 해주는 일말고는 당신이었지요. 나는 이제 가려고 합니다. 가려고 합니다. 나는 당신에게 기쁨을 준 적이 있는지. 그걸 물어보려고 몇 번을 망설였지요. 못 물어보았습니다. 대답은 듣지 않겠어요. 기쁨이었을 리가 없지요. 당신, 불쌍한 나의 당신, 당신의 클라우디아는 이 말을 하려고 이 글을 씁니다. 이 세상에서 나를 가진 사람은 당신 하나였고 나머지는 내 뜻이 아니었습니다. 그랬어요. 그 말을 하려고 이 글을 씁니다. 당신의 신인 그분의 이름으로, 당신을 지켜주소서, 알라여.

클라우디아는 길을 돌아섰다. 진눈깨비 속이었다. 나는 오늘이 올 것이라는 것을 언제나 알고 있었으므로 두렵지 않다, 두렵지 않다고 몇 번을 되뇌었다. 그녀는 주차장에 들러 위스키를 한 병 샀다. 흑인이 그녀를 향하여 좋은 밤이 되기를, 하고 인사했다. 그녀도 좋은 밤이 되라고, 그에게 말했다. 나오려다가 그녀는 물동이에 가득 담긴 장미꽃을 보았다. 그중에 제일 시든 놈으로 한 송이를 빼서 계산대로 가져갔다.

그냥 가져요. 오늘 꽃이 아니에요.

흑인 판매원은 하얀 이를 드러내고 웃었다. 클라우디아는 같이 웃어주었다.

진눈깨비, 다시 진눈깨비.

그녀는 파델의 옷장 안에서 꺼내온 칼을 꺼내 한번 들여다보고는 다시 주머니에 집어넣었다. 휘파람을 불었다. 입을 동그마니 오므려.

나는 병영의 큰 문에 서 있는 가로등 빛에 기대

당신을 생각해요, 릴리 마를렌

당신은 나의 빛이었죠

붉은 등빛 속으로 비가 오고

나는 가로등에 기대어 당신을 생각해요

당신은 나의 젊은 나의 빛이었죠

내가 내일 전선에서 죽는다고 해도

당신은 나의 영원한 빛이에요, 릴리 마를렌

엄마는 마를레네 디트리히와 흡사한 목소리를 가졌다고 그녀는 생각한다. 삶을 다 살아버린 허스키의 어머니. 엄마는 이 노래를 잘 불렀다. 릴리 마를렌이라는 이름을 가진 그 여인은 젊은 병사의 애인,

그리고 마를레네 디트리히. 아마도 병사는 이 노래를 부르고 그 다음 날 전장에서 죽었을 것이다. 병영의 큰 문에 서 있는 등불, 그 불빛에 의지하여, 릴리 마를렌.

엄마만 그렇게 죽지 않았다면 나는 좀 다르게 살았을 것 같아……

그녀는 문득 파델에게 써놓고 온 편지에 미안하다는 말을 적지 않았음을 떠올렸다. 나는 적지 못했다, 미안하다고. 미안하다니, 어떻게? 미안하다, 나의 시간이여. 나는 너를 이제 버린다.

그녀는 위스키를 한 모금 마셨다. 목안으로 불이 지펴진 듯했고 불은 목을 막았다. 그녀는 불을 꺼야 한다고 생각했고 다시 위스키를 한 모금, 마신다. 다시 한 모금, 한 모금…… 그리고 위스키병은 다 비워졌고 그녀는 병을 길가에 서 있는 키가 작은 사철나무에 올려두었다. 위스키병은 진눈깨비를 맞으며 그녀가 놓아둔 그 자리에 가만히 있었다. 오늘 그녀가 해치울 일도 이렇게 위스키병처럼 얌전하게 끝날 수 있기를, 그리고 다시 그녀는 진눈깨비를 헤치며 갔다. 옷깃 속으로 찬 비와 눈은 날카롭게 스며들었고 그럴 때마다 그녀는 몸을 부르르 떨었다. 그녀는 다시 주머니에 손을 넣어 칼이 있음을 확인했다. 그를 죽이고 나도 죽을 것이다. 취기가 그녀를 광폭하게 밀고 들어왔다. 그를 죽이고 나는 죽을 수 없으면 어떡하나, 그때 나는 살고 싶으면 어떡하나. 취기가 다시 밀고 들어왔다. 그를 죽이고 나도 살고 싶어지지 않아야 한다. 나는 살면 안 된다. 또 취기가 그녀를 덮쳐 그녀는 가로수를 붙잡았다. 살고 싶어지더라도 내가 나를 죽일 용기를 가지기를. 그녀는 비틀거리며 다시 걸었다. 진눈깨비가 오는 밤엔 카밀러 꽃물을 내어 추위에 상한 뺨 위에 대고 있어야, 하는데. 초콜릿이 든 우유를 한 잔 마시고 미래로 떠나 미지의 별을 찾아가는 사람들이 나오는 비디오를 봐야 하는데. 탄산이 든 물을 반, 와인을 반 섞어 만든 와인 숄레를 마셔야 하는데, 그리고 일찍 자야 하는데, 진눈깨비가 오는 밤엔 일찍 자야 하는데, 그래야 내일 살 수 있는데.

헤이 아가씨, 조심해. 그리로 가면 자동차 도로야.

사람은 얼마만큼 견뎌야 편안해지는지. 이런 밤에 이런 꼴로 이 길을 걸어가지 않아도 되는지. 그 해변에 한번 더 가보고 싶다. 해변을 향하여 부우, 부우, 웃고 싶다. 코끼리 코를 붙이고 이렇게 부우, 부우, 해변에 밀려오는 거품을 불고 싶다 비눗방울처럼 부우, 부우, 부우— 그곳에서 제임스 조이스를 읽으며 신맛이 나는 감자를 먹으며 럼이 잔뜩 들어가고 크림이 많은 커피를 마시고 싶다, 엄마, 나, 를, 그곳으로, 그 해변으로, 당신은 왜 그렇게 일찍 나를 떠났는가.

조심해, 차 와, 이것 봐, 이것 봐, 아가씨, 아가씨! 아가씨!

늦은 밤. 기숙사의 전화벨이 울린다. 나는 전화를 받는다.

누구세요.

짐머르 눔머르 드라이 피어 드라이 피어.

파델은 지금 없습니다.

짐머르 눔머르 피어 드라이 피어 드라이.

없습니다. 파델은 지금 없어요. 파델은 없어요.

짐머르 눔머르 피어 드라이 피어 드라이……

나는 전화기를 놓는다. 파델의 어머니, 혀를 말아 방 번호 삼십사를 발음하는 파델의 어머니. 황갈의 모래가 구르는 소리 같은 셈족 어머니의 목소리. 아마도 파델은 아랍어로 소리나는 대로 독일어를 적어주었을 것이다. 나는 국제전화를 할 수 있는 우체국 전화 박스를 열고 나가는 그의 어머니를 떠올린다. 그의 어머니는 나달거리는 쪽지한 장을 들고 있다. 아랍어로 이렇게 적혀 있다, 짐머 눔머 드라이 피어, 파델.

클라우디아는 깨어나지 않았다. 그리고 산소마스크를 쓰고 응급실에 누워 있다. '흐린 눈'이 그 옆을 지키고 어떤 사람의 접근도 허락하지 않았다. 식물인간 상태로 들어간 지 일주일.
병원에서는 안락사를 결정한다. 파델과 나, 슈테판은 병원 복도를지키고 있다. '흐린 눈'은 가끔 화장실에 가기 위해 복도로 나온다. 슈테판이 그때마다 '흐린 눈'을 가로막는다.
한 번이라도 만나게 해주시오. 우리들 모두가 아니라 파델만이라도.
'흐린 눈'은 슈테판을 밀친다.
슈테판은 '흐린 눈'을 향하여 소리지른다.
널, 괴롭힐 거야. 괴롭힐 거야, 네가 죽을 때까지.
'흐린 눈'이 뒤돌아 슈테판에게 다가온다.
경찰을 부르겠어. 자꾸 떠들면. 너희들은 내가 큰 죄라도 지은 줄알지만, 천만의 말씀. 그리고 또하나. 이제 그애는 내 거가 된 거야.
'흐린 눈'은 흐물거리며 웃는다.
파델은 주치의를 만난다.
옆에 한 번만 다가가서 얼굴을 보게 해주시오.
주치의는 고개를 흔든다.

보호자 허락 없이는 곤란합니다. 보호자에게 문제가 있다는 사실은 병원에서 간섭할 일이 아니에요. 법정에서는 아무런 불리한 선고를 보호자에게 하지 않았어요.

안락사를 언제 시킬 건지 그것만이라도 알려주시오.

곤란합니다. 보호자가 공개하지 말기를 원했어요.

난, 그 여자의 남편……이었어요.

서류가 없어요. 당신은 그리고 이곳에서는 일 년짜리 연장 비자만을 받을 수 있는 외국인 학생이에요.

안락사를 언제 시킬 건지, 그것만이래두.

의사는 고개를 흔든다.

안락사는 언젭니까?

……

언젭니까, 언제냐구요.

……

비가 오고 있다. 지겹고 지겨운 저 회빛의 비.

우리는 사흘째 병원을 지키고 있다. 나는 병원 복도 의자에 기대어 존다. 슈테판이 나를 깨운다.

커피 마셔.

파델은?

잠깐 화장실에.

뭐라고? 넌 커피 뽑으러 가고 나는 잠들고 그는 화장실에?

잠깐이었어. 한 오 분도 안 되는 시간인데.

나는 그녀가 있는 응급실로 뛰어간다. '흐린 눈'이 복도에 앉아 있다. 나는 안도의 한숨을 쉰다. '흐린 눈'이 저곳에 앉아 우리들의 접근을 막는 한 아직 그녀는 이 지상에 머물고 있을 것이다. '흐린 눈'이 나를 바라본다. 나는 더러운 것을 보는 양 뒤돌아선다. 이상한 느낌이 든다. 소름이 전신에 번진다. 뒤돌아본다. '흐린 눈'이 고개를 들고 울고 있다, 흐흐, 거리며 울고 있다. 그의 지팡이가 나뒹굴어져 있다. 얼굴로 차가운 피가 몰린다.

파델, 파델! 그가 그녀를 죽였어!

'흐린 눈'이 뒤에서 나를 잡는다. 나는 그를 뿌리친다. 그는 나를 더 세게 잡는다.

죽였어, 그가 그녀를 죽였어!

너희들이 나를 죽인 거야, 내가 그애를 죽인 게 아냐.

그는 내 목께에 입을 바짝 붙이고 말한다. 얼음조각이 목뒤에서 서걱거린다. 그는 내 목을 뒤에서 감는다.

엄마!

이제 내가 너희들을 죽여주마.

그는 내 목을 더 바짝 감는다. 나는 버둥거린다.

파델과 슈테판이 달려온다. 병원 복도가 휘몰아치는 바람에 실려 내 눈 속으로 깊이 박힌다. 나는 내 눈으로 들어온 것들을 빼어내려고 한다. 더, 더 깊이 박힌다.

맑게 갠 날 우리들은 클라우디아를 묻었다. 아무도 울지 않았고 그녀의 관 위에 장미꽃을 얹는 우리들은 무표정.

흙에서 나왔으니 흙으로…… 목사는 짧게 영결예배를 봤다.

장례식을 마치고 돌아가는 우리를 '흐린 눈'이 흐린 눈으로 바라보았다.

돌아오는 길에서 우리는 아무 말도 하지 않았다.

우리를 태운 버스가 도심을 지날 때 나는 악사를 보았다. 그는 아직도 시청 앞 광장에 서서 모래처럼 흩어지는 음악을 만들고 있었다.

내일이면 크리스마스 전야, 였다, 오, 그녀의 길에 축복을.

슈테판은 맑은 겨울 길을 걸어서 주유소로 갔다오는 길이었다.

라이터와 석유를 한 통 샀다.

기숙사는 조용했다.

장례식을 마치고 돌아와 모두 각자의 방으로 흩어졌다. 모여 앉아 클라우디아의 부재를 확인하고 싶지 않았기에 짐짓 피곤한 얼굴을 지으며 흩어졌다.

그는 할머니에게 전화를 걸었다.

오늘, 오후에 갈게요.

……

아주 오래 있을 거예요. 이번에는 집에요. 그래서 처리할 일이 많아요.

……

피곤하고 힘들어서 이번 학기는 포기하려구요.

……

그런데, 저 혼자 안 가요. 친구들하고. 다 외국인이라 갈 곳이 없어요. 할머니도 다 아는 사람이니까, 뭐. 그리고 칠면조, 구울 때, 마늘 좀 넣으세요. 다들 마늘을 좋아해요.

……

전화를 끊고 슈테판은 전화기에서 손을 떼지 못한 채 가만히 있었다. 눈에 그렇게 눈물이 맺혀 있었다.

그리고 나에게로 왔다. 그는 내 방에 앉아 창문을 내려다보고만 있다가 문득, 이랬다.

밤에 떠나자. 우리집으로. 할머니가 편찮아. 곧 돌아가실 거야.

나는 고개를 숙였다.

가자. 다. 파넬도 갈 거야.

나는 고개를 숙인 채 가만히 있었다.

나는 이제 이곳으로 돌아오지 않을 거야. 할머니에게로 가 있을 거야. 할머니가, 나를 떠나면, 난 떠날 거야.

나는 고개를 숙이고 가만히 있었다.

밤기차 타려면 옷을 단단히 입어.

그는 나가면서 말했다. 나는 고개를 들었다. 그는 나를 향해 웃었다.

난, 네가 고개를 숙이고 있으면 어디 먼 곳을 보고 있지 않아서 좋아. 갈 거지? 내가 사는 마을엔 바다가 있으니까, 넌, 갈 거야,

라고 말했다. 그리고.

슈테판은 석유통이 든 륙색을 메고 기숙사를 나갔다. 막 저녁이 와서 금방 어두워지고 있었지만 하늘 저편에는 아직 노을이 남아 있었다. 그는 노을 지는 곳으로만 가고 싶었다는 생각을 하다가 오늘은 돌아와 둘을 데리고 할머니에게로 가리라고, 그래서 오늘은 노을 지는

곳으로는 갈 수 없다고 생각을 고쳐먹었다.

언젠가, 그녀는. 그랬다. 내가 그녀의 방엘 간 적이 있었다. 새벽녘에 그녀의 방에서 울음소리를 들었기 때문이었다. 그녀의 방문은 잠겨 있지 않았다. 내가 그녀의 방문을 열고 들어갔을 때 방은 아수라장이었고 그녀는 방 한쪽 모퉁이에 쪼그리고 앉아 울고 있었다. 나는 그녀에게 다가가 왜, 우느냐고, 왜 우느냐고.

새…… 새가 내 방에 들어왔어. 난 쫓아버리려고 했는데…… 겁이 나서…… 빨리 나가라고…… 그런데 그놈은 나가지 않고 벽에 자꾸 부딪히면서…… 퍼드득거리는데 나는 어떻게 할 줄도 모르고 겁이 나서 이놈이 나한테 올까봐. ……책을 던져도 불을 끄고 있어도 자꾸 벽에 부딪혔어. ……난 새를 모르거든. 그놈을 모르겠더라구, 그래서 다시 불을 켜고 또 불을 끄고, 또 노트를 들고 이리저리 벽을 치고, 그랬는데 이놈은 자꾸 퍼드득거리면서 나한테 왔다가 벽에 닿았다가……

그래서 우는 거야? 새는 없잖아. 언제 들어왔는데?

밤에……

그러면 그때부터 지금까지 이러고 있었니?

……

그런데…… 울기는.

그녀는 손가락으로 창문턱을 가리켰다. 그곳에는 새똥이 무더기로 쌓여 있었다.

이렇게…… 쪼그리고…… 눈감고…… 있었어. 한참 후에 조용해서 일어나봤더니…… 새는 날아갔는지 없고 새똥만 남아 있었어.

……그놈도 내가 겁이 났던 거야. 그랬던 거야. ……난 그놈을 이해할 수가 없었거든. 그래서 그놈을 무서워했거든. 그런데…… 그놈도 나를 무서워한 거야. ……나…… 새똥을 보고 알았어…… 그놈이 날 무서워했다는 걸. 그 똥이 없었으면 난 그놈을 이해 못했을 텐데…… 난, 똥을 보고야 알았어…… 무서워. ……난, 길이 없어. ……난…… 사람들을 이해할 길이 없어.

사람과 사람 사이에도 그녀가 보았던 그 딱딱한 새똥 같은 게 있었다면 좋으련만. 사람과 삶 사이에 새똥 같은 기호가 생기기까지 그 사람들은 얼마나 많은 길을 따로 가야 하는지. 나는 그녀가 나를 이해하지 않으려고 한다는 걸, 그때야 알았다. 그녀에게 그 새똥은 새를 이해하는 기호였겠지만 나에게는 그녀가 나를 차단하는 기호였으므로 나는 문을 닫고 나왔다. 나는 서글프지도 않았다, 그때는. 왜냐하면…… 왜냐하면…… 나는 그녀를 알 것 같아서. 그러는 그녀를 알 것 같아서. 알 것 같았으므로 나는 그녀에게 갔지만 바보 같은 그녀…… 그녀는 나에게 오는 길을 그녀 스스로가 막고는 어디, 먼 곳만 바라보았다. 먼 곳엔, 그녀가 기다리는 그런 것들이 있을는지, 그녀는 미련하게 그걸 믿었는지.

슈테판은 주유소를 지나갔다. 그리고 다시 한 블록 더. 다시 길을 얼마 더.

붉은 담쟁이집이 나타났다. 어둠 속에서도 담쟁이는 타는 듯 이글거렸다.

그는 그 집을 올려다보았다. 그리고 중얼거렸다. 오늘, 오늘, 밤 기차를 탈 수 있으면 좋겠다. 겨울 나그네, 를 만들었던 그 젊은이들은 지금 어디로 갔는가. 그들의 뜨거운 눈물과 함께 그들은 영원히 여행 중. 겨울은, 끝나지 않고 여행 또한 그러하고. 동양인들이 믿는 대로 사람이 다시 태어나는 것이 사실이라면, 슈테판은, 이렇게 중얼거렸다.

나는 다시 태어난다면 다시는 낭만을 가지지 않을 것이다. 꿈에 대해서도 마찬가지. 나는 차갑게 세계를 건너갈 것이다.

라이터를 꺼내 담배에 불을 붙였다. 그는 길게 담배를 한 모금 넘겼다.

자, 그리고.

우리는 기차를 타고 바다로, 혹은 그의 고향으로 가고 있었다. 칠흑 같은 밤이었으며 성탄 전야였다. 차창 너머에 서 있는 붉은 나트륨 등 아래로 진눈깨비는 모이고 흩어지고 모이고 흩어졌다. 붉은 등피를 한 저 차가운 물의 입자들은 등불 아래 모여 장하게 한 세상 이루어내고 있었다. 나는 이 기차가 지상의 길을 과연 달리고 있는지 궁금했다. 두꺼운 모포를 뒤집어쓰고 사나운 열 때문에 이를 덜거덕거리는 슈테판도, 슈테판의 손을 잡고 한참을 운 눈으로 앉아 있는 파델도, 나도, 우리는 이 기차를 타고 지상을 달리고 있는지, 정말 그런지.

파델은 자꾸만 슈테판을 들여다보았다. 슈테판이 모포를 걷어낼 때마다 그는 모포를 올려주었다. 모포를 올려주며 슈테판의 이마를 짚었고 그럴 때마다 슈테판은 눈을 뜨고는 그를 잠시 바라보다가 다시 눈을 감았다.

나는 그들이 기숙사로 돌아온 모습을 떠올리며 진저리를 치고 있었다. 진눈깨비가 다시 오고 있었다. 그들의 옷과 신발은 다 젖어 있었고 사나운 전장에서 돌아온 사람처럼 지쳐 보였고 기숙사로 돌아오자마자 슈테판은 침대 위에 누웠는데 열은 그의 흰 살갗을 벌겋게 뚫고 나와 그는 누워서 뒤척이며 이를 달그락거렸다. 나는 의사를 부르고 싶었으나 파델은 나를 말렸다. 대신 파델은 슈테판의 옷을 벗겨내었고 그의 몸을 마른 수건으로 닦아주었다. 옷을 갈아입히고 감기약 시럽을 가지고 와서 먹였다. 감기약을 먹으며 슈테판은 자꾸 헛구역질을 했으므로 몇 번이고 파델은 그에게 감기약을 먹였다. 어디선가 성가가 들려왔다. 메시아를 부르는 소년 합창이었다.

그는 그 집에 불을 붙이려고 했어. 나는 그가 무거운 가방을 짊어지고 가는 것을 봤어. 뒤따라갔어.

그리고?

그는 그 집 정원으로 들어갔어. 석유통을 가방에서 끄집어내고 정원을 지나 부엌문이 있는 곳으로 갔어. 문에 석유 한 통을 다 쏟아부었어. 석유를 먹인 신문지를 끄집어내는 것을 나는 봤어. 그리고 나는 또 봤어. 정원 쪽으로 나 있는 베란다 창에 '흐린 눈'이 서 있는 것을. 슈테판이 막 라이터를 끄집어낼 때 '흐린 눈'도 똑같이 라이터를 끄집어냈어. 나는 슈테판에게 달려갔어. 가자, 슈테판, 우리는 살아야 돼. '흐린 눈'이 우리를 죽이려고 한다. 가자, 가자. 슈테판은 버둥거렸어. 나는 슈테판의 뺨을 후려갈겼어. 가자, 가자.

'흐린 눈'은 라이터를 치켜들며 한 번 웃었고 라이터 뚜껑을 열었다. 그것이 그의 마지막이었다.

담쟁이집이 큰 폭음을 내고 주저앉았다. 어둠 속에서 큰 폭음을 내고 담쟁이집은 시커먼 굴뚝 연기 같은 먼지를 밤하늘로 쏘아댔다. 먼지는 깊고 유연하게 어둠을 빨아들여 사방은 집어등을 켜놓은 밤바다처럼 휜했고 역한 먼지 냄새가 시큼한 파라핀 냄새처럼 주위를 안아들였다. 장관이었으나, 이었을 것이나, 파렐은 뒤돌아보지 않았다. 뒤돌아보면 소금 기둥으로 굳어버릴 것 같았다. 시가전이 벌어지던 유년의 오후가 그의 머리에 흑백영화처럼 지나갔다. 그때도 그랬다. 총성이 울리고 사람들이 달리면 그도 달렸다. 뒤돌아보지 않고, 이를 악물고, 달렸다. 소금 기둥이 되어 그 자리에 굳어버릴 것 같았기에. 실제로 소금 기둥이 된 사람들을 그는 수없이 보았으므로.

'흐린 눈'은 가스폭발로 그 집과 함께 사라졌다. 만일 누군가 그의 죽음을 지방신문 한 귀퉁이에라도 실었다면 이렇게 적었을 것이라고, 파렐은 말했다. 그는 자살했는가? 나의 물음에 파렐은 고개를 흔들었다. 그는 우리를 살해하려고 했다. 그는 실패하고 자신이 이 지상에서 사라지고 만 것이라고 파렐은 말했다. ……그리고 어느 한 부분은 아마도 그는 우리를 살해하는 데 성공한 거라고, 그는 말했다. 그러나 말이다. 그러나,

내가 시리아를 떠나오기 전에 나는 후신 선생을 만났다. 아니 나는 그를 만나기 위해 수소문을 하고 있었고 드디어 그를 찾았다. 그는 다마스쿠스 역사驛舍 근처를 서성이고 있었다. 나는 그를 잘 알아볼 수가 없었다. 어둠 속에서 보았기 때문이기도 했고 너무 짧은 기억으로 남아 있었던 탓이기도 했지만 그 거지를 후신 선생으로 믿기엔 너무나 참혹했다. 나는 그에게 다가갔다. 그리고 그의 이름을 불렀다. 그 거지는 나에게 눈길을 한번 주고는 시선을 멀리 보냈다.

역사에서 그는 유명했다. 그는 항상 엎드려 끌칼로 맨땅에 뭔가를 적고 있었으며 구걸을 할 때, 그는 연필값을 달라고 했다. 연필값을 주면 그는 그 돈으로 빵과 술을 사서는 주문과 같은 말을 외었다. 그 말을 알아들은 사람은 없었다. 그러나 어느 날 그 말을 알아듣는 사람이 나타났다. 그 사람은 후신 선생을 쳐다보다가 다시 말해보라고 했다. 후신은 다시 말했다.

내가 이 먼 여행을 한 것은 '머나먼 곳'이라 불리는 당신을 만나기 위해서입니다.

그 사람은 고개를 설레설레 흔들었다. 어디에서 저 거지는 고대어를 배운 것인가. 그가 지금 한 말은 아수르바니팔이라고 하는 신아수르시대, 그러니까 B.C. 618년부터 627년까지 메소포타미아 전역을 지배했던 그 왕의 도서관에서 발견된 서사시에 나오는 한 구절이다. 그는 지금 기원전에 죽은 언어를 이곳으로 불러내고 있다.

독일 문헌학 교수였던 그 사람은 후신을 다시 만나기 위해 역사로 왔지만 그리고 그에게 다른 것을 알아보려고 했지만 후신에게서 그는 아무것도 알아내지 못했고 연필값을 몇 푼 더 뜯겼다.

후신은 나에게도 그렇게 말했다. 연필값을 달라고 했고 연필값을 주었더니 그는 말했다. 내가 이 먼 여행을 한 것은 '머나먼 곳'이라 불리는 당신을 만나기 위해서입니다.

그는 일어나서 갔고 나는 그의 뒷모습을 바라보았다. 나는 그가 나의 희망일까, 아니면 나의 절망일까를 생각했다. 아무런 답……이 없었다.

국제적인 관광도시 다마스쿠스에 가면 그는 역사를 어슬렁거리며 지금도 말하고 있는지, 당신을 만나기 위해서, 머나먼 곳이라 불리는 당신을 만나기 위하여. 그의 다 떨어진 샌들과 바지와 봉두난발과 수염. 스러져가는 현재에 서서 과거의 별을 올려다보고 있는 셈족의 마을에 노을이 질 때, 그는, 그는 말이다. 끌칼로 땅에다가 그렇게 새기고 있을까, 그 전쟁은 그를 살해했는지, 살해할 수 있었는지, 나는 자꾸 물었다.

우리가 기차에서 내린 것은 새벽이었다.

안개가 왔다. 안개를 헤치고 우리는 걸어갔다. 기차에서 내리자마자 바다 비린내가 났다. 그리고 역을 빠져나와 마을로 들어서자 손바닥만한 바다가 한눈에 들어왔다. 안개 속에서 회청으로 잠자는 바다였다. 크리스마스여서 인적이 없는 마을길을 걸어 우리는 해안이 보이는 곳으로 왔다. 뒤돌아보면 크리스마스의 빛 속에 잠든 마을이 보였다. 잠이 스민 마을은 노년처럼 아득하고 쓸쓸했다. 앞을 바라보면 회색의 머리칼을 날리며 물결이 잠시 잠시 흔들렸다. 안개인지 물보라인지 알 수 없는 습기가 가득 나를 안았다. 나는 울고 싶었으나 울지 않았다. 나는 아직 유목중이므로, 그리고 희망을 발견하는 일은 단순하지 않았으므로.

그때 우리는 해안 쪽에서 걸어오는 노인을 보았다. 할머니였다. 그녀는 모두 잠든 크리스마스에 이 바다를 보기 위해 해안으로 나왔는지.

그녀는 우리를 보고 환하게 달려왔다. 그녀는 슈테판을 보았고 우리를 보았으나, 아무 말도 하지 않았고 그저 환하게 웃었다. 작고 까만 옷을 입은 그녀는 꿈꾸는 듯한 목소리로, 그러나 서북부 사투리여서 나는 한참을 생각해봐야 하는 사투리로 이렇게 말했다.

다리, 다섯 있는 황소 울음소리를 들었단다, 애들아. 그래서 나는 너희들이 올 줄 알고 있었지.

다리, 다섯의 황소?

이 세상에 있지만, 이 세상에 없는 것.

슈테판이 열을 이기지 못하고 쓰러졌으므로 우리는 집으로 가야 했다.

바닷바람이 늙은 마을을 회청빛으로 수채화처럼 만들고 안개가 그 위에 우윳빛 살을 더했으므로 마을은 어떤 그리움 같은 빛으로 우리를 맞이하고 있었다.

나는 해안 쪽을 바라보았다.

다리, 다섯의 황소?

그건 무엇인지, 나는 알 수 없었다. 알 수 없어서 좋은 것이 있는 법이라 나는 그것을 천천히 알기로 했다. 우선은 슈테판이 문제였고 우리는 마을 속으로 사라졌다.

문학동네 장편소설
모래도시
ⓒ 허수경 2018

1판 1쇄 1996년 6월 10일
1판 3쇄 1996년 9월 4일
2판 1쇄 2018년 11월 20일

지은이 허수경
펴낸이 염현숙
책임편집 김봉곤 | 편집 강윤정 김영수
디자인 김마리 유현아 | 마케팅 정민호 박보람 나해진 우상욱
홍보 김희숙 김상만 이천희
제작 강신은 김동욱 임현식 | 제작처 영신사

펴낸곳 (주)문학동네
출판등록 1993년 10월 22일 제406-2003-000045호
주소 10881 경기도 파주시 회동길 210
전자우편 editor@munhak.com | 대표전화 031) 955-8888 | 팩스 031) 955-8855
문의전화 031) 955-3576(마케팅) 031) 955-1920(편집)
문학동네카페 http://cafe.naver.com/mhdn | 트위터 @munhakdongne
북클럽문학동네 http://bookclubmunhak.com

ISBN 978-89-546-5363-3 03810

* 이 도서의 국립중앙도서관 출판예정도서목록(CIP)은 서지정보유통지원시스템 홈페이지
  (http://seoji.nl.go.kr)와 국가자료공동목록시스템(http://www.nl.go.kr/kolisnet)에서
  이용하실 수 있습니다.(CIP 제어번호: CIP2018035429)

www.munhak.com